三六九

深蓝的
故事

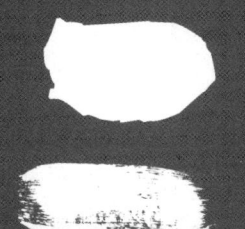

精选集

深蓝——著　　新星出版社　NEW STAR PRESS

图书在版编目（CIP）数据

三大队：深蓝的故事精选集 / 深蓝著. —— 北京：新星出版社, 2023.12
ISBN 978-7-5133-5376-2

Ⅰ. ①三… Ⅱ. ①深… Ⅲ. ①纪实文学 – 作品集 – 中国 – 当代 Ⅳ. ① I25

中国国家版本馆 CIP 数据核字 (2023) 第 210643 号

三大队：深蓝的故事精选集
深蓝 著

责任编辑	白华召	出版统筹	姜 淮
特约编辑	李界芳	责任校对	刘 义
责任印制	李珊珊	封面设计	冷暖儿

出 版 人	马汝军
出版发行	新星出版社
	（北京市西城区车公庄大街丙 3 号楼 8001　100044）
网　　址	www.newstarpress.com
法律顾问	北京市岳成律师事务所
印　　刷	北京美图印务有限公司
开　　本	910mm×1230mm　1/32
印　　张	9.5
字　　数	187 千字
版　　次	2023 年 12 月第 1 版　2023 年 12 月第 1 次印刷
书　　号	ISBN 978-7-5133-5376-2
定　　价	58.00 元

版权专有，侵权必究。如有印装错误，请与出版社联系。
总机：010-88310888　　传真：010-65270449　　销售中心：010-88310811

序言

追凶，不是你想的那样

文 / 深蓝

"追凶"，是近年影视圈里的一个热词，尤其在涉案题材的作品中，通常都处在核心剧情的位置。

其中，警员的果敢、睿智，抓捕时的酣畅、迅猛，缉凶后的盛誉、荣耀以及宏大、激昂的整体叙事，都吸引着观众的目光，甚至对不少初入警营的警员也产生了不小的影响。以至于有段时间，我经常被人问到："你们追捕嫌疑人的过程，真的这么'酷'吗？"

对业外友人，我一定自豪地拍着胸脯告诉他："真的，就这么'酷'，甚至比这还要'酷'！"

但对同行新警，我只能含糊其词地说："你试试、你试试，我说的没用，你亲自追一次就知道了……"

2013年某毒品专案中，禁毒支队同事何帆（化名）为追踪毒贩，辗转全国十八地市，两度遭遇车祸，一个月内暴瘦二十斤；

2014年某故意杀人案抓捕行动前夜,为确保万无一失,刑侦支队三位主官彻夜未眠,抽完了一整条香烟,制定出六套抓捕方案;

2015年侦办某系列抢劫案件时,为确定嫌疑人身份,林所长三天内仅靠肉眼比对了六千多名疑似人员的证件照片,以视网膜脱落紧急接受手术告终;

2016年某涉枪毒品案件中,专班周警长为抓捕嫌疑人在酷暑中连续蹲守六十九个小时,过度疲劳引发心肌梗死,殉职时年仅四十四岁;

……

此类案例不胜枚举。而追凶,其实是一项苦不堪言的工作。

大家在影视作品中看到的宏大叙事和热血呈现背后,是警察队伍中每一位成员的通宵达旦、夙夜不懈。

他们值得被书写,值得被刻画。

一次线上活动中,主持人问我,现实中的警察追凶和推理小说、悬疑影视中的警察或侦探追凶一样吗?我说不一样。她问我区别在哪儿,我回答说,在这个"凶"字上。

对于小说家和编剧来说,"追凶"是创作的内核,"破案"是创作的终点,抵达"终点"后,他们可以关上电脑,或悠闲或兴奋地回溯整个作品。但对现实中的警察来说,多数时候的"追凶"，只是一切工作的起点。

"我们不仅要找到他、抓住他，还要组织过硬的证据确保把他送上法庭、送进监狱，我们要给法律一个结果，给受害者一个交代。"

"惩凶"，才是警察办案的终点。

在公安信息化与技术化逐步发展的当下，"追凶"的成本逐渐降低。但同样在今天，司法实践对实体正义与程序正义要求并重，"惩凶"的落地不再单凭一腔热血。

"执法事故"四个字，成了高悬在每位一线民警头顶的达摩克利斯之剑。

过去，我在办理一起未成年人遭遇性侵的刑事案件时，也曾在暴怒下试图对几近变态且抗拒审查的嫌疑人动粗，身旁的前辈拉住了我："他有没有罪，该不该死，你说了不算，我说了也不算，法律说了才算。你出于义愤揍他一拳，踹他一脚，执法程序有了瑕疵。一队人辛苦仨月抛家舍业破掉的案子因为这个瑕疵诉不出去，判不下来，你对得起谁？"也是在那次，我得知了程队长的故事。

"干刑警这行得能忍，忍常人之不能忍。"前辈对我说。

"那程警官当年呢？"我问前辈。

"他为终非常之事，宁为常人。"

我很喜欢电影《三大队》中的一句台词，"人年轻的时候，都想办大案，好像不办大案，这警察就白当了一样。可这大案的背后，有多少人改变了人生。"

曾经我也很想办大案，也觉得不办大案，这警察就像白当了一样。

命案就是大案，全警动员，一级勤务，警察队伍的强悍和刚猛令人心生敬畏。作为其中一员，我也因此心潮澎湃。

但就在随后遇到的案子里，我面对的是一对年过七旬的夫妇，他们的独子突然失联，某些线索指向人已遇害。陪同而来的老夫妇的亲戚也私下提醒我们，孩子很可能遭遇了不测。

那一次，我和同事在受立案环节上产生了分歧。

"报（案）的是人口失踪，先按人口失踪询问情况。"

"人大概率已经不在了，很可能是命案啊！"

"那也先按'人口失踪'问，是不是命案，我们回头再落实。"

"万一真是命案，耽误了时间，谁负责？"

"我负责！"

人口失踪案与命案的侦查机制不同，动员的规模也大相径庭。我一度不能理解同事为何坚持按照人口失踪的方向侦查，但事实证明他的决定是对的，不久后我们帮老夫妇找到了独生子的下落。

"其实当初我也倾向于命案，但还是抱着一丝侥幸，万一不是呢？"同事说。

"万一是（命案）的话，这会儿上级追你责，你可解释不清了。"我说。

"老两口那么大年纪，身体也不好，不到事实确凿，不要往命案上靠，他们受不了的。"同事说。

刑侦虽是公安的主业，但"压发案"却是警察日常工作的重点。与其发案后期待破案，不如把案件的苗头扼杀在萌芽之中。

警察都想"破大案"，立功受奖，鲜花荣誉，有人甚至可以凭借在一场大案侦办中的突出表现改变自己的职业生涯。但没有人想"发大案"，因为一场"大案"的背后，不知是多少家破人亡、妻离子散的人间悲剧。这中间，有时也包括警察本身。

这本就矛盾。

"假如你的责任区里发了大案又被你破掉了，我是该奖励你，还是该处分你呢？这是一件复杂的事情。"曾有领导用半开玩笑的方式问过我。

这的确是件复杂的事情。

"其实干我们这行最能理解'岁月静好'的意义所在，做警察越久，越对所谓的'轰轰烈烈'无感……"

《三大队》中程兵队长的经历其实是一场悲剧。虽然他凭借一腔热血和不灭的执念完成了自己和三大队最后的任务，但仍无法改变这场悲剧的性质，也无力扭转那些大案背后被改变的人生。

最后,借用一句当年网友在《请转告局长,三大队任务完成了》一文下的评论结尾:

"望世间再无此事,愿人间常有此人!"

目 录

序言 / 1

请转告局长，三大队任务完成了 / 1
我之所以当警察，都是为了她 / 17
再见，警长 / 38
插他两刀的兄弟 / 63
没赶上转制末班车的辅警师傅 / 77
消失的孩子 / 94
雪夜的秘密，藏进半路姐弟的余生 / 132
戴青之死 / 169
抓住那个跟踪厂花的流氓 / 227
报告阿sir，杀人犯想做刑侦特情 / 260
儿子不能走我的老路 / 275

声明 / 292

请转告局长，三大队任务完成了

2013年9月的一天下午，贵州省某地级市的一所住宅小区内，一名中年送水工毫无缘由地与一位路过水站的业主发生冲突。没想到，送水工迅速将那位男性业主放倒在地，业主拼命挣扎。

两人的厮打很快引起了周边居民的注意，有人报了警，警察赶到后将送水工和受伤业主一起带往派出所盘问处置。

在派出所里，送水工很快交代了自己"殴打他人"的违法行为，但随后，警方对受伤业主的取证却持续了整整二十个小时。

最终，送水工被无罪释放，受伤业主却在完成了DNA采集比对后被刑事拘留。

一天后，我市警方派人赶到当地，接走了送水工和那名受伤业主。至此，我市2002年"8·22"恶性入室盗窃转化抢劫、强奸致人重伤案终于宣布告破，嫌疑人全部被缉拿归案。

2014年年初,"8·22"案宣判,被送水工按倒在地的那名"业主"最终被判处死缓,而那位年近半百的送水工,也终于结束了他四年颠沛流离的生活。

面对民警们的挽留,他微笑着摇摇头,然后收拾好行囊,登上了北上的列车。

"以后没什么事,就别联系了。"发车前,送水工对送行的民警说,但他又转过头来补充了一句:"请转告杨局长,三大队任务完成。"

1

送水工名叫程兵,曾是我市公安局刑侦支队三大队的大队长,2002年8月,他因犯故意伤害致人死亡罪、渎职罪被判有期徒刑八年,2009年3月减刑出狱。2013年9月,他协助公安机关,抓获了2002年"8·22"案的犯罪嫌疑人王二勇。

我看到这份履历已是一年之后。那天,程兵的同事老张就坐在派出所值班室里,他点了一根烟,向我讲述了程队长当年的故事。

"2002年8月22日,我在刑警支队三大队值班,接到报警说辖区一个女孩子在家出事了。"老张回忆道。

那天是程队长带班出警的,众人赶到案发现场后,室内的一幕让在场的所有人都气血上涌：一名17岁的女孩赤身裸体躺在卧室地板上，头上有一处明显伤口，鲜血伴着脑组织流了一地。随后赶来的120医生把女孩送上救护车后，技术队民警继续对案发现场进行勘察。

据女孩的父母称，两人当天外出走亲戚，女孩说自己身体不舒服想卧床休息便没有同去。夫妻二人在亲戚家打牌直到凌晨才回家，不想回家之后，却发现女儿出事了。

案发现场位于小区较偏僻位置的一座居民楼四楼，勘察后，技术民警发现嫌疑人一共有两名，是相互配合从一楼攀爬防盗网和空调外机到达四楼，而后扒开纱窗进入室内的。

后经受害者家属确认，当晚家中财物被洗劫一空，经济损失在6万元左右，而最令他们痛心的还是女儿——经医院全力救治，女孩虽然挽回了生命，但因脑部受到重创，成为植物人。

这是一起典型的入室盗窃转化抢劫、强奸致人重伤案，从入室盗窃的手法来看，应该是惯犯所为。

"当时程队长在大队会议室听案情汇报时，状态就有些不对。他铁青着脸，瞪着眼，手里不断地攥着烟盒，那包烟都被他攥成了麻花，跟人说话就像吵架一样……"

在场民警谁都看得出程队长的怒火，当时程队长家中也有一个10岁的女儿，被他像掌上明珠一样宠着，或许被害女孩的惨状让他联想到了自己的女儿——那种愤怒既是出自警察，同样也出自父亲。

当时，程队长向分管刑侦的杨副局长立下军令状，五天内破案。杨副局长担心时间不足，想把时间拉长，但程队长却坚持说只要五天，限期若破不了案，他就主动辞去大队长职务，去狗场（警犬基地）养狗。

2

"当时程队长这样立军令状，就是因为他心中有数啊！"老张叹了口气。

程队长21岁从"省公校"毕业后便当了警察，从户籍、管段民警做起，到2002年，已是从警第十六个年头，积累了大量办案经验。那次，从嫌疑人攀窗入室的手法上，他认定这是一伙四川籍盗窃团伙所为。

"那年头，我市有不少流窜盗窃团伙，各地团伙都有各自的手段，河南团伙喜欢'溜门'，贵州团伙擅长撬锁，而惯用'攀窗'入室的，基本都是四川那边的。"

法医从受害女孩的体内提取到了精斑，又从阳台窗框上采集到了指纹。经比对核查，指纹比对锁定了曾有盗窃前科，并被公安机关打击过的四川籍犯罪嫌疑人王大勇，DNA比对则锁定了王大勇的弟弟王二勇。

王大勇，时年32岁，曾因盗窃罪被判刑；他的弟弟王二勇也是一名盗窃惯犯，兄弟二人曾做过空调安装工，善于攀窗入室盗窃。

公安局马上对王大勇兄弟发出了通缉,仅仅两天后,兄弟单位传来消息,兄弟俩竟然继续作案,王大勇在现场被抓获——那天他和王二勇在攀窗盗窃后,同样试图侵害女主人,不料女主人的丈夫和哥哥突然回家,混乱中王二勇逃脱,受害人亲属则抓住了王大勇,将他痛打一顿后拨打了110。

"王大勇被带到三大队的时候,已经被受害人家属打得面目全非,我们对着照片认了半天,才确定是他。"老张说。

公安机关早已有"文明执法"要求,但面对眼前的王大勇,在场民警谁也没能守住底线,尤其是程队长,给王大勇的"见面礼",就是一记老拳。

"那时候还没有同步录音录像的讯问室,对嫌疑人的审讯都是在民警办公室里进行的。"老张接着说。

那天,老张被程队长安排在办公室隔壁的值班室值班,没有亲自参与对王大勇的讯问。但从隔壁传出的惨叫与怒骂声中,他知道自己的同事们正在给王大勇"上手段"。

"中途我因为送材料进过隔壁一趟,王大勇正在窗户上'背宝剑',旁边一位民警手里拿着电警棍,问他弟弟王二勇跑哪儿去了,他不说……"

老张说,不知那晚算不算是自己走运——后来王大勇死了,所有参与讯问王大勇的三大队民警都受到了处分,最轻的也是被调离公安机关，只有他因为没有参与刑讯逼供，在三大队被撤销后，转岗去了派出所。

"你得亏没参加，算是三大队'硕果仅存'了……"我心情复杂地对他说。

但老张叹了口气说："一起案子，嫌疑人没抓完，办案的兄弟们先'进去'了，民警也都是有家有口的人，谁跟王大勇没私仇，可他一死，整个三大队'报销'了。我从参加工作开始就一直在三大队，队伍没了，我虽然还是个警察，却总觉得像个'弃儿'啊……"

3

王大勇死于接受讯问当晚 11 点 10 分，老张说那个时间他记得很清楚。

"王大勇说要上厕所，被带出了办公室，他上完厕所就坐在了大厅的沙发上，满头大汗，全身发抖，表情非常痛苦。以前我见过不配合的嫌疑人被'收拾'，但没见过这么重的，我提醒他们下手轻一点，但那个同事也是一脸怒气，说拖把杆都断了三根，可王大勇死不开口，还在民警面前说风凉话……"

民警们本来打算让王大勇"缓"一下，然后继续"收拾"，不料坐在沙发上的王大勇不但没能"缓"过来，反而抖动得越来越厉害，后来渐渐变成了抽搐，从沙发上滑到了地板上。

两个民警见状又把王大勇拖回沙发上，还骂了他一句"别装蒜"，但很快，王大勇又滑到了地上，而且开始口吐白沫。

三大队民警赶紧向程队长汇报，程队长来到王大勇面前看了看，感觉不妙，让民警把王大勇放平在地上，赶紧通知医院来人。

可惜王大勇没能撑到医生到来。几分钟后，他怪叫了几声，一阵猛烈抽搐，然后便没了气息。

"后来检察院组织的法医鉴定，王大勇死于重度颅脑损伤和肝肾功能衰竭……"老张说。

"他们照王大勇头上'招呼'的？"我感觉有些不可思议。

老张无奈地笑了笑，说他也不知道，但估计不是。因为那个年代警察"上手段"是有技巧的，没人会照死里整。最大的可能，还是王大勇先前在受害人家属那里受的那顿打。

但王大勇是死在公安局的，整个青紫色瘀血的后背也使程队长等人无可辩解。就这样，在王大勇死后第七个小时，除了值班的老张外，程队长和整个三大队民警被集体带到了检察院职务犯罪调查科。

"当时，三大队下面有两个中队，加上内勤总共占着四个办公室，那天他们被检察院叫走之前，还跟我说，让我帮忙整理一下办公室，之后回来还得接受局里的内务大检查。我在队里忙活了一天，结果他们一个人都没回来，检察院的人倒是来了几拨。"

望着空荡荡的办公区，老张心里有种说不清的滋味，后来，连他也被叫去检察院问话。而那些三大队的同事，从此便再也没有以警察的身份出现在办公区。

事发之后，公安局领导和两起入室盗窃案的受害人家属都去检察院求过情，局领导恳请检察院考虑王大勇的案情，对程兵等人从宽处罚，被检察院拒绝了。"8·22"案的受害女孩父母和亲属一干人等，也曾跪在检察院门口，请求免予对程兵等人的刑事处罚，同样也被检察院拒绝了。

"后来还是判了，故意伤害致人死亡，一共判了五个，程队长八年，小刘五年半，张海子三年零九个月，老徐最重，十二年，其他不构成刑事犯罪的，也被纪律处分后'脱了衣服'。"老张无可奈何地叹了口气，又点了支烟。

当年，程兵等人刑讯逼供致犯罪嫌疑人王大勇死亡一案，在整个公安局乃至全市政法界都掀起了轩然大波。程兵等五人被判刑后，分管全局刑侦工作的杨副局长也引咎辞职，之后便是全局大规模的文件学习和纪律教育。

王大勇兄弟的入室盗窃、抢劫、强奸致人重伤案件被其他大队接手，虽然民警还在全力侦办，但谁也不敢再提"五天破案"这事。

王大勇死了，公安局想尽办法联系他的亲属，甚至派人专程前往王氏兄弟的四川老家，但王大勇的父母早已去世，只有一个姑姑早年远嫁东北，也已断了联系，找来找去，公安局始终没有找到人。

而王二勇的下落，也成了谜。

4

王大勇至死不肯交代他的弟弟究竟去了哪里，却把强奸并用重物击打女孩头部致其重伤的罪责，全部推到王二勇身上。他或许以为这样自己就可以逃脱法律的制裁，但按照现行法律，即便抓不到王二勇，王大勇故意伤害致人重伤的罪行也无可逃脱。

只是程兵一时莽撞，到头来把自己也套了进去。

"那他当送水工是怎么回事？抓住王二勇，是碰巧还是他计划的？"我问老张。

"碰巧？能碰得这么巧？"老张笑笑说，"人一旦铁了心，没啥做不出来的事，王大勇铁了心不让警察抓王二勇，到死一个字都不说，程队长却是铁了心要抓王二勇，即便不是警察了，他还是要抓！"

王二勇归案后，程兵向办案民警详细讲述了自己出狱之后追踪王二勇的经过。那份有关追踪和抓捕经过的《情况说明》，也被附在了"8·22"案的卷宗之中，被办案民警记在了心里。

"程兵出狱之前，局里也做过打算。他当年入狱的案情比较特殊，又当过那么多年警察，受过专业训练，局里既可怜他的境遇，又担心他在外面走弯路，所以帮他介绍了一份工作。"老张补充说。

程兵入狱后，妻子便和他协议离了婚，宝贝女儿也归女方抚养，出狱后，程兵全部身家就剩下本地的一套房子，其他啥都没有了。领导给程兵介绍了一份在公安局下属的保安公司担任后勤的工作，这样既帮他解决了工作问题，还能让他离公安系统"近一些"，便于管理。

但程兵却拒绝了局里的安排，说自己要出去打工赚钱，局里没办法，说外出可以，但出狱的前五年还得遵守《重点人口管理工作规定》，定期回户籍所在地派出所谈话，程兵说程序他知道，没有问题。

之后，他便离开了本市，后来社区民警定期叫他回来做谈话记录，他也会回来，问他在哪儿打工，具体做什么工作，也实话实说。有时，程兵也还会问起"8·22"案，社区民警以为他只是好奇，就告诉他还在查。

从2009年至2013年的四年间，程兵向户籍所在地的社区民警说明的打工地点，都在湖南、四川、重庆和贵州一带，工作类型也十分芜杂：摆过夜市、做过搬运工、夜班出租车司机、快递员，甚至还干过网吧保安、小区门卫，等等。

有认识程兵的民警问他，别人打工都去"北上广深"，你打工怎么总往欠发达地区跑？你以前好歹也是个刑警队长，大专学历，你看你净找了些什么工作？

程兵只是说自己年纪大了，工作不好找，在公安系统待了很多年，受够了约束和管制，想找个自由点的工作。听他这么说，谁也不好再说什么，更没想到，他去那些地方，只是为了寻找王二勇。

5

程兵究竟如何找到的王二勇，老张给我讲了一个版本，但后来我在其他人的口中，又听到了另外几个版本，有时同事们聚餐时提起程兵，还会争论，他当年追踪王二勇到底用的是什么办法。

那份"8·22"案的卷宗早已入档，我无法看到那天程队长的亲口叙述，只能在梳理了同事们的几个版本之后，大致理出了一条笼统的线索。

程兵很可能在服刑期间，便在狱友中打听过有关王大勇、王二勇盗窃团伙的信息。同是"吃一碗饭"的人，在押的盗窃犯很可能有意或无意中告诉了他。

出狱后，程兵按照线索先去了贵州某市，在当地做了一名快递员，希望借送快递之机，搜集周边住户的信息，但可能没有成功，也可能成功获取了某些新的线索。不管怎样，做了半年"快递老哥"之后，他去了重庆。

在重庆，他做了五个月的夜班出租车司机，每天夜里开车在城里转悠，与坐车的乘客攀谈，用各种方法询问一切自己想了解的事情。

五个月之后,他可能获得了新的线索,便辞去了夜班出租车司机的工作,进入重庆一家空调品牌的售后服务部,依旧是开车,但那份工作他只做了两个星期,又辞职去了四川德阳。

程兵在德阳某小区应聘了物业保安,每日认真登记出入人员和车辆,那份工作他做了七个月,几乎掌握了整个小区的住户信息,而后便辞了职。物业经理挽留他说要提他当保安队长,薪水翻倍,但程兵婉拒了物业经理的挽留,又去了湖南益阳。

他在湖南城市学院附近的一家网吧做了六个月的杂工,有时负责打扫卫生,有时负责为客人办理上机充值,有时还充当夜班保安。半年后,程兵到了长沙,在一家家具城做送货司机,晚上去夜市摆摊。

2011年年底,程兵又一次辞去送货司机的工作,晚上摆夜市,白天送快递,就这样干了近一年后,他第二次去了贵州。

"选择当送水工估计也是程兵权衡一番之后的决定,和以往的其他职业相比,送水工的最大优势就是要'入户',程兵身上一直揣着王二勇的照片,只要他出现,化成灰程兵都能认出来。"一位同事告诉我。

当时,程兵随身携带的笔记本上详细记录着他打听来的小区居民信息,从姓名、年龄、电话到外出时间、经济状况、爱好特长,一应俱全。有一次,他的笔记本被水站老板发现,问他记录这些东西做什么,他说是为了更好地向住户推销水站的饮用水。

"程兵也是个人才,他给老板说,记录客户的姓名、年龄是为了接电话时方便称呼对方,记外出时间是为了尽量避免送水上门时家中无人,老板还真信了他。王二勇被抓之后,我们找老板做证人材料,他说程兵当送水工的这九个月,他的桶装水销量涨了百分之五十。"另一位同事说。

终于,功夫不负有心人,在干了九个月送水工之后,程兵最终确定了王二勇的身份,并将他抓获归案。

"程队长花了四年工夫寻找王二勇,当他发现王二勇的行踪后,为什么不直接通知当地警方抓人?他当了十六年警察,不会不知道,通知警方会比他自己去找省力得多吧?"我不解。

"这事儿我们后来问过他,他说,他在杨副局长面前立下过'军令状',要亲手把王二勇抓住。"同事说。

6

王二勇被抓时,根本不敢相信把自己按倒在地的,是那位曾经多次上门送水,面相和善,还主动跟自己递烟攀谈的送水工"老程"。他更没想到,这位"老程",就是十一年前因主办自己与哥哥王大勇案件而入狱的"程警官"。

他明白自己当年犯下的事情有多大,也知道哥哥死于刑讯逼供,之后又听说那些参与讯问哥哥的警察全部入了狱。王二勇说,自己很清楚,警方绝对不会放过自己,因此这十一年来,他想尽一切办法四处躲藏。

他改了名字，找人花大价钱办了假身份证，又用假身份娶了妻子，生了儿子，用妻子的名字买了房子。

王二勇不敢再去偷东西，生怕被警察抓住查出自己的真实身份。他不敢喝酒，怕喝醉后说漏嘴，出门不敢坐火车，怕买票时露出马脚，甚至不敢与人争执，担心事情闹大了引来警察。

他四处打工，频繁更换工作，快递员、夜班出租车司机、门卫、小超市理货员、网管，可能程兵干过的工作他都干过。但从不敢长做，更不敢在工作中冒头，只要稍有风声，就会果断逃窜。

王二勇与程兵距离最近的时候，是他在重庆那家空调品牌售后服务部做安装工时。王二勇以前做过空调安装，技术过硬，在公司又任劳任怨地干了一年，公司准备和他签一份五年期的劳动合同，让他第二天把身份证带来。他思考再三，还是担心自己身份暴露，最终找了个借口放弃了这份工作。

而他离职的那天，正是程兵得到线索前往入职的同一天。

被捕后，王二勇曾认为案子已过了十一年，且自己当年没被警察当场抓住，因此试图装聋作哑蒙混过关，把责任全部推到哥哥身上。

警方没有再给他"上手段"，而是将各种证据一一摆在他的面前，当看到自己留在受害女孩体内的精斑DNA比对结果时，王二勇彻底崩溃，随即交代了当年的全部作案过程。

2002年8月22日深夜，兄弟二人来到提前选好的作案地点，这家没安防盗网，而且男女主人每天傍晚都会离开家，凌晨才会回来。

晚上11点左右，看楼上其他住户家的灯基本都熄灭了，兄弟二人开始从一楼沿着防盗窗和空调外机攀爬，很快就到了四楼窗口。

那天，受害女孩关了空调、打开了窗户通风，不想正好给王大勇兄弟二人入室提供了便利，二人轻易地扒开纱窗，跳入室内。

受害女孩是辖区某中学的寄宿学生，平时在学校住，当天因为身体不适请假回家休息。王大勇兄弟没有料到此时家中会有人，为了赶紧找到财物，翻箱倒柜，动作很大。

他们弄出的声音惊醒了女孩，她睡眼惺忪，以为父母回家找东西，毫无戒备地打开了灯，大家都被吓了一跳。

女孩很快开始尖叫，王大勇一个箭步上前扑倒了女孩，用手捂住她的嘴试图盖住声音。王二勇也急忙上前帮忙，兄弟二人很快把这个17岁尚在病中的女孩捂晕了过去。

他们见女孩晕了，急忙收起偷来的财物准备离开，但出门时，又瞥了一眼倒在地上衣冠不整的女孩，兄弟俩产生了邪念。

然而，就在他们实施性侵的时候，女孩突然醒了，又开始大声呼救，兄弟俩随手抄起地上的物品往女孩头上猛砸，直到女孩不再呼救为止。

至于受害女孩头部那处致命的伤口，十一年前王大勇说是弟弟王二勇干的，十一年后王二勇说是哥哥王大勇干的。击打女孩头部的重物是一个铜制摆件，后经技术勘察，上面布满了王大勇和王二勇二人的指纹，究竟是谁下的死手，却已无从查证。

当然，这并不影响对王二勇的最终量刑。

后记

后来，听说程队长的妻子已经和他复婚，带着女儿重新回到了他的身边，夫妻二人在北京开了一家青少年兴趣班。2018年年初，我到北京出差，曾想联系程队长，一来想向他表示问候，二来也想听他亲口讲一讲当年只身追踪王二勇的经过。

但电话打通后，他与我寒暄了几句，表达了谢意，并没有告诉我他的具体地址，也拒绝见面，同样不愿再跟我谈起往事。

"过去的事情就让它过去吧，你还年轻，做个好警察，办好案子，也保护好自己！"程队长说。挂掉电话后，这句话在我心中不断地重复着。

我也仿佛听到了他登上列车前的那句话："请转告杨局长，三大队任务完成。"

我之所以当警察，都是为了她

2014年11月的一天晚上，我在警务室加班，林所长开着私家车来找我。他没穿警服，让我也换个便装，跟他出去"办点事儿"。

"是那个谁……又来了？"我问他。

林所点头。

"这次要怎么办？"

"公事公办。"

1

那晚，我和林所来到辖区边缘的一家小旅馆。虽然我们身着便装，但一进门，旅馆老板还是认出了我们，赶忙上前递烟。林所面无表情地摆了摆手，径直向楼上跑去，我赶忙跟在他身后，老板也紧跟着我。

　　站在312房间的门口，林所示意店老板开门，店老板伸手正要敲门，林所一巴掌把他的手打开，示意他直接用房卡开。老板无奈，从口袋里掏出了房卡，"咔"的一声，门锁开了。

　　我随即猛地向房门撞去，试图以最快的速度出其不意地冲进房间。但完全没想到，我将近一百七十斤的体重，只把门撞开一道不足二十厘米的缝隙，透过缝隙一看，房间里的电视柜竟抵在了门后。一股浓烈的麻果香气顺着这道缝隙扑面而来，几乎是在同时，一个光溜溜的身影从床上跃起，跳上窗台，看来是想从窗户跳出去。

　　我连忙退后几步，用尽力气再次撞向房门。"咚"的一声巨响后，电视柜又向后退了一段距离，缝隙总算够一个人挤进去了。

　　此时屋里的那个人已经骑上了窗台。林所冲进房间，大喝一声："别动！"说着右手从怀中掏出了伸缩警棍。那个人半个身子探在窗户外面，看了看林所，又看了看窗外，大概是觉得三楼确实太高，不敢往外跳。

　　趁他纠结的当口，我打量了一圈屋内。这是一间典型的四线小城的私人旅社房间，昏暗的白炽灯，老旧的家具，一名女子裹着棉被倚在床头，眼神迷离。地上散乱地扔着两人的衣服，还有一个矿泉水瓶做的简易"吸壶"，角落里是两个一次性打火机和几张褶皱的锡箔纸。

　　林所没有理会床上那个女人，我也不想主动和她说话。

"六子，你个×养的，给老子滚下来！"林所还在跟窗台上的人对峙——六子，42岁，辖区在册吸贩毒人员，也算是林所的"老熟人"。

六子不肯下来，结结巴巴地威胁林所："你再往前走一步我真跳了……"

林所没理他，反而向前迈了两步，说："你有胆子就给老子跳！不跳老子一脚把你踹下去！"

六子又看看窗外，怂了，从窗台上滑了下来，坐在地上。

在带这对男女回派出所的路上，林所开车，一句话也没说。我把两人铐在一起，锁好车门，坐在他们身边，默默抽烟。

回到派出所，林所把二人交给值夜班的民警老赵看管，让我去后院把讯问室的灯打开，又去把备勤室里的值班同事喊起来做事，自己却上了楼。

老赵让这对男女在大厅墙边蹲下，意味深长地看了我一眼，我也无奈地笑了笑。

2

值班同事在楼下讯问室给两人做笔录材料，我推开所长办公室的门，林所正叼着烟坐在椅子上发呆，我想从他烟盒里掏一支，他却开口骂了我一句："以后抽烟自己买，别老拿我的！"

我有点尴尬,看来今晚他心情不好。不过,既然烟已经拿出来了,我也不好再放回去,不然他又会说什么"拿都拿了,放回去做什么"。我只能厚着脸皮把烟点着,坐在他对面的椅子上陪他一起发呆抽烟。

我知道他心里在烦什么,但又不好点破。坐了一会儿,老赵也上来了,看了眼林所,苦笑着摇摇头,也点燃一支烟,拖了把椅子坐在一旁。

总不能就这么干坐着,我不断向老赵使眼色——他是所里的老民警,林所当年的师父,在弟子和晚辈跟前,没有什么不能说的。老赵微微冲我点了点头,又过了一会儿,估计是组织好了语言,他清了一下嗓子,终于开了口。

"小林,你也想开点儿,工作上的事情,生气是生不完的。"

林所好像没有听见似的,不说话,闷着头抽烟。

"人各有命,你是个警察,又不是观音菩萨,管得了那么多吗?"老赵继续说。

林所依旧没反应。老赵有点不高兴了,他把烟屁股放到地上踩灭,拾起来扔进林所身边的烟灰缸,然后用手敲了敲林所的桌子:"以前的事情已经过去了,你现在是有家有口的人,最应该关注的是小何(林所的妻子)和儿子才对!"

"我不是那个意思……"老赵的话似乎终于碰到了关键,林所终于开口了。

"你跟了我五六年,从我徒弟做到我领导,你啥意思我不清楚吗?!"老赵的口气变得严肃起来。

"唉……"林所叹了一口气,又把头闷下了。

老赵走回椅子边,拍了我一下,说:"咱们走,让林所自己清静一会儿。"

那是我跟着林所工作的第二年,作为同一个班上的民警,一周有三天的时间,二十四小时吃、住、睡都在一起,两人几乎形影不离,我当然知道林所心里在郁闷什么。

让他心烦的,不是那个六子,而是那名和六子一同被抓的女子。

3

这个女子名叫赵晴,曾经差一点儿就成了林所的妻子。

赵晴是本市人,和林所同岁,两人自初中开始便是同班同学,高中毕业后又一同考取了省里的师范大学,林所学音乐,赵晴学美术。两人在大学二年级时开始恋爱,多年的老同学,又都是工人家庭出身,知根知底。林所说,他们曾打算大学毕业后一同回本市,找一所中学当老师,然后就结婚。

2002年,两人大学毕业,赵晴如愿考进了本市的一所中学,但林所却没能如愿,成了一名待业青年。他决定创业,联系了几个武汉的校友,一同开了一家艺术生高考辅导班,跟赵晴被迫分隔两地。

辅导班开起来没多久，赵晴就不顾父母的极度反对，辞去了教职，去武汉陪林所一起创业。

"那个时候日子过得苦啊，我借的钱只够在街道口那边租一间小门面房，教学、办公、吃住都在那间屋里，晚上睡觉只能摆开一张单人床，赵晴说我白天累，让我睡床上，她大冬天的自己打地铺……"林所曾不止一次地对我说过。

赵晴的父母都认为是林所"坑"了自己的女儿，不仅和林所家人闹得不可开交，还多次带着亲戚朋友去武汉，要把女儿"绑"回来。一次，赵晴的父亲带着两个亲戚在武汉光谷附近堵到了林所，正要动手，赵晴就骑着电动车赶来，和父亲大闹一场，然后抢走了林所。每次说到这件事，林所总是忍不住掉泪："那天我坐在电动车后座上搂着她的腰，哭了一路，那时候就下决心，这辈子一定要对得住她！"

赵晴的父母终于认命了，他们虽然不想承认女儿和林所的关系，但再也没有找林所一家的麻烦。

林所和赵晴共同努力了两年，培训班出来的第一批学生在高考艺考中的成绩都很不错，还有好几个学生考上了名校，所以培训班一下就火了，第二年预约报名的学生就有两百多人。到了2005年，培训班从一间屋变成了三间屋，最后规模扩大到上下两层楼，还注册了商标。

林所说，自己如果后来不改行当警察的话，照那个发展势头，现在他应该也和武汉那几家知名的艺考培训机构老板一样，成为一名"土豪"了。

"我走的时候，把培训班盘给了当时一同创业的校友，现在人家包了半座楼，开宝马坐奔驰，穿个T恤都是'范思哲'——你看看我，现在身上最值钱的是这部手机，1800块，公安局发的……"林所总开玩笑地如此自嘲道。

4

林所转来当警察的原因，他很少跟外人提起，但公安局很多同事都知道，他从"林校长"变成"林警官"，正是因为"赵老师"出事了。

"手里有了几个闲钱，交了几个不该交的朋友，就染上了毒品。"从林所断断续续的言谈中，我大概知道了赵晴当年出事的经过。

赵晴从小就性格开朗，身边永远不缺朋友，即便在高压力的创业过程中，也在武汉结交下几个要好的朋友，其中有一位姓刘的中年女子，比赵晴大不少，和她关系尤其好。

这个刘姐是朋友介绍给林所的，她年轻时曾留学国外，拿到了钢琴演奏硕士学位，回国后曾在某高校艺术学院工作过一段时间，后来离了职。林所看中了她的海外留学经历，开出高薪，盛情邀请她来培训班教学，刘姐欣然答应。赵晴也把刘姐当作自己的"知心大姐",经常和她结伴出入。

大概就是这段时间,赵晴通过刘姐接触到了毒品。

"那时候我一是忙,二是没这方面的意识,你说好好的一个大学老师,怎么会放着公职不干,跑出来搞我们这种'野路子'?后来我才知道,她是因为吸毒,被学校开除了!"林所后来追悔莫及。

林所不止一次问过赵晴她究竟是如何"上道"的,但赵晴一直都说不明白,只说似乎是在某一个瞬间,自己开始对一些东西产生依赖感,有时是红酒,有时是饮料。她自己也曾买过那些让她"依赖"的东西,但后来却发现,只有和刘姐在一起时,那些东西才"起作用"。

林所后来推测,刘姐最初应该是在赵晴的饮品里放了一些"口服液""快乐粉"之类的东西,等赵晴意识到的时候,早就来不及了。

"虽然那时候我给姓刘的开的工资很高,但肯定是不够她吸毒的,所以她就想把赵晴拉下水。赵晴虽说是老板娘,还管着培训班的财务,但不过是个二十五六岁的小姑娘,对这些东西没防备,只要她下了水,姓刘的就可以弄到稳定的毒资了。"林所后来分析说。

2005年7月,高考成绩传来,培训班又一次迎来了大丰收,林所激动地将喜讯告诉赵晴,可赵晴似乎并不在意。

林所以为赵晴是因为前段时间太忙累的,就想着趁8月闲暇的时候，带她去香港和澳门旅旅游，算是庆祝。林所提了好几次，赵晴才勉强答应了。

赵晴从旅行一开始就有些魂不守舍，两人在香港待了几天，准备去澳门时，赵晴借口身体不舒服，说什么也要回武汉，林所只得提前结束了行程。

可抵达武汉的当晚，赵晴便不知去向。

那天晚上，林所四处找不到人，打电话也联系不上。他不断地打电话给培训班的老师们，甚至相熟的学生家长，询问赵晴的去向，但大家都说不知道。林所实在想不出这种天气赵晴能跑去哪里，他一边在凌晨暴雨的大街上漫无目的地寻找，一边焦急地等着天亮，好给赵晴父母打电话，问问赵晴是不是回家了。

大约在凌晨4点，林所突然接到了武汉市公安局某派出所的电话，说赵晴和刘姐因吸食毒品被拘留了，让他去派出所办手续。

林所当时就蒙了——他那时对毒品的印象还停留在影视剧和街道社区的禁毒宣传栏里，根本想象不到，一直陪伴自己的女朋友竟然会染上毒瘾。

原来，那天晚上赵晴一回到武汉便被刘姐叫走了，两人急匆匆地赶往刘姐住的出租房，刘姐打电话叫来毒贩子，赵晴花钱买了一些毒品，两人便在出租屋里好好过了一把瘾。不料，这个毒贩早已被便衣盯上，他离开出租屋后没走多远便被抓获，随即供出了赵晴和刘姐，马上，警察便在出租屋里把两个女人抓了现行。

最终，刘姐因多次吸毒被抓，被判强制隔离戒毒，而赵晴因为是初次被抓，拘留执行完毕后，被判社区戒毒。

从拘留所出来之后，赵晴把自己关在房间里三天没有出门，然后向林所保证，以后绝对不再碰毒品。

赵晴出事之前，两人已经把婚期定在了2006年年底，林所担心赵晴吸毒的事情会给结婚带来未知的阻力，也相信赵晴是一时糊涂，思来想去，还是没把这件事情告诉双方的父母。

然而，没过几个月，林所几次夜里醒来，都发现赵晴不在床上。开始他没在意，后来才发现，赵晴夜里起身后去的并不是二楼的卫生间，而是一楼的储物间——终于在一个深夜，他将正在吸食毒品的赵晴堵在了那里。赵晴这才向林所承认，自己并没能戒除毒品。

那次林所先是气得暴跳如雷，然后抱着脑袋哭了一宿。

"姓刘的被抓了，但她以前的那些朋友还在，有些是和赵晴认识的，总偷偷联系她，说一起出去玩，赵晴拒绝了几次，但最后还是没忍住，又复吸了。"

5

那次之后，林所通过朋友联系了一家武汉的自愿戒毒医院。虽然这家医院的戒毒价格相当于培训班半年的利润，但林所还是毫不犹豫地将赵晴送了进去：一是在当时的他和赵晴看来，公安机关免费的强制隔离戒毒如同蹲监狱一般，让人没有人身自由；二是他不想让赵晴继续在公安机关的违法人员档案上留下记录。

"自愿戒毒"的时间为半年，那年春节，林所对双方父母谎称两人要前往外省做招生宣传，不能回家过节，瞒过了家人。

2006年5月，赵晴终于结束了全部治疗。在离开自愿戒毒医院之前，林所专门找到主治医生，询问以后需要注意的相关事项。主治医师建议切断赵晴与本地毒友圈的联系，那样才能"最大限度地保障戒毒效果"。

林所几经考虑，决定带赵晴回老家，这样才能让赵晴彻底远离武汉的朋友圈，切断她和毒品的联系——他觉得当初赵晴是为了他辞去了老家的教职，这次他也必须陪赵晴回去。

培训班盘了出去，林所拿到了30万的分红，他把20万交给了赵晴的父母，说是两人一起赚的，赵晴父母用这笔钱买了一套商品房，说留给二人结婚用。林所用剩下的10万来块在本地租了一间门面，重新开起了培训班——直到那个时候，他依旧没有把赵晴吸毒的事情告诉双方父母，也没有将婚期推迟。

两人又开始了新的创业，但由于本市没有艺术类高校，已有的几所高中里零星的几个艺术生也都有固定的培训渠道，林所的培训班门可罗雀。

"你那时候真打算跟赵晴结婚？"我问林所。

他想了半天，说那时还是觉得没什么。"人都会犯错，改了就好,如果赵晴之后不再碰毒品了,我权当以前的事情从没发生过。"

不过,结局又一次让林所失望了。

2006年9月,就在双方家属筹备订婚宴的关口,赵晴却再一次因吸食毒品被本地警方抓获。警方查到了之前赵晴在武汉因吸食毒品被拘留的记录,将赵晴按照"吸食毒品严重成瘾"送去了省女子强制隔离戒毒所,戒毒期为两年。

"不是已经回来了吗?按说脱离了以前毒友的圈子,不该复吸啊?"我问林所。

林所说,后来他一直在后悔两件事:一是那次在储物间发现赵晴吸毒后没有报警,也就没有查出赵晴的毒品从何而来;二是本市离武汉太近了,赵晴还是被毒友们找上了门。

"那些人像狗皮膏药一样,只要知道你有钱吸毒,就会死缠着你。他们整日除了吸毒也做不了别的事情,自然没什么收入,遇到瘾上来,当然能从武汉跑来找你。"林所恨恨地说。

随着赵晴被"强戒",她在武汉的前科也瞒不住了。得知真相后,林所父母要求两人立刻分手,赵晴父母则打上门来,说都是林所害了女儿,双方家庭一夜之间反目成仇。

6

培训班老师涉毒,家长更不敢把孩子送来这里了。赵晴被抓后不久，林所的培训班便关门大吉，林所拿着剩下为数不多的钱，重新回到了待业青年的日子。

令林所没想到的是，虽然赵晴已经被送去了"强戒"，但之前她在武汉的那些毒友，竟三三两两地找到了他——有人打电话打听赵晴的去向，有人自称是赵晴以前的闺蜜，套了半天近乎，不外乎都是找林所借钱；还有人说赵晴以前借了自己的钱，让林所还钱；甚至有毒贩直接找到了林所，说赵晴找他"拿货"没给钱，让林所替赵晴付账。

林所只得报警，警察虽然抓了人，但也对林所的身份产生了怀疑，还把林所也带去派出所做了尿检，确认他不吸毒后才允许他离开。

林所没有离开，而是把赵晴的事情原原本本地告诉了给他做尿检的警察，想问问看赵晴到底还有没有希望戒毒，自己和赵晴还有没有在一起的可能。

那天，他拉着警察谈了整整一个下午，警察告诉他，一日吸毒终生戒毒，赵晴不是个例，要想戒毒，需要走的路的确很长。民警劝他好好斟酌一下与赵晴之间的事情，虽然没有点破，但林所自己也知道是什么意思。

林所说自己仍然想帮赵晴戒毒，问警察有没有什么稳妥的办法。警察可能是开玩笑，也可能是出于对林所当时执拗想法的无奈，说了一句："那你来当警察吧，当了警察就有办法了。"

林所当真了。

2007年6月,经过一年准备,林所通过省考进入了本市公安队伍。公安局本来从他的音乐专业考虑,安排他在政治部宣传部门任职,他却主动要求去了派出所。一年前给他做尿检的那位警察老赵,后来成了他的师父。

"2008年赵晴结束'强戒'离开监所的时候,我陪林所去武汉接的她,那天他们两个人在戒毒所门口抱头痛哭……"老赵说道。

林所心中始终惭愧,如果不是当年他与赵晴在武汉创业,如果不是他拍板招了刘姐,如果他平日里对赵晴的关注更多一些,或许赵晴就不会变成后来这个样子。但林所能做的,也只是用警察身份盯紧了赵晴,尽量帮助她摆脱毒品的纠缠和控制,尽快过上正常人的生活。

7

林所当了三年社区民警,两次被市局评为"优秀民警"。他帮助吸毒人员戒毒的故事,也曾被市里的媒体报道过。

上任伊始,林所在全国吸毒人员信息网上查询了本辖区内所有涉毒人员的资料,然后对所有在册吸毒人员一一家访,找不到人的便找他们家属,希望家属能配合工作。

他自费印了很多禁毒宣传资料在社区分发,顶着别人的白眼,给回归社会的戒毒人员介绍工作。有时,他甚至会买一些米面，去那些揭不开锅的吸毒人员家里做工作、讲道理，甚至还会给那些浑身是病的"老毒么子"送药。

别人办一起吸毒案件只需半天，他却需要很久。"现在回忆起来，感觉自己那时的想法有些幼稚。"林所那时坚信"打击只是办法不是结果"，想通过自己的努力挽救那些吸毒人员，哪怕是长期吸毒人员。

上级表扬他的做法，但同事们私下里说起林所的作为，都只是笑笑。师父老赵大概明白他的心思——赵晴的家就在他的管区里，他当社区民警的第二年，就帮赵晴在临街的地方租了一间小门面房，开了一家文具店。

林所那时还没结婚，巡逻经过小店时，都会进去看一眼。有时下班后，还会和赵晴一起去超市购物。

老赵说那时他很不放心，虽然林所和赵晴之前是男女朋友关系，但赵晴毕竟是有吸毒前科的人员，而林所的身份是警察，他担心林所还和赵晴搅在一起，难免会招来麻烦。

后来我问林所，那时是否仍然还有和赵晴继续在一起的念头。林所叹了口气，点头说有，他计划着，只要赵晴有三四年不再碰毒品，他就跟赵晴结婚。

赵晴也告诉他说，自己结束"强戒"之后，已经彻底与以前的毒友们划清了界限，不但更换了手机号码，连QQ号码都不再用了。

林所父母明确告诉儿子，坚决不会让赵晴过门；赵晴父母则将女儿吸毒的责任全都归在林所头上，骂他是赵家的"丧门星"；甚至公安局同事们也都说，林所这是在"玩火"。

但林所依旧心怀希望，我行我素。那年他29岁，说，三四年，自己等得起。

但赵晴终究没让他等三四年。2009年3月，赵晴第二次被送强制隔离戒毒。

抓住赵晴的不是本市警方，而是邻市公安局禁毒大队。他们在一次专项行动中，将和朋友在KTV包房里正烫吸冰毒的赵晴抓获。经讯问，赵晴在第一次"强戒"后，已经不止一次吸食毒品了。

林所得到这个消息后几近崩溃。他万万没想到，费尽心思在社区禁毒，省厅颁发的表彰牌匾就挂在警务室大门上，但自己最关心的赵晴，竟然在他眼皮子底下又吸了毒。

他跑去邻市禁毒大队要求参加对赵晴的讯问，被对方以不合程序为由拒绝。不过，在赵晴被送往强戒所之前，邻市禁毒大队破例让林所看了赵晴的笔录材料，并让他和赵晴见了一面。

赵晴在笔录材料里承认，自己自上次"强戒"之后，坚持了半年没有碰过毒品，但后来还是被一个她在强戒所里认识的本地"朋友"拖下了水，并给她提供了购买冰毒的渠道。

林所问赵晴为什么骗他，赵晴平淡地说怕林所伤心。林所又问：你既然怕我伤心，为什么还要去碰毒品？

赵晴说不出来，只是默默流泪。

8

"那东西，那么难戒吗？"刚当警察的时候，我曾问过林所。

他给我打了一个比方："如果说烟瘾是'1'的话，性瘾大概是'20'，酒瘾估计是'100'，毒瘾应该在'3000'左右——你想想自己戒烟时的决心，乘以3000倍，就是戒毒的难度……"

尤其是冰毒及其副产品，如麻果、K粉之类的新型毒品，比起过去的海洛因，不会再让吸毒者产生强烈依赖感，"上瘾"之时，不会有蚀骨之痛，但吸食后造成的欣快感，却让人流连忘返。

心瘾的戒除是终生的，从毒品中体验过那种欣快感的人，只要还活着，就不会忘记那种感觉，就会有复吸的可能。因此吸毒人员终生都需要用意志力对抗心瘾，一次失败，便前功尽弃。

"就好比，每次的欣快感背后，就是大脑皮层上一个针眼般大小的洞，洞多了，人就疯了……"

从2010年开始，林所对待社区涉毒人员的态度发生了巨大的变化。

他重新通过全国吸毒人员信息网更新了本辖区的涉毒人员资料，这次他不再家访，而是直接找人、抓人、尿检、拘留。然后就是让被抓获的吸毒人员举报其他涉毒人员，无论是本地的还是外来的，只要有过涉毒前科的人员，他一个也不放过，一次拘留、两次"强戒"，直到涉毒人员再也不敢在他的辖区出现为止。

他协调辖区各单位保卫处和居委会组成了"居民禁毒巡防队"，辖区居民早就烦透了那些整日偷鸡摸狗的"道友"，一时间，巡防队所到之处，涉毒人员鸡飞狗跳。有些吸了十几年毒品、浑身上下没几副好零件的"老毒么子"，曾经仗着自己"身怀绝症"无法收监，对公安机关的打击不屑一顾，终日以偷盗为生。以前林所给他们送药、做工作的时候，他们不屑一顾地揶揄：你们警察是拿我们没办法了，开始"顺毛捋"了？到了后来，巡防队一来，他们就开始四处躲藏，甚至有人主动要求重新被收监，躲避追击。

这一年，辖区内涉毒案件的数量先是呈直线上升，后来又呈直线下降，林所也毁誉参半。有人说他工作业绩突出，应当嘉奖，也有人说他做事不遵守纪律。

2011年年底，林所结婚，妻子同样是公安局民警，次年他的儿子出生。

9

2014年11月那晚，我们在吸毒现场抓获了六子和赵晴，经尿检，二人甲基安非他命（俗称冰毒）反应均呈阳性，随后二人供述了当晚在宾馆开房吸食麻果的经过：六子买了毒品麻果，两人在宾馆一起烫吸，吸饱后，两人在宾馆发生了关系，六子付出的代价是另外五颗麻果（市价约300元）。

我进入讯问室，看到六子坐在讯问椅上，屁股下面垫着厚厚的卫生纸。一问才知，他常年患有严重的性病，屁股和大腿上遍布烂疮，久坐会流出黄色脓水，同事怕他弄脏了讯问椅。

"那个女的，瘾大得很嘞！给钱就能上，有'货'的能包月……"六子知道自己浑身是病，过不了入拘留所前的体检这一关，因而语气中满是无所谓。

电话响了，接起来，是林所，他正从监控里观看审讯过程，让我问六子，都有哪些人平时跟赵晴裹在一起。我转述给六子，他报了几个名字。

我又走进隔壁讯问室，两位同事正在给赵晴做笔录。听了一会儿，跟六子说的差不多，赵晴的语气平淡，像是在叙述别人的事情。

我不知该说什么，也不想再说什么，站了一会儿准备离开。手机又响了，还是林所，我以为他也有问题要问赵晴，可他顿了顿，说，拨错了。

那天的审讯持续到凌晨5点，等待赵晴的无非还是先拘留再"强戒"。这个结果赵晴早已料到，并没有做出什么过激反应。临去拘留所时，她小声问我林所在哪里，我回答说："不该问的别问，管好你自己的事。"

六子以为自己肯定进不了拘留所,坐在讯问室里竟然跟民警说自己上午还"有事",催促民警快些给他办手续。等同事从公安局法制科报裁回来,告诉六子,处罚结果是"刑事拘留"——这意味着六子将会被判刑。

六子声嘶力竭地抗议,说警察给他"挖坑"、办"冤假错案",那位报裁的同事冷冷地说:"嫖娼用毒品支付,构成贩卖!"

六子愣在那里,恨得咬牙切齿。

之后我得知,那天深夜法制科值班人员最初裁定的结果的确是治安拘留,但林所打电话叫醒了法制科科长,拿着《刑法》第347条一字一句地对法条,终于让法制科科长改变了主意,通知值班员修改了裁定。

早上6点,办完六子和赵晴的案子,林所拉上我和另外一名同事,把六子交代的其他几个"道友"全部抓回了派出所。

但那晚,林所自始至终都没去讯问室和赵晴见面,也没再跟她说过一句话。

尾　声

2018年5月,我已经离开了派出所一段时间。老赵来武汉看儿子,顺带找我吃饭,两人又聊起了赵晴。

老赵说,赵晴疯了,赤身裸体地在街上狂奔,拿砖头在路边砸车玻璃,后来被送去了精神病院。

这个结果在我的意料之中,吸食冰毒的人,最终的归宿就是精神病。

"林所呢?"我问老赵。

"唉!"老赵叹了口气。那天是林所出的警,送赵晴去精神病院前,林所的手按在单警装备上,不住地颤抖。

"那天晚上你林所喝醉了,没回家,住在派出所备勤室里,听同屋的小高说,他抱着被子哭了一夜……"

再见，警长

前　言

2016年，三级警长周明在办理一起涉枪毒品案件时殉职，年仅44岁。这三年间，我曾数度提笔，想把他的故事记录下来。数次成稿，又数次放弃。

过去，我曾接受过他的指挥，危难时也曾被他舍命相救，直至殉职，他都是我的战友，我的前辈，更是我奋力追赶的榜样。

可即便如此，他在我心里似乎依旧带着陌生感。

即使后来我又从前辈们的口中和材料里搜寻了许多关于他的事情，脑海中却依然拼凑不出一个更完整的刑警形象来。他似乎和那些我所熟悉的警察迥然不同，又似乎能在他身上看到很多人的影子。

清明将近，我还是决定将这一切都记录下来。

1

2012年7月,我在日常巡逻排查中抓获了吸毒人员邓某。

那天晚上,我在讯问室里给邓某做嫌疑人笔录。出乎我意料,邓某很配合,给我讲了很多话——他说自己被妻子抛弃,万念俱灰,染上了毒品。他这些年来一直想戒毒,但前妻家人总来骚扰,让他内心始终无法平静,所以屡屡戒毒失败。

可能是因为邓某当年做老师的底子犹在,讲话太有感染力,更可能是因为我经验尚欠缺,我渐渐相信了他的话,甚至有些同情他的遭遇,语气也逐渐软了下来。

最后,邓某问我这次他将受到怎样的处置,我翻了一下警综平台的记录,发现他一个月前就曾因为吸毒被判社区戒毒,这次被抓,按程序是要被送去强制隔离戒毒的。

我把实情告诉他,邓某表情痛苦,说自己坚决不能被强戒,家里还有80多岁的老父亲无人照料,他要进去了,父亲也就活不成了;又说自己心脏不好,去强戒也过不了体检,哀求我手下留情,给他一次机会,他一定主动戒毒。

我被他说动了,起身拿着笔录材料去找带班领导,试图咨询一下邓某这种情况有没有可能不办强戒。

那天,我在带班领导的办公室里第一次遇到了周警长,当时他正在和带班领导聊天。我刚开口给领导汇报了两句邓某的事情,周警长在一旁竟直接笑出了声,搞得我一头雾水。没等我说完,他打断我,问了一句邓某关在哪间讯问室后,就自顾自地出了办公室。

我转身继续,领导耐着性子听完我的汇报后,什么都没说,只让我下楼去看看周警长是不是过去了。

我回到讯问室门口,周警长正好从里面出来,见到我,面无表情,迎面就是一句:"这点判断力都没有,你当的么×警察?他的话你也信?还去汇报?幼稚!"然后就径直走了。

我急忙推门进屋,邓某正耷拉着脑袋歪在审讯椅上,协办民警在一旁打字。我说:"刚才不是说好找领导汇报完再整材料吗,你怎么先做上了?"

同事说不用了,周警长一进来就把他搞定了。

我很诧异地问:"他做了啥?"

同事笑了笑,说他啥也没干,就是进来问了邓某一句:"你爹还活着呢?"结果邓某一听,马上就给周警长道歉,说自己不该扯谎骗警察。

我当即火冒三丈,一拳砸在办公桌上,"咚"的一声巨响,同事和邓某都吓了一跳。

2

辖区的涉毒人员都怕周警长,那个"道友圈子"里还有一句话:"宁送强戒,不惹周×。"

"周×"就是那群人对周警长的"敬称"。他们都说周警长下手"太黑"——在他那里，从来都没有"苦口婆心"，也没有"嘘寒问暖"，他曾说那些给吸毒成瘾人员掏心掏肺做工作的民警是"闲得蛋疼"，而那些试图感动"老毒么子"的举措，根本就是"浪费国家粮食"。

甚至在领导开会时，他都毫不遮掩自己的"一贯态度"。

一次，局里请一位规劝了多名吸毒人员戒毒的优秀同行来做报告，晚上吃饭时，周警长一言不合便和那位同行顶了起来，还直言那些所谓的先进经验"屁用都没有"。

对方当时就脸上挂不住了，作陪领导赶忙打圆场，说："人家这也是工作多年总结出来的经验，你不学怎么知道不管用……"

周警长用筷子敲着桌子说："先不先进咱这儿不谈，咱就看看三年后全国吸毒人员信息平台上还有没有那几个人的名字，现在谈先进？谈个锤子……"

话说完，抬起屁股就走了。

我第一次见识周警长抓捕涉毒人员是在2013年年初，当时辖区一家公司正在举办一年一度的安全动员大会，上百名员工聚在办公楼前的篮球场上接受安全教育。那次，我作为社区民警，应邀参加大会并做安全宣讲，和我一同坐在主席台上的，还有那家公司的两位副总以及安监部门的领导。

大会按部就班地进行着，直到被周警长的出现打断。他带着两名便衣警察直接进入会场,穿过人群径直向主席台走来。所有人都一脸茫然地望着他,我礼貌性地和他打招呼,他也没理我。

当着全公司员工的面,周警长走上主席台,一把抓住台上一名副总的胳膊,亮了一下警官证,就让那位副总跟着他走。那位副总显然没有反应过来是什么情况,还笑着说:"正开会呢,请稍等一下。"可周警长并没有多等一秒钟,副总话音刚落,一把就将副总按倒在桌子上,场下一片哗然。

我赶忙站起来,试图上前去打个圆场,周警长却一把将我推开,狠狠瞪了我一眼,然后像拎小鸡一样拽起那名副总,离开了会场。

事后我才知道,当时周警长正在办理一起毒品案件,那名副总因提供交通工具和吸毒场所被毒友供出。此前,那家公司与公安局关系很不错,老总是辖区的"治安先进个人",每年公安局举办的各种群众性活动对方也一直积极配合。

那位副总被抓后不久,在一次内保单位检查中,我又遇到了那个公司的老总。谈起那天的事情,他一脸幽怨地说,当天与会的除了本厂职工外,还有他请来的合作伙伴代表,本来是要展示公司"积极有为、组织有力"的一面,结果反而当场现了眼。

"当着这么多人的面抓副总,这给厂子管理层带来多大的负面影响?他犯了罪是该抓,但晚一会儿抓,他又不会跑,何必呢……"公司老总说。

我不知道该如何回答他——毕竟周警长抓人并没错——但心里总归有点不舒服：那天我在他的抓捕现场，按照惯例，他应该提前通知我要抓人，至少，不该一把将我推开，以至于被他瞪了一眼之后，我像傻子一样站在主席台上，尴尬得不知所措。

后来和同事谈起此事，同事劝我不要放在心上。同事说，周警长那天并不是故意让我难堪，这人就这性格，"他那里从来没有面子一说，对谁都这样"。

"而且，被抓的人也是活该，谁让他落在老周手里呢？"

3

其实早在2004年，周警长曾有机会调往省厅任职。那年他因连续在两起部督（公安部亲自监督、必须侦破的案件）毒品案件中立功而受到上级青睐，省厅禁毒总队向他伸出了橄榄枝。作为一名基层民警，从地方派出所直调省厅，这几乎是所有人遥不可及的梦想，人们都说，周警长命太好，好得令人嫉妒。

同事们接二连三地给他办"送行酒"，说着"苟富贵，莫相忘"；领导也仿佛一下与他亲近起来，隔三岔五找他谈话，让他"就算去了厅里，也别忘了老单位"。据说当时省厅已经给周警长安排好了职位，只等他交接完手头工作，就可以直接去报到。

但周警长最终却没能走成，局里给出的官方说法是，他对本市公安工作感情深厚，因此主动放弃了省厅的机会。但这个说法着实有些牵强，大多数人都不知道他留下的真实原因，知情者则对此讳莫如深，即便私下里有人无意中提起，也很快会在旁人的示意下寥寥数语带过，从不深谈。

作为新人，我当然也不清楚周警长当时究竟做了什么以至于让省厅收回了调令。直到后来，在经办一起案件时，才无意中听到了一个说法。

2013年，在一起系列摩托车盗窃案中，嫌疑人王涛被抓了现行，他本是辖区的一名吸毒人员，也算是"老熟人"了。

王涛时年50岁出头，年轻时就是个混社会的痞子，无恶不作，身边围了一群混子，无人敢惹。为获取毒资，这些年他一直四处敲诈勒索、偷鸡摸狗，家人亲戚也早跟他断了关系，辖区居民敢怒不敢言。

与警察打了半辈子交道，王涛又赖又横，什么都不放在眼里。后来吸毒染了一身传染病，拘留所、看守所、强戒所都送不进去，甚至判了刑，连监狱都给他办保外就医。这让王涛更加有恃无恐。每次犯了事被抓，脾气比抓他的民警还大，要么胡说八道乱指一气，要么两眼一闭缄口不言。问急了，就喊身体不舒服，故意拖延审问时间。

那天他故伎重施，坐在派出所讯问室里一言不发。虽然我有信心给他办"零口供"案子，但事关系列案件的追赃，我也只能耐着性子跟他讲法律谈政策，希望他如实交代。可眼见着二十个小时过去了，他都没跟我说一句案子上的事情。

二十四小时的留置审查期限将近，带班教导员等不下去了，来到讯问室，铁青着脸对王涛说："既然我们'盘不开'你，那就找周警长过来吧。"

没想到，一听"周警长"三个字，王涛脸上的表情立马变了，说话也有些结巴："多……多大点事……你……你找他来……你找他来做什么呀……"

那天教导员没有把周警长叫来，但之后王涛的态度明显发生了转变。虽然之后交代的事情也有所保留，但至少开了口，我们也很快找到了切入点。

结案后，我好奇地问教导员为何这些吸毒人员都对周警长如此畏惧，教导员反问我："那你怕不怕他？"

我想了想说："怕，那副黑脸谁不怕？"

教导员笑了。"连你个警察都怕他，更何况那帮人。"又接着说，"你怕周警长，是怕在了他的脸上，但王涛怕周警长，却怕到了他的骨子里，王涛曾经亲口说过，这辈子被谁抓都可以，就是不能落在姓周的手里。"

4

此前，王涛曾下套坑了辖区一名高中女生，不仅让那个女生怀了孩子，还带她染上了毒品。后来女生退了学，为了给王涛筹集毒资，一直在外卖淫，被派出所抓住过好几次。

没过多久，王涛"玩腻了"，将女生抛弃，转头找了新欢，女生一气之下留下一封遗书跳了楼，死时年仅19岁。跳楼那天，王涛甚至还挤在围观的人群中看热闹，仿佛这条年轻生命的逝去和他没有一点关系。

那天周警长值班出警，在人群中一眼就认出了王涛。周警长没有说话，推开人群就挤向王涛身边。王涛发现了周警长，转身想跑，周警长两步就追上了他，把他按倒在地。

教导员回忆说，那天他和周警长一个班出警，直接把王涛从现场抓回了派出所。他晓得周警长的脾气，还悄悄劝他适可而止，现在纪律要求严格，千万别对王涛动粗。周警长笑着让教导员放心，说自己心里有数。

那天在派出所，王涛矢口否认女生的所作所为与自己有关系。他把女生怀孕说成"自由恋爱"，把女生吸毒说成"耐不住诱惑"，把女生为他卖淫筹集毒资说成"完全是自愿"，最后女生自杀，就是"自己想不开"。

周警长全程微笑着给王涛做完笔录，让王涛签字捺印后就放了人。这让教导员很吃惊，赶忙对周警长说，该给王涛做一次尿检，"天天吸毒，跑不了阳性反应"。

但周警长却反问："阳性又能怎么样？他这老毒么子顶多认个吸毒，拘留强戒太便宜他了。"

没想到，事发三天之后，王涛竟然主动跑来派出所，跟教导员说自己教唆吸毒，要投案自首。教导员还没细问，王涛就一五一十地交代了自己如何唆使那个女生吸毒、卖淫的经过，教导员惊得目瞪口呆，以为王涛真吸坏了脑子。

听到这里我也很诧异，催教导员讲下去。他想了想，说之后他的话"哪儿说哪儿了"，不要出去乱说，更不要再跟周警长提起——

就在王涛离开派出所的第二天深夜，周警长在一个公共厕所找到了他。当时他正在吸毒，周警长只问了一句："那个女孩是怎么死的？"王涛还是重复之前的说法，周警长便没再多问，直接把他拽出了公厕，塞进了路边一辆汽车的后备厢里。

车子颠簸了好久才停下，等周警长打开后备厢盖子时，王涛发现自己正在汉江边上，面前有一个新挖的大坑，坑边插着铁锹，周警长阴森森地看着他，手里拎着枪，一句话也不说。

王涛当时就吓尿了裤子，跪在地上一边磕头一边认罪，他承认自己是为了把那个女生搞到手，故意让她染上了毒品，而后又唆使她出去卖淫给自己筹集毒资。但对于女生的死，他抱着周警长的腿哭求说，真的与自己无关，求周警长放过自己。

那晚，王涛安然无事地回到了家，但天一亮，就乖乖去派出所投案自首，最终因教唆吸毒领了两年半的刑期。

后来王涛一直坚称，那天晚上他真的从周警长眼睛里看到了杀机，以至于那之后一听到周警长的名字就直哆嗦。那句"宁送强戒，不惹周×"，也就是那时从他嘴里说出，并在"道友圈子"里流传开来的。

我说："王涛这家伙也是个尻蛋，没长脑子。这明显吓唬他的，周警长是个警察，怎么会杀他？"

教导员也笑了，说："鬼知道老周那次是怎么想的……"

那次，周警长"蹲"了王涛两天，平日里，王涛一直行踪诡秘，周警长最终选择在他深夜跑去公共厕所吸毒时才动手。而那个大坑，挖在一个几乎从来都不会有人去的位置，"那个施工量，也不是一时半会儿可以完成的……"

"就是吓唬一下，有必要那么认真嘛！"最后，教导员感叹了一句。

"周警长去省厅这事儿也是因为这个才黄的？"我问教导员。

他想了想，若有所思地说不知道，只是听说之后王涛去省厅举报了这件事，地（市）厅两级为此派人查过，但没有结果。再往后，甚至连王涛本人都缄口不言了，这事儿也就这么过去了。

"不过你周警长真的是自己打报告放弃调动的，这个在局里是有底的。"最后，教导员坚定地说。

5

那些年，我与周警长共事的次数不多，我本以为他只是对涉毒人员态度粗暴，但后来才发现，我误会了他，他对所有人的脾气都不好，其中也包括我。

起初，周警长听说我的大学专业后，并没有像其他人那样客套什么"中文好啊，以后可以当局里的'笔杆子'"，而是转头问了我一句："你学过侦查吗？"

我摇头，中文系怎么可能学侦查学。

"你懂审讯吗？"他又问。

我还是摇头。

"那法律条文呢，这个总该知道一点吧？"

我赶快点头，公务员考试时接触过一些。但他紧接着就说："那你把'违法'和'犯罪'的区别跟我讲讲。"

我一时没反应过来，答非所问。

他脸上立刻露出一副鄙夷的神情。"你看你还戴个眼镜，这要是抓人的时候动起手来……"说了没两句，他就总结道，"现在公安局真是啥人都招啊！"

当时身边还有好多同事，场面一度十分尴尬。一旁的同事劝我别往心里去，"他就这脾气"。我也只能尴尬地笑笑。

没过多久，我就和周警长一起办了个案子。

那次禁毒支队收到情报，一名毒贩从外地运毒至我市进行交易，支队决定从各所抽调民警成立专班，在火车站设伏抓捕。在派出所领导的强烈推荐下，专班便把我抽走了。

那天，周警长担任我所在组的领队，一见面他就问我："你所里的刑警呢，怎么把你派来了？老吴、老李又'甩坨子'？"

这样的开场白着实不太友好，我小心翼翼地说，领导派我来锻炼锻炼。

"锻炼锻炼……"他哼了一声，没把话说完，过了一会儿，回头补了一句，"来了就来了，一会儿听指挥，别自作主张。"

然而那天，我根本没有机会"自作主张"——因为直到行动结束，我都只能坐在距离抓捕现场很远的车里——上级原本安排我假扮成放假返乡的大学生去站里埋伏毒贩，但周警长却命令我坐在车里，睡觉都行，就是哪儿也不能去。

晚上8点，行动顺利结束，毒贩被抓，大家回来时兴高采烈，只有我在车里睡得七荤八素，后来的审讯，周警长也没让我参加，直接打发我回了派出所。

回到所里，教导员很生气，怨我浪费了一次学习机会，说哪儿不能睡觉，非去专班丢人。我也很委屈，说自己也不想，可周警长给我的命令就是在车里待着，哪怕是睡觉，也不能下车。

教导员沉默了一会儿，叹了口气，没再说话。

没过多久，公安局内网上就发了嘉奖令。那天，所里同事都围在电脑跟前看，有人问我："那起案子你不是也参加了吗，怎么没见你的名字？"我能听出话中的意味，但不知道该如何作答，只好依旧尴尬地笑笑。

我心里对周警长多少是有些不满的——队伍是你带的，命令也是你下的，事到如今你一句话也不说，搞得我在同事和领导跟前有口难辩。我找教导员说，请他出面约周警长聊聊，教导员就把责任揽到自己头上，说这事怪所里没跟周警长沟通好，让我别放在心上。

我作为一个晚辈，还能说什么呢？

直到周警长殉职后，教导员才告诉我，其实那次行动结束之后，因着我的事，他是找过周警长的。教导员的本意是和周警长聊几句玩笑话，让他之后不要对我的"出身"有偏见，多提携一下年轻民警，结果没说两句，两人就吵了起来。

周警长说那个毒贩当过武警，退役后又在公安系统待过几年，这个情况我不知道情有可原，教导员以前办过他的案子，不该不知道。"把一个没有多少实战经验的年轻人派上去，出了事咋向他父母交代？"

教导员解释了几句，不想周警长竟直接骂教导员："十七年的刑警干到狗肚子里去了！"他说这话时，两人身边也有不少同事，教导员虽然跟周警长关系一直挺好，也深知他的脾气，但多少还是有点抹不开面子。

教导员也急了，话赶话，双方说的都不中听。可能教导员又说了什么把周警长激怒了，他直接冲教导员嚷嚷了一句："干政工干的，把脑子都干傻了！"

恰好那时，公安局主管政工的陈政委从两人身边经过，听他这么说，气也不打一处来："老周！我看你才是把脑子干傻了，你走到这一步,说轻了是嘴上没个把门的,说重了就是缺少政治素养和纪律观念,你就这样干下去,迟早把自己干回家!"

好在周警长没跟政委抬杠,但他也没给政委多少面子——那天他是去局里学习的,但学习一开始,他就不见了踪影。政委打电话问他跑哪儿去了,他就推说有事,直接挂了电话。

"周警长就这臭脾气害了他,不然他也不会去干么斯'警长'……"

教导员后来说,周警长当上警长之前,很多年都一直是个副所长。他原在我工作的派出所任职,年纪轻轻就提了副科,按惯例,副所长干上几年都会提教导员,之后便是所长,或去支大队任职。但周警长的仕途却止步于"刑侦副所长",因为每次民主投票时,大家都嫌他脾气臭,谁也不选他。

"干刑侦的没几个好脾气,这个我们都承认,但也没几个脾气坏成他那样的!"有同事曾经抱怨过,"有事说事,有错改错,都是同事,你骂人干啥?显得你工作能力突出是不?"

后来赶上搞"警员职务套改",局领导看他干了十几年副所长却一直提不了正职,便劝他参加"套改",让出刑侦副所长的位置,搞个"三级警长",解决正科待遇问题。周警长考虑了很久,答应了。

这么多年了,他确实需要一个正科待遇:老婆是工人,厂子效益不好,儿子在读高中,学习情况也不省心。虽然三级警长比副所长的工资高不了太多,但操心的事情少一些,顾家的时间多一些。

可惜，这个"三级警长"的任命下达速度还是慢了一些，直到殉职前，周警长还是个"刑侦副所长"。

6

也是因着这个臭脾气，凡是打过交道或共过事的同事，大都对周警长颇有微词。

"干咱这行的，都是过命的交情，关键时候弟兄们是能给你挡刀的，就他那操性，你敢指望吗？"那时候，还有同事私下里这么评价周警长。

起初我也这么认为，但后来，他真给我挡了刀。

2014年年底，邻县民警在围剿赌场时遭到攻击，一名民警的手臂被赌场马仔用开山刀当场砍断，伤人者趁乱逃脱。上级要求我们配合邻县民警，对周边地区的宾馆、出租屋、娱乐场所进行搜查。

这一次，我又被分到了周警长的组里。在停车场见到周警长，他只是瞅了我一眼，鼻子里"哼"了一声。我假装没听见，和其他人一起上了车。七座SUV，周警长坐在副驾驶位置上，我挑个离他最远的位置坐下。

出发前，周警长例行交代注意事项。全都交代完了才转过头来，目光落在我身上："你，等会儿就跟在老秦身后警戒……"

我明白他的意思：一般遇到这种事情，领导都会把老同志安排在队伍最后,名义上是"压阵",实际是怕他们年纪大了,应付不了突发状况。老秦已经快退休了,让我跟在他身后,也就意味着在周警长眼里,我比他还不靠谱。

到达预定地点后,搜查随即展开。敲门、开门,简单说明情况,查验住户身份信息,一切都按部就班进行着,没有发现任何可疑情况。我跟在老秦身后,不远不近地跟着队伍,像一个看热闹的观众。

凌晨时分,我们检查到一栋短租楼的三楼,周警长敲了其中一户的房门,很久都无人回应,一行人便继续往前走。就在大家走过那扇房门没多远,我忽然听到身后有轻微的开门声。猛地回头,那扇敲不开的房门竟被人打开了,昏暗的灯光下,出现一个男子的半张脸。看到我们,又一下缩了回去。

我下意识感觉那人十分可疑,大喊了一声"站住",就向那扇门跑去。老秦急忙在我身后喊"等一下",我没有理会。

我原在队伍末尾,转身就成了排头。冲到门前,我一脚踹开房门,面前赫然出现了一名持刀男子,手里的刀已经扬了起来。

当时我大脑一片空白,突然侧方一股巨大的力量把我撞飞了出去,然后是"啪"的一声枪响。我躺在离门口两米多远的地上,看着周警长举着枪一边叫喊着一边和大家一起冲了进去。

后来,周警长在医院急诊室里边包扎伤口边骂我——那天他赶上来踹了我一脚,也替我挨了一刀——那刀本来会砍在我的头上,但他把我踹了出去,刀砍在了他的腿上。

经事后核实，持刀男子并非我们要找的嫌疑人，但也非善类——他也是一名吸贩毒人员，那间屋里随后搜出了大量冰毒。

"我当了二十多年警察，没受过这么重的伤！说了听指挥、听指挥，你偏去逞你妈个×的能！"

我很想跟他道歉，但他骂了很久，我一句话都插不上。

7

刚入警时，教导员问我以后的岗位选择，我说想搞刑侦。教导员就是刑警出身，听我这么说很高兴，点头说年轻人的确应该去刑侦岗位上锻炼一下，还说有机会就把我推给周警长。

那时我还没见过周警长，教导员告诉我，他就是局里刑侦工作的一面旗帜，局里专门会在年轻民警中挑出"好苗子"推给他带，他的不少"徒弟"后来都成了局里的刑侦骨干，有的还干上了科所队长。因此，对于认周警长当师父这事儿，我一直非常期待。

那时候，我是同期入警同事中各项成绩最好的，全省新警培训时又拿了优秀奖，一心觉得自己很有希望。后来，我甚至多次在各种场合直接或间接地表露过这种想法。

可是，即便转正之后，周警长依旧没有选我——不选也就罢了，反而经常对教导员说，最好把我放到内勤去写材料——原话是："他根本就不适合搞案子！"

我不知道他为何一直对我抱有这样的成见，也想找机会和他聊聊，但一想到他那副拒人千里之外的面孔，心里便十分发怵。

2015年9月，在一起案件中，我终于有机会与周警长进行了一次长谈。

那天我们执行一次蹲守任务，两个人在车里从上午10点一直待到傍晚。原本都不怎么说话，但嫌疑人迟迟没有出现，实在无聊，周警长才终于开了口。

他说我不该待在派出所，应该去局机关写材料，"案子上的事情你搞不了"。我入警已经好些年了，没想到他还这么说。我不太高兴，说自己的确不是科班出身，但一直都在学习，从偷鸡摸狗的小案子到省督、部督的大案子，一直都在积极参与。

他摇了摇头，说这个不是学不学的问题，而是性格上适不适合的问题："对待好人有对待好人的方法，对待畜生有对待畜生的路子，你心太软，人家说什么你就信什么，即便学会了'套路'，也下不了那个狠心……"

然后，他竟然把我从入警开始被赌徒骗、被吸毒人员耍、被混子忽悠，甚至被嫌疑人背地取笑的事情一件挨着一件讲了一遍，好些事我自己都记不得了。他说，这是教导员告诉他的，他都记得。

我很吃惊，一句话都说不出来。他又说，教导员第一次向他推荐的时候，他就在注意我了，只是我后来的表现一直没能让他满意。

"交心也分人,有些人注定不能和你交心。你想,你和他交心的结果是套出他的龌龊事,而他和你交心的结果却是自己在局子里多待几年,换你,你会交心吗?

"你来的是公安局,不是居委会,更不是扶贫办,你以为跟他们推心置腹,把自己的辛苦钱借给他们,他们就会买你的账?钱你花了不少,有没有用,你自己说……"

我无言以对,但还是想辩解一下,拿我们所的林所长举例子,说林所也经常在讯问室里问嫌疑人要不要和他交朋友,也的确跟不少嫌疑人做了朋友,那些朋友帮他破了不少大案子。

周警长却笑了,说那些人究竟是不是朋友,这事儿林所长心里门儿清:"你不要只跟他学套路,你的本事他学不来,他的本事,你也学不来。"

"对待畜生,就要用对待畜生的方式,不然,不但畜生会伤了你,你也会伤了你的同类。"最后,周警长说。

8

后来,我曾问过教导员,周警长的脾气是不是一直都是这样,教导员叹了口气说:"他受过刺激……你听说过刘所长吗?"

这个人我记得,刘所长的名字就刻在公安英烈墙上,牺牲于1996年。

"他以前是周警长的师父。"

周警长当年是从企业调入公安系统的,上级委托刘所长带着他学习。刘所长年龄比周警长大整两轮,儿子在外地干警察,一年回不来几次,所以平时就把周警长既当同事,又当儿子。

1996年,刘所长在一次抓捕犯罪嫌疑人的过程中,为保护周警长而牺牲。那是一起因毒品引发的抢劫杀人特大案件,警方将两个嫌疑人堵在国道边的一个小院里,最后只能强攻,穷途末路的嫌疑人向着冲进院子的民警们举起了"五连发"。

事发时,刘所长将周警长死死挡在身后,自己中了枪,在医院里痛苦挣扎了半个月,最终宣告不治。

临终前,刘所长对周警长说,不要愧疚,他有儿子,自己没了,家里还有个续香火的,而周警长那时还没结婚,"如果这枪打在你身上,我这辈子都走不出来"。

但周警长为此还是愧疚了好多年,一喝醉了就提,嘴里总是念叨说,那天中枪的应该是自己,刘所长是替自己死的。

"那件事情之前,他性格其实很好,见谁都笑呵呵的,年纪大的就叫'大哥',年纪小的叫'兄弟'。但那件事情之后,'大哥'和'兄弟'两个词再没从他嘴里说出来过⋯⋯"

到了2003年,局领导将刚转正的新民警小徐交给周警长带,让他做小徐的师父。小徐那年22岁,家在外省,大学毕业后一人考来本市当警察,周警长把小徐当弟弟看待,不仅业务上尽心尽力地指导，生活上也尽可能地照顾他。

平时周警长一直带着小徐，从巡逻排查到笔录组卷，事无巨细地教他；周末两人都不值班时，周警长还会请小徐去自己家吃饭。小徐转正前工资低，后来在本地谈了一个女朋友，钱总不够花，周警长还常常帮他周转。

小徐对周警长也很敬重，一口一个"周哥"，对周警长言听计从，很快，业务水平就飞速进步，一年实习期未满，已经能够参与局里一些大案要案了。

可没想到，小徐也出事了。2004年，周警长带小徐办理一起涉毒案件，抓捕嫌疑人时，小徐跑得最快，追在最前面。不料嫌疑人突然回身，一刀捅在了小徐的要害部位，小徐从此落下终身残疾，一生不能离开药物。

"那起案子最可恨的地方，是那个捅伤小徐的人，一直居住在小徐负责的辖区。案发半个月前，小徐还帮那名吸毒人员的女儿联系了入读学校，不想才半个月，就被那人捅成重伤……"时隔十余年，教导员提起此事，脸上依旧难掩怒气。

虽然最后嫌疑人被抓，小徐也被记了功，但周警长却始终无法面对小徐的父母。

"当年小徐父母送儿子来公安局报到时，是周警长接待的，他曾向小徐父母保证自己会带好小徐，没想到最后却是这样的结果。"

从此之后，周警长似乎从心底里恨上了这群不法之徒，尤其是那些无法无天的涉毒人员，以致后来在办案过程中，也不时出现违反纪律的行为。领导找他谈话没用，处分和记过也没用。教导员常劝他，说现在执法环境不同了，嫌疑人也有人权，对待涉毒人员要抱着"打击是手段，挽救是目的"的原则，没有必要为了案子上的事情把自己卷进去。

心情好时周警长还打着哈哈应付他，但多半时候，周警长都会骂人：

"你让我跟那些搞毒的杂碎讲道理、讲权利、讲挽救？那我去跟刘所长和小徐讲什么？讲奉献、讲付出、讲职责？放你娘的狗屁，你的职责是让老婆孩子抱着花圈去给你上坟吗？"

9

2016年6月，周警长在办理一起涉枪贩毒案件时殉职，时年44岁。那次，周警长的探组里没有年轻民警，因为他跟领导说，这次要抓的毒贩都是老油子，毒贩经验丰富，反侦查意识很强，不仅多次变更交货地点，而且反复试探警方布控密度，"太狡猾，年轻人对付不了"。老警察对付老毒贩，职业打专业，所以他的探组只要经验丰富的老手。像我这样的，也只是负责一些外围工作。

最后一次见到周警长是他殉职前的那个下午，当时我和同事去局机关交材料，刚好遇到周警长从办公楼出来往停车场走。我跟他打招呼，他依旧面无表情，只是看了我一眼便走了过去。同事在一旁说，你送材料的速度快一点儿，兴许我们能蹭上周警长的车。

交完材料下楼，我看到同事一个人站在办公楼前抽烟，问他周警长呢，他说老周就甩给他一句"没空"，便独自开车走了。我那时还跟同事打趣说："你也是闲的，没事招惹他做什么。"

当晚一夜加班，天快亮时才休息，一觉睡到中午，醒来习惯性翻手机，却发现专班的微信群里乱成一团，仔细看，竟然是周警长的悼词。

"周警长，没……了？"我愣了半天，赶忙给同事打电话，电话那头哽咽着声音说："嗯……突发心肌梗死，昨晚人没了。"

后来我们才知道，在周警长去世之前，他已经带着探组不分昼夜与毒贩连续周旋了六十多个小时，白天在烈日下的私家车里蹲守，为了防止被毒贩察觉，不敢开空调，车内温度高达五十摄氏度。

因为毒贩有枪，周警长赶走了所有没成家的青年民警，拒绝了原本上级安排的轮班，几乎一个人完成了全部的蹲守、追踪和取证过程。可最终，却倒在了抓捕前夜的车里。

就在他走后的第二十个小时，这起特大涉枪涉毒案件宣布告破。

后　记

2017年清明，我和教导员去给周警长扫墓。

那天天气很好，没有清明时节惯常的阴郁和冷雨。陵园坐落在一座矮山上，我和教导员拾阶而上，手里提着烟酒水果，还有那起涉枪毒品案件的嫌疑人终审判决书复印件。在那起案件中，两名犯罪嫌疑人最终分别被判处死缓以及有期徒刑十三年。

山坡上，周警长和刘所长的墓碑挨着，刘所长在前，周警长在后，一如当年两人冲进院子时的样子。

插他两刀的兄弟

1

我刚到派出所不久,就知道喜子这个人。

喜子一直跟舅舅生活,舅舅退休前在派出所工作,而喜子退伍后暂时没能找到合适的工作,也来派出所当过两年协警。后来,不知为何离开了派出所。

虽然离了职,但喜子依旧常来所里玩,平时在外面见了民警也是一口一个"大哥"。

与喜子对人的热络相反,所里民警似乎都不愿与他"深交"。有时和同事在路上遇到喜子,喜子热情地上来打招呼递烟,同事的反应却很冷淡,即便是有些常常吸烟的同事也会推说自己"刚刚灭了(烟)"。

起初看到同事们这样对待喜子,我心里多少有些凄凉,感叹喜子虽是个协警，但毕竟在所里干过两年，怎么人一走，茶就凉得这么快。

虽然我分到派出所时喜子已经离职，但后来我们还是成了朋友。他比我小三岁，自来熟，经常趁我值班的时候来派出所找我，遇到有人在值班室扯皮，他还会插嘴说几句话。喜子从小在这一片长大，周围很多熟人，有时他三言两语的"公道话"还真能把人劝开。

看他做起调解来"轻车熟路"的样子，有时我还说他不在派出所干真可惜。喜子听了，总是摇头笑笑，不多说什么。

喜子不干协警后，并没去找个固定工作，总是这里跑跑、那里混混。他是一个讲究义气的人，平时说话做事"江湖气"很重，身边倒也聚了一帮朋友、兄弟。

每每和同事聊天时谈到喜子当时从派出所离职的原因，感觉同事们大都避讳不愿多讲。问多了同事就会有些不耐烦地说："那个事儿你别再打听了，总之尽量和他拉开些距离就是了。"

直到后来，终于有位要好的民警悄悄告诉我，喜子当时离职，是因为"出事儿"了。

"出啥事儿了？"

"他犯了个蛮大的'忌讳'……"民警讳莫如深地说。

2

那是2011年春天，一天中午，邻市公安局禁毒支队民警突然到访，在同事们惊诧的目光下，带走了还在值班的协警喜子。临走时，所长命令喜子脱掉警用外套，去向邻市公安机关"把事情交代清楚"。

还未等同事们回过神来，本市公安局警务督察支队和纪委干部便出现在所里，对所有民警进行了约谈。

原来，喜子惹下了大祸。一周前，邻市公安局禁毒支队有一起部督毒品案件到了收网阶段，几个重要嫌疑人的行踪均已确定，其中一人是本市户籍，就在我们辖区居住，抓捕时需要我们派出所民警配合。

邻市公安机关通报了案情和嫌疑人的基本情况，所里也安排了专人做好配合抓捕的准备。然而，就在行动前夜，那名嫌疑人却突然失踪了。

邻市禁毒支队的民警费了九牛二虎之力，方才将差一点就逃出边境的嫌疑人从云南抓回。

经过审讯，嫌疑人交代称是自己的表弟提供了警方即将对自己采取行动的消息。民警随即又抓捕了嫌疑人表弟，审问他的"消息"从何而来，表弟便把喜子供了出来。

喜子作为协警，本没有获知抓捕行动细节的权力，办案民警又是几经查问才知道，是我们所里的一位民警无意中把行动的事情透露给了喜子。

喜子和那名嫌疑人并无瓜葛,但却和嫌疑人的表弟是"好兄弟"。得知行动消息后,喜子本是好意提醒"好兄弟"规矩一点,风口浪尖上别跟他表哥在一起瞎混。"好兄弟"不明就里,非要问喜子原因,喜子想了又想,在得到对方"绝不泄密"的保证之后,把实情告诉了他。

没想到,嫌疑人的表弟可没有将喜子当作"好兄弟"。喜子前脚离开,他后脚就打电话通知了表哥,还特地跟表哥强调说:"是派出所上班的喜子漏出的消息,绝对错不了!"

真相大白之后,嫌疑人的表弟被判了刑,泄密的民警也被调离了公安机关,喜子虽然没有直接向嫌疑人通风报信,但行为也给案件的侦办带来了巨大损失,最终被所里开除。

那个被调离公安机关的民警,之前工作一直兢兢业业,本来前途光明,但因为这事儿脱了警服,所里很多民警都认为,是喜子害了他。何况"通风报信"是公安机关工作中的大忌,因此喜子走后,没人愿意再跟他打交道。

"所里的民警大多是他舅舅退休前的同事,他有事没事地来派出所晃悠,民警们看在他舅舅的分上,不好意思直接开口赶他走,但也都不想和他有什么瓜葛。"

"他在派出所工作了两年,起码应该有点政治觉悟,怎么会做这种事情?"

"人是个好人,讲义气,但脑子好像不怎么够用,加上交了一帮别有用心的朋友,把他给坑了。"

3

刚认识喜子时,他给我一种"无所不能"的感觉。

他经常说自己"兄弟多""路子广","遇到难事儿跟我说一声",而且确实说到做到,有时辖区组织一些群众性的互动活动,需要有人协调、帮忙,只要一个电话,喜子从不推脱。

2013年年底,我买房差两万块首付,急得焦头烂额,本没打算向喜子开口,但他不知怎么得到了消息,二话没说给我把钱打了过来。

我问他,你也没有工作,这钱是从哪儿来的?他说这是他的退伍安置费,让我先拿去用。我一时感动得不知说什么好。还钱的时候,我要付给喜子利息,他坚决不要。

喜子爱喝酒,说自己特别喜欢在酒桌上被众星捧月般的感觉,我也经常在夜间巡逻时遇到醉醺醺的他与一群人吆五喝六地走在大街上。喜欢喝,自然就喜欢"攒局",彼此相熟之后,他经常打电话约我去参加他组织的酒局。

"你是外地来的,在本地认识的人少,没事儿我给你多介绍介绍!"

我去过几次,发现喜子的酒局上各色人等俱全,而且基本酒过三巡,都会无一例外地拍着胸脯说:"喜子的事儿就是我的事儿，啥时候有用得着兄弟的说句话就行！"

酒席结束，见喜子还在兴头上，其他人便开始撺掇他："去'好乐迪'唱歌吧，听说那儿新上了设备！"

"量贩式 KTV 有啥意思？还是去'钻石国际'呗，听说那儿新来了几个姑娘……"

喜子一挥手："好！今晚去'钻石国际'，我请客！"

但一转身，我却分明听到，有人刚出饭店，便躲到一旁打手机呼朋唤友："快点儿过来，今晚那个'憨货'请客'HAPPY'……"

我把喜子拉到一边告诉他，喜子说我肯定听错了，他们都是"兄弟伙"的，不可能有人说出这样的话。

后来，我渐渐感觉自己很不适应这种聚会，便推说有事不再参与，也劝喜子注意交友的分寸。

"年纪轻轻多去学点东西，你才二十出头，出去上上学，整天在家瞎混什么！"

"我这怎么是瞎混？！人在社会上走靠什么？就是靠兄弟多、朋友多、够'江湖'！"喜子向我阐述着自己的"生存法则"，对我的建议很是不屑一顾。

"兄弟都是平时处下的，我现在是没啥事儿，你看不出来，等我万一有事儿了，才能体现出这帮兄弟的'价值'来！"喜子总是憧憬着有朝一日他的这群"兄弟"可以为他"两肋插刀"。

"你当人家是兄弟，人家拿不拿你当兄弟呢？"我想起他当年被"好兄弟"坑得丢了工作,忍不住怼了他一句。

那件事对喜子的刺激很大,他明白我说的是什么意思,一时住了嘴,不再说下去。

一次,遇到喜子的舅舅,提起喜子,老人对我说:"这孩子真就是个憨货!"

"为啥?"

"你看不出来他那帮'兄弟'都是什么货色吗?"

喜子的舅舅说,以前聚在喜子身边的那帮人大多是辖区麻将馆、网吧的小老板,和一些靠"捞偏门"为生的人。那帮人跟喜子走得近,就是因为他当时在派出所当协警,多少知道点事情,指望他关键时刻能漏点消息出来,后来喜子离开了派出所,那帮人就不和他玩了。

现在聚在喜子身边的这帮人,则是看喜子手里还有点儿退伍费,哄着喜子带他们吃喝玩乐。

"你看着,等他把那点儿退伍费花完了,那帮人还跟不跟他玩!"

"叔你也别太悲观,喜子毕竟也是二十多岁的人了,不会那么不开窍。"

"唉,干咱们这行的,社会上的朋友,究竟有几个是真心实意的,也只有咱们自己知道,喜子这孩子从小就不会交朋友,你有空儿帮忙看着他吧。"

我点点头。喜子交朋友没原则,这一点,他舅舅和我一致认同。

"这孩子从小不会拒绝人,就这毛病迟早把他给害了!"老爷子叹气说。

4

2014年5月,我从外地学习归来,听同事们说喜子"又出事儿了"。

就在我出外学习的几天里,有人举报辖区一家网吧里偷偷摆了几台"老虎机"组织赌博。民警出警后查获了老虎机,并将网吧老板带回了派出所。审问老板老虎机是哪儿来的,他支支吾吾不肯说。审讯还没结束,喜子却突然来到派出所,找到带班副所长,说老虎机是自己的,跟网吧老板没有关系。

带班副所长自然抓了喜子,并准备沿着线索"深挖"。喜子暂时被判治安拘留十天,如果后期还有新的发现,再转刑拘。

我回来时,喜子还在执行期里。我感觉事情有些蹊跷,连忙开车去了拘留所,把喜子提出来问话。

"老虎机真是你的?"按照我对喜子的了解,他应该没有这方面的"门路",我怀疑他是在替人"背锅"。

可是喜子坚定地点点头,一口咬定老虎机就是自己的。

"别跟这儿扯淡!你说是你的,那你告诉我,你从哪儿弄来的？难不成是你自己生产的？"

"哥，你别问了，这事儿我一个人扛了！"喜子被问急了，回了我一句，摆出一副不再搭理我的样子。

"这事儿你扛得了吗？！你别以为拘留十天就算了，你知道这事儿有多大吗？两台以上老虎机就是刑事案件，这事儿真要坐实了，你准备好坐牢吧！档案上留下污点，将来你找工作、结婚、入党，甚至孩子的前途都会受到影响！"

喜子听我这么说，有些动摇，但又拗不过自己的"义气"，依旧坚持说老虎机是自己的。

我看说不动喜子，便开车去了网吧，将网吧老板从后院扯出来，瞪着他说："你但凡有点良心，就别让喜子给你扛这事儿。这些东西进出货都有固定渠道，我们顺线查下去肯定能找到主家。你最好现在告诉我，不然之后被我查到了，你的网吧就准备关门吧！"

网吧老板支吾了半天，最终还是担心网吧被封，对我说了实话：老虎机是网吧老板的一个远房亲戚买来，放在他网吧里"赚外快"的。我向所里做了汇报，所里组织民警很快将网吧老板的亲戚抓获归案。

我再次来到拘留所，提出喜子来把他痛骂一顿，问他为什么替人扛这事儿。喜子寻思了半天，说网吧老板被我们抓走后，老板娘就请他帮忙去派出所"求求情"，说那个弄老虎机的亲戚家中情况特殊，有老母亲卧病在床需要人照顾，一旦亲戚进了监狱，老母亲也完了。

那女人一个劲儿地称喜子"重义气""够江湖""一看就有做'大哥'的气质"，这下算是抓住了喜子的要害。喜子头脑一热，便跑到派出所，声称网吧里的老虎机是自己的。

"放他娘的屁，那家伙的娘死了快十年了！"我气得忍不住爆了粗口，"你脑袋让门夹了吗？别人只是让你去求情，你怎么还往自己身上扣起'屎盆子'来了？！"

喜子说，他觉得这是一个证明自己"朋友圈"能力的好机会——本以为之前在派出所工作过两年，外加看在自己舅舅是老民警的分上，所里的民警能多少给他些面子，对他从轻甚至免除处罚——结果没承想"老同事"们当天晚上就把他送进了拘留所。

"你他娘的真是头猪，忘了你的工作是怎么丢的了！"我气得不知再说什么好。

5

老虎机事件之后，网吧老板一家不但没有感激喜子，反而认为是喜子出卖了自家亲戚，先是取消了喜子在网吧上网的优惠，然后又不断地在坊间传话，说喜子是派出所的"耳目""二五仔"。

一些"好兄弟"开始疏远喜子，还有人甚至扬言要"教训"

喜子。喜子请客"攒局",那些人也不来,他很苦恼,跑来派出所找我诉苦。

"以前都是'兄弟伙'的,他(网吧老板)做事怎么这么不'江湖'!"

"这下看到你这帮'兄弟'的真面目了吧?你还指望自己出了事儿他们帮你扛?醒醒吧,平时不坑你就阿弥陀佛了!"

可最终,没过多久,喜子还是被他的"兄弟"害了。

2015年年初,喜子在市里一家工厂找到了工作,包吃住,月薪3500元。我还没来得及替他高兴,就听说他被兄弟单位抓了。

喜子的舅舅急得像热锅上的蚂蚁,连忙叫上我一起去兄弟单位打听案情。一问,居然是"容留他人吸毒"。

讯问室里,喜子垂头丧气地坐在审讯椅上。我要过他的讯问笔录,想看看这次他是不是又在帮人"扛包"。

这次案情是这样的:喜子找到工作后不久,一个"好兄弟"找到他,请喜子喝了一顿酒,说想"借"厂子分配给他的宿舍用一下。喜子爽快地答应下来,还给"好兄弟"配了一把宿舍钥匙,但没承想,这个"好兄弟"来"借"他的宿舍,是为了吸麻果。

"我们在他屋里一共抓了三个,都不是第一次在那里吸麻果。这三个人早就上了公安局的'常控',只要在宾馆登记开房就会引发'常控'报警,民警就会去做'临检',所以他们为了躲避监控,就找到喜子那里。"兄弟单位的同事向我们解释。

"喜子知道那帮人在他屋里吸毒不?"我急忙问那位同事。

同事点点头,说喜子在宿舍里撞见过好几次,但不知是何原因,他既没有立即报警,也没有阻止他们。

进了审讯室,我把笔录摔在喜子面前,质问他是不是也跟着那三个人一起吸麻果,喜子连忙摇头,说自己当过协警,知道麻果的危害,不会跟他们一起吸。

"亏你还记得自己当过两年协警!既然自己不吸,为什么让别人在你屋里吸?!"喜子舅舅怒不可遏,抬手就要打喜子。我急忙拦下,讯问室里有监控,不能给兄弟单位惹麻烦。

"都是'兄弟伙'的,我说了他们几次,他们不走,我也不好意思硬赶他们走……"

"那你知不知道自己这是什么行为?知不知道后果?!"

喜子点点头。"我也担心给自己惹麻烦,所以平时都不怎么回宿舍住了,没想到最后还是被牵扯进来了……"

那天,喜子那三名吸毒的"好兄弟"就关在隔壁,我进去讯问他们为什么坑喜子。三个人辩解了半天,最后终于有个人说了一句心里话:"那孩子脑壳打铁,好说话……"

事已至此,一切都已无法挽回。

三名吸毒者不过因为吸食毒品被"治安拘留",喜子却因为向他们提供场所,涉嫌"容留他人吸毒罪"被刑事拘留,最终被法院判入狱半年。

6

2015年8月，喜子出狱。

以前的工厂早已将他开除，那笔退伍费也早都被他用来"处兄弟"花光了。喜子找他之前"处下"的那帮兄弟，想借点钱开个小店，但"兄弟们"大多推说没钱，借来借去，只凑了不到一万块钱。

他的"兄弟们"依旧每日吃喝玩乐，只是不再招呼喜子参加。喜子有时无聊想找以前的"梗兄弟（好兄弟）""联络一下感情"，然而，对方要么不接电话，要么推说自己在外地，谁也不愿见他。一次，喜子听说几个"梗兄弟"晚上摆酒，自己主动找了去，没想到当晚一帮人谁也不点菜，硬生生地在包厢里坐到酒店打烊。

半年的牢狱之灾和出狱后"兄弟们"的落井下石，让喜子伤心至极。他终于不再将自己那套"兄弟多""够江湖"的"生存法则"挂在嘴边，经常一边生气地喝着闷酒，一边骂那帮兄弟"不是东西"。

最终，喜子还是从舅舅那里拿了三万块钱，加上我借给他两万，总算把店开了起来。

看喜子开店，以前的"兄弟们"又接连来找他"出去耍"。喜子见到他们，二话不说就把人往街上推，买东西想赊账的也一概不允。这在以前是绝对不可能发生的。

"喜子你个王八蛋,现在当老板了!牛气起来了!赊条烟都不行,打算和我们这帮穷兄弟划清界限哩!"一次,我路过他的店门口,听到一个以前的"梗兄弟"站在门口骂他。

"滚!"喜子的声音从屋里传来。

没赶上转制末班车的辅警师傅

1

我清晰地记得，自己参加工作的第一天，教导员从公安局政治部把我领回派出所。

换好警服，同事们已经聚集在值班大厅里，教导员为我依次介绍："这是杨所，咱们所所长；这是马所，治安副所长；这是范所，刑侦副所长……"介绍完主官，教导员又指着值班台后一位身着作训服的男子说："这是杨大队。"我跟他打招呼，他冲我笑笑，眼角的皱纹挤成一团。

所里一共有十位民警，后来我又和大家客套了一番，但一圈下来，依然记不住大多数人的名字，唯独记住了"杨大队"——因为其他人都是"警官"，只有他是"大队"。

散会后，杨大队把我叫到跟前，用手揪了揪我的警服衬衣领子,笑着说:"小伙子,以前没穿过制服吧?"

我有些不好意思,点点头,说校服穿过不少,制服还是第一次穿。杨大队说那难怪了,衣服穿错了,"冬常服配警服衬衣、领带和V领毛衣,脚上穿皮鞋。你里面穿的是春秋长袖执勤服,高领毛衣,脚上穿运动鞋,前几年村里的警察才这么穿,赶紧换了去。"他笑嘻嘻地说。

没想到穿个衣服还有这么多讲究,我赶紧回备勤室换。等我再下来,杨大队就一边帮我绷直衣角,一边由衷地感叹:"真好啊,现在这警服越来越漂亮了。"

那年,杨大队45岁,在派出所工作十五年了。他圆脸,留着极短的平头,不笑的时候一脸凶相,笑起来一团和气、憨厚。

起初我和他不在一个班,但经常跟他一起去看守所和强戒所送人。我只知道杨大队不是正式民警,因为他在所里带过"联防队",后来又是辅警队的头儿,大家就都喊他"杨大队"。能看得出,杨大队在所里颇受尊重,每次例会,他都是唯一参加的辅警。

后来交流多了,才知道他是本地人,当过兵,早年与妻子离异,现在一个人带儿子生活。那时我只是有些疑惑,印象中市局其他派出所的辅警大多是二十出头的年轻人,把这当成一份过渡的工作,做一两年便走,不知杨大队这把年纪了,为何依旧在派出所当辅警。

"年纪大了没处找工作呗,不然早走了,这三千来块的工资哪够养家糊口的……"一次,杨大队在巡逻车上跟我说。随后他又问我工资多少,我说还不到三千,他听罢"哼"了一声,我没明白是啥意思。

2

2012年年初,局里按惯例要给新人安排老民警当"师父",人选暂时没定下来,领导让我先跟着杨大队学。显然,杨大队早就得到消息了,但他似乎不太高兴,嘴上抱怨:"这么多老民警闲着,为啥总逮着我不放?我又不是民警。"

我有些尴尬,只好恭维说:"甭管民警辅警,您是老前辈,啥都值得我跟着学。"他又哼了一声,但脸色好看了许多。

杨大队先带我熟悉管区情况,我以为就是跑跑辖区内的主要单位,但杨大队说那些地方让所领导白天带我去,要我晚上下班之后再找他。那天下班后,他一身便装,让我也换掉警服,上了他的私家车。临开车前,杨大队说:"官面上的地方我带不合适,去了会让人笑话。摆不上台面的地方我带你去,你也做好心理准备,这些地方才是今后需要你费脑筋的。"

那晚,我跟他去了一些"特殊"的地方:在乌烟瘴气的棋牌室里,杨大队指着隐蔽位置的一张门帘说,帘子后面有两个箱子,搬开箱子里面还有一间屋,平时是店老板的杂物间,但以前在里面摆过"打鱼机"开赌；在喧闹混乱的迪厅里，杨大队悄悄指着两个路过的年轻人说，记住他俩的模样，这是两个吸毒人员，且有贩毒前科；在深夜营业的美发店外，杨大队指着隔壁一间早已打烊的杂货铺说，两个店面之间新开了暗门，他怀疑美发店老板是为了"捞偏门"躲检查……

路过一间公共厕所，杨大队把车停下来，招呼我也下车，我不明就里，下车跟着他走了进去。公厕惯常的臭味里，竟然夹杂着一股香气，杨大队使劲吸吸鼻子，让我记住这个味道。我有些恶心，问他这是什么味道？杨大队说不久前有人在这里吸过麻果，让我以后看住这间公共厕所。

之后，他又带我转了几个居民小区——

"这栋楼301，户主曹××，盗窃前科，目前在拘留所，三天后回来，盯住他。"

"这栋楼地下室有一个麻将馆，之前有过聚赌，最近几天一直没开门，留意一下。"

"这栋楼2单元的101被租了出去，上面怀疑是失足妇女承租后用来卖淫，抽空进去看看。"

……

凌晨时分，我们路过一个街口，几个年轻人在那里徘徊。杨大队开车路过，"嚯"地停了下来，降下玻璃，大声喝道："你们搞么事！"

一个看似领头的年轻人走过来，见是杨大队，弯腰，脸上挂着谄媚的笑容:"杨叔啊,没事儿,兄弟伙的喝醉了,醒酒呢!"

"放屁,别以为我不知道你们想干啥,滚回家睡觉去!"杨大队声音不大,领头的青年却犹豫了一下,招呼自己的兄弟伙离开了。

杨大队一直开车跟着他们,几个人走几步便回头看一眼我们的车,杨大队用远光灯闪他们。就这样走了半个多小时,直到人群各自散去,领头的年轻人也进了小区,我们才停止跟踪。

杨大队告诉我,他们是一帮混子,大多没有正当职业,平时在街上惹是生非,没少跟派出所打交道。今天晚上聚在一起,应该不是为了啥好事儿,"以后常注意他们,见他们聚在一起就想办法驱散"。

返程路上,杨大队如数家珍一般,告诉我管区内有多少"重点人口",有哪些"前科人员",有哪些"隐患地带",甚至连有多少家五金行、修理厂、寄卖行、鞭炮铺,各自处于什么位置他都一清二楚。

我拿出本子准备记下来,他说不要记在本子上,要记在心里。我说那怎么记得住?他笑了笑说:"等你干久了,自然也就记住了。"

就这样,杨大队给我当了三个月"不挂名"的师父。

每次我喊他"师父",他嘴上说着"不要在公开场合这么喊",神情却很是受用。巡逻时,他经常跟我讲以前的故事,说早年公安局还未改制时，民警和辅警没啥区分，某位领导还给他做过徒弟，"但那家伙不像你，他笨得要死，俩月学不会做治安笔录，抓狗被狗咬，找猫被猫挠，啥也不是……"但之后，杨大队却又自嘲一般地笑，继续说，"可是人家运气好啊，赶上了转制的末班车，先转成公务员，又当上领导。不像我，干了半辈子，倒是啥都会，但至今也没能当上'正规军'……"

每当杨大队说到这个问题，我便不知该不该接他的话。

的确，公安局民警的身份转制工作早已于十年前就落下帷幕了，能转的都转了，转不了的都走了，而杨大队却是个特例——他的身份既有别于局里的正式民警，又不同于绝大多数合同制辅警——他算是公安局的"工勤"，即机关单位职工。

那时，很多人都觉得"工勤"这个身份已经相当不错了。相比于企业职工，机关单位"工勤人员"工作更加稳定，可以享受机关公务员的福利待遇，却又不必接受相关公务员条例的限制。只是杨大队觉得不好，因为在他看来，自己始终算不上是一名真正的警察。

"就是没赶上好时候啊，《公务员法》晚出来一年，我就妥妥地是个正式警察了。谁知道呢，忙活了半天，空欢喜一场，警服和警衔都发给我了，结果最后就卡在那关键的一年上了……"杨大队经常把这句话挂在嘴边。

我再细问，他却推说是很多年前的事情了，不想再提，不提也罢。

3

尽管如此，所里的同事们似乎从来没把杨大队当辅警看待，而他似乎也同样不认同自己的辅警身份。杨大队平时不穿辅警制服，爱穿一件作训外套，肩膀上扛着"两毛一"（两杠一星）的警督肩章——其实这是违反着装规定的做法。但他是派出所的老人，当年的纪律管理也不是太严格，所以领导们也都听之任之，只在一些必要的场合，才会提醒他注意着装。

按照公安局的相关管理规定，辅警只负责开车、打印材料、看守嫌疑人、维持现场秩序等工作，并不直接参与警方的抓捕和办案。绝大多数辅警也严格遵行着这一制度，只有杨大队例外——他参与所里的一切工作，只要工作上需要，他都不会拒绝。有时即便嘴上拒绝，后续的行动中也少不了他的身影。

这些年，他几乎没有缺席过任何相对危险的抓捕现场，而每次回到所里之后，教导员都会生气，说杨大队没有参与这种行动的义务，年龄又在那儿摆着，你们怎么好意思喊他。同事们只能说，杨大队经验丰富，有他在才安心。

虽然领导屡次要求民警在工作中"分清民警和辅警的工作范围"，不要动不动就拉着杨大队干民警的活，但遇到需要领导本人带班出警的任务，也少不了要把杨大队叫上。

杨大队有时也会发牢骚，说自己拿着辅警的工资干着民警的活，下次这种事不要再喊自己，喊也不去了。但这些也就只停留在牢骚的层面上，遇到大案要案，他的身影还是穿梭在一线。

"他做这行确实是把好手，这么多年了，如果是正式民警的话，现在起码能做到支大队的副主官位置……"一次吃饭时，教导员感慨道。

"1999年'6·20'杀人案，关键线索是他摸出来的；2001年'7·14'强奸案，他在茶市场一眼认出了强奸犯；2007年'10·17'抢劫案，他在驳船上按住了嫌疑人。这几年扫毒，十个强戒指标里八个是他完成的。就凭这些，给个刑警大队长干也不过分吧，可惜了啊……"

那时，我对杨大队的境遇也很好奇，但他自己却不肯说，便趁机问教导员。没想到教导员一下打开了话匣子，跟我足足聊了一个晚上——

杨大队的"工勤"身份，一直都是公安局的"历史遗留问题"。按照教导员的说法，杨大队曾经有三次正儿八经穿上警服的机会。

第一次是1991年，杨大队从新疆某部转业，进公安局工作完全没问题，但安置结果出来，却是某国企的机关小车队。那个年代，国企机关小车队是很多人梦寐以求的好单位，杨大队的父亲与那家企业领导有些私交，便把自己儿子"安排"了进去。老爷子"帮了倒忙"，断送了杨大队第一次入警的机会。

第二次是1996年，全国"严打"，公安局缺司机，杨大队申请借调，"严打"结束后主动留了下来。往后，他先在公安局机关工作，后来索性去了派出所，当了六年"杨警官"。

到2002年，公安体制改革，同事大多转为公务员，可杨大队却遇到了麻烦——当年，为了保障民警素质，上级文件要求"35岁以下转制民警必须具备高中（中专）以上学历"，杨大队那年刚好35岁，但他入伍前只有初中学历，在部队参加的培训未能被认定为"中专"，没有达到转正条件。

摆在杨大队面前的路有两条，一是在公安局继续等待改制，二是回原单位工作。他选择了前者，因为那时他已是派出所的治安骨干，领导找他谈话，说改制阶段各项制度都有变数，杨大队觉得有道理，便继续等政策。

然而随着转制逐步完成，公安局也没有再下发新政策。原单位派人来找杨大队，劝他调回去。杨大队没走，他说因学历受限没转正的大有人在，公安局编制有限，不好说给谁不给谁，等走的人多了，留下的自然就转正了。

功夫不负有心人，两年后，公安局终于决定再解决一批编制问题。杨大队位列人员名单之中。他已拿到中专文凭，也满足了转正的硬性条件，但那次他依旧失败了——因为同批转正同事中有一位烈士胞弟，上级部门要求公安局先解决烈士胞弟的编制问题。无奈，杨大队主动让出了名额。当时，杨大队的警衔和警号都发了，只能原样交回。领导不忍心，把"两毛一"的肩章留给他做纪念。

那年杨大队已经38岁了，依旧在派出所干治安，身份不明。杨大队自己也有些气馁，说可能这辈子与警察无缘，但领导舍不得让他走，于是打下包票，说两年内无论如何都会给他解决正式编制问题。

不料2006年，《公务员法》实施，公安机关招录新人民警察必须通过公务员考试，而杨大队的年龄早已超过了省考上限。自此，杨大队彻底失去了转为正式警察的机会。

"老领导当时愧疚得不行，问杨大队想去什么单位，他来协调。但你杨大队说自己在派出所干了十年，哪儿也不想去了，最后领导没辙，给他转了'工勤'，还是留在了派出所。"教导员说。

记忆中，局机关车队的小车司机老唐同样是"工勤人员"，我问教导员他俩的情况是不是一样，教导员却笑了笑，说身份是一样，但别在杨大队跟前提老唐。我问为啥，他说老唐和杨大队彼此不对付，见面也从不打招呼。

杨大队说，老唐留在公安局是为了"占便宜"，但老唐却笑话杨大队，说他明明不是警察还装蒜，自己骗自己。

4

我从没有跟杨大队提过小车队的老唐，但杨大队自己却主动提过一次。

2013年8月，吸毒人员许某拉起一个团伙，专在辖区盗窃电动车和电瓶。一个月内，几个人在辖区偷了十多台电动车和二十多个电瓶，一时搅得鸡犬不宁。所里成立了专门警组抓捕许某一伙，我和杨大队都名列其中。

经过一段时间的布控抓捕，三名犯罪嫌疑人先后落网，但主犯许某却始终不知去向。吸毒人员本就行踪诡秘，同伙落网后许某更成了惊弓之鸟。四下寻不到他的踪迹，大伙只好各自想办法。

9月初的一天傍晚，我正在所里值班，突然接到杨大队电话，让我赶紧开车去城东国道附近，许某出现了。我和另一位同事立刻开车赶了过去，到现场后却发现只有杨大队一人坐在马路边。我问他许某在哪里，他却气呼呼地说已经骑电动车跑了，我们开车沿许某逃跑的方向追了一程，没有结果，杨大队只能摆摆手说估计跑远了，先回派出所吧。

一路上，杨大队都是气呼呼的样子，我以为他还在气许某逃脱，劝他回去调监控看看。不料杨大队却说他气的是机关车队的老唐，回去非把情况反映给领导不可。

一回派出所，杨大队便直奔值班领导办公室，我和同事去监控室查视频。很久之后，才看到教导员和杨大队一同从办公室出来，教导员边走边安抚杨大队。

原来，杨大队的儿子读初三，学校加了晚自习，杨大队不值班时便去给儿子送晚饭，结果那天在学校门口，杨大队遇到了刚好骑车经过的许某。两人一照面便认出了彼此，许某立刻猛拧电门逃跑，杨大队则在后面跑着追。

眼看两人距离越拉越远，杨大队突然在路边看到了同样来给孩子送饭的老唐。老唐是开车来的，人刚从车里出来。放在往常两人见面是不打招呼的，但这次情况不一样，杨大队一把拉住老唐，让他帮忙开车带他追许某的电动车。

杨大队满以为老唐会帮忙，不料却被拒绝了。老唐扯了个理由，说车钥匙被老婆拿走了，但杨大队分明看到老唐是从驾驶位下来的。他有点急，说："老唐你还算不算个警察？"

老唐却笑了笑，回了他一句："我不算，你应该也不算吧。这么拼干吗？还想着你那'两毛一'呢？"

我能想象出老唐说这话时戏谑的样子，也理解了杨大队为何会在路上生那么大的气。杨大队要求教导员把当天老唐的情况向上级汇报，他说即便普通群众遇到这种情况也有配合工作的义务，更何况是老唐这样在公安机关工作的人员。但教导员考虑再三，却觉得这件事也不好这么做。

"老唐这家伙真是操蛋，狗嘴里吐不出象牙来……"最后，教导员说。

后来，老唐的事情被教导员捅给了局领导，老唐挨了一顿臭骂。之后教导员又找杨大队谈过几次话，杨大队似乎并没把这件事放在心上，一如既往地参与对许某的抓捕，没多久许某便落了网。

2014年2月，市局布控抓捕毒贩陈立军，我在案件专班又见到了杨大队。他和陈立军打了十几年交道，对陈立军比对自己的儿子还熟，因此又被局领导破例加进了专班，主要负责一些情报分析工作。

陈立军是本地的一个老毒虫，没有正当收入来源，这一次是借高利贷进了一些冰毒打算转手卖掉。对陈立军的抓捕行动很顺利，原本只负责情报分析工作的杨大队在抓捕时也去了现场，按倒陈立军的三个人里，就有杨大队一个。在押送陈立军进入办案区时，政治部宣传科的同事还给他拍了照片。

不久，省媒就在官网上发布了我市有关这次行动的新闻报道，几张新闻配图中就有两张杨大队的照片。一张是他按倒陈立军时民警的执法仪截图，另一张就是他押送陈立军进入办案区时宣传科同事拍的照片。

那天下午，杨大队喜不自禁，坐在值班台后面抱着手机，一直看自己的照片，还把新闻链接不停地发给亲朋好友。有同事跟他开玩笑："看照片，老杨的气势起码得是个刑警队长啊。"

杨大队的脸笑成一朵花，说："那还用说。"

只可惜，杨大队的开心只持续了几个小时，傍晚刚过，他就发现那篇新闻的链接打不开了。刷新了好几次之后，却发现新闻还在，但照片被换成了其他人。

很快，他便被教导员打电话叫去了办公室，再出来时，一脸颓丧。他又一次气哼哼地把手机直接扔在值班台上，坐在一旁抽起了闷烟。

我问他怎么了。他瞥了我一眼，说还能怎么，教导员让他以后不要再戴那副"两毛一"的肩章了。

原来，市局领导也看到了新闻照片，乍一看没什么问题，但随即就有人"提醒"领导，说杨大队是辅警，照片上却戴着民警警衔，明显违反相关规定。而且照片是发在省级媒体上的，一旦上级公安机关较真，领导可能要担责任。

局领导认得杨大队，也觉得照片确实不妥，于是电话打到政治部宣传科，让他们马上联系媒体撤稿换照片，又给我们教导员打了电话，让他规范所里的辅警着装。

虽然上级的决定没有任何问题，但看到杨大队失落的样子，我还是在一旁感慨了一句："是谁这么无聊，去跟局领导说这事？"

大家都没说话，杨大队却突然笑了起来，说："管他呢，一张照片而已，多大点事儿？"

当天晚上夜巡，杨大队开车带着我，却没像往常那样健谈。他一路沉默，警车开到半程时像突然想起了什么，一脚重刹把车停在路边，我正诧异，却见他猛地从肩膀上扯下那副"两毛一"，扔在了扶手箱里。

5

教导员曾对我说过一句话："有人把当警察看作一份职业，有人把当警察看作一份事业；有人把当警察看作一个饭碗，而你杨大队把当警察看作一个梦想。"

的确，既然是梦想，就意味着十分美好，且不易实现。杨大队不认同教导员的观点，他也经常把一句话挂在嘴边——"屁梦想，就是份工作嘛，屁'两毛一'，多少年前的事儿了。"

但事实上，我能感觉出，他其实依旧心存"梦想"。

2014年年底，我偶然从网上看到一条有关"优秀辅警可以转为正式人民警察"的新闻，随口给杨大队说了，他当时没有说话，但当天晚上很晚了，却又打电话给我，让我把那条新闻发给他，他说自己回家后上网找了很久没有找到。

那条新闻令杨大队激动了很久。的确，按照工作业绩，他早已满足了"优秀"的标准。他武警出身，在派出所工作了很多年，业务精熟，很多民警当年入警时都给他当过徒弟，至今有些重要案件局领导仍会批示让杨大队参与，他需要的只是一纸转正命令而已。

第二天，教导员也找我要了那条新闻，上报给了局领导。

那天中午，杨大队没有像往常一样跟我们一起在二楼吃饭，而是一中午都抱着手机窝在值班室里。我去看他，发现他还在网上搜索着有关那篇新闻的后续报道。

然而，等到下午上班时教导员却把我拉到一旁，埋怨我不该给杨大队发这些有的没的，让他空欢喜一场。我被说得云里雾里，教导员跟我说他把消息报给局领导后，领导翻来覆去研究了很久却总觉得不太对劲，咨询过上级后，才发现那条新闻只是无良自媒体歪解政策之后的谣传。

"你又不是不知道，你杨大队对这事儿非常敏感。你可能只是随口告诉他这么个消息，但在他看来可能又是一根救命的稻草，结果大家一起激动一场，最后发现是假的。你倒没什么，但对他来说，残忍不？"教导员一脸怨气，我赶紧低头认错。

之后，杨大队好几天不愿理我，事后我向他道歉，他还气呼呼地说以后不要再给他看这些乱七八糟的东西了。但不久他又在网上看到了类似新闻，却依旧会找到我，让我帮忙看看这次的新闻是真是假。

2017年4月，听说我要离开派出所，杨大队请我吃饭。他问我以后怎么打算，我说没想那么远，先读书吧。杨大队叹了口气，说这事儿挺有趣，自己一辈子为个警察的身份求而不得，"你倒好，说走就走"。我也笑笑，说读书深造又不是不回来。我劝他悠着点，"人过五十了，别再把自己当年轻人来用，注意身体"。杨大队点头让我放心。

我知道，编制还是他心里的一个坎，想劝他，但又不知该如何开口。不想杨大队似乎猜到我要说啥，主动挑起了话题，说自己不再纠结身份不身份的事情了。一过50岁就奔着退休去了，有些事得看开，毕竟自己还有个"工勤人员"身份不是？

"当不了警察，那就当警察他爹吧！"杨大队喝了口酒，点了支烟。他这话说得挺粗，搞得我不知道怎么接。可能看我有些尴尬，杨大队又笑了，说不是骂人，是他儿子杨霄去年考上警校了，侦查专业。

我恍然大悟，举杯向他祝贺。"打算让儿子当你最后一任徒弟？"

杨大队举起酒杯和我碰了一下，没说话，脸上挂满了笑意。

7月，我收拾行李离开派出所，发现给我送行的同事中多了一个新鲜的面孔。我向杨大队求证，他点头说是，今年暑假，儿子来派出所做暑期实习。

崭新的学警制服穿在小伙子身上，尤其精神。同事们在派出所值班大厅里列队，整理警容为我送行，杨大队整理完自己的衣服，转身帮儿子整理。他捋了捋儿子的衣领，正了正儿子的警帽，小声说："常服裤和执勤裤看似一样，其实是有差别的，你穿错了，下次注意！"

一瞬间，我仿佛又回到了六年前刚到派出所报到时杨大队帮我整理新警服的样子。

2020年9月，杨大队的儿子通过招警考试，正式入职。

消失的孩子

前言

2013年10月，上级指令我去参与一起刑事案件的侦办工作，探组探长是张武警官。此前我俩也在同一个班，平时他管刑侦，我搞治安和社区，彼此很熟悉。

接到命令后，我便去问张武案件的情况。张武告诉我，那是一起陈年旧案，现在有了点新情况，所里刑侦人手不够，才把我调了过来。

案件发生于十一年前，2002年3月15日18时许，机械厂小区居民孔强匆匆赶到南关派出所报案，称自己6岁的独生子孔爱立遭人绑架，请派出所立刻派人跟进。孔强说，当天上午9时许，孔爱立出门玩耍，直到午饭时都没有回家。孔强夫妇出门寻找未果，却在自家门口停放的奥迪轿车雨刷器下发现一封勒索信，上面用蓝黑色墨水写着：

"你儿子在我手上，32万保平安。莫报警，否则收尸。"

孔强夫妇吓坏了。

孔强要马上报警，但妻子杨梅不同意，说勒索信上都写了，报警会害了儿子。两人争论了许久，直到傍晚时分，孔强才下决心报了警。

绑架案情事关重大，派出所立即上报到市局。经研究后市局很快排除了恶作剧的可能，指令南关派出所将案件移交至市局刑侦支队处置。支队接手后成立专班，将案件名称定为"3·15"绑架案，并马上安排人员着手侦查。

张武当年28岁，是南关派出所的民警，事发前不久因能力突出被借调至市局刑侦支队三大队。"3·15"绑架案案发后，他也作为刑侦骨干进了专班工作。

1

我们所在的城市位于中部省份的老工业基地，上世纪60年代因三线建设兴起，整个城市犹如一个巨型工厂，居民几乎都是国企职工，言谈举止间也严格遵循着厂矿企业的各种规章制度。

城里的外来无业人口很少，本市有家有业的职工也很少会涉嫌这类案件。张武说，他都记不清在"3·15"案前的上一起绑架案是在什么年代了。

那时候的公安机关不像现在，没有DQB（"大情报"，公安局移动警务系统）平台，没有"四侦一化"（网侦、刑侦、技侦、视侦和公安信息化），甚至社会街道上的视频监控都少得可怜。发案后，民警能做的只有搜集资料和走访排查。

被绑架的孔爱立是南关派出所辖区某小学一年级的学生；其父孔强32岁，原市机械厂职工，几年前辞职下海经商，案发时在省城做服装批发生意；母亲杨梅30岁，是市某单位的财务人员。

孔强算是同龄人中的佼佼者，1998年机械厂改制，他本不在企业"建议买断"的人员名单中，但因想趁年轻出去闯闯，便主动辞去了公职。后来一年大部分时间孔强都在省城忙生意，节假日才回家。他原打算让妻子一起辞职，一家人都去省城生活，但杨梅在机关工作，还是干部编制，多有不舍，夫妻二人只好两地分居。

张武在走访中得知，孔强夫妇平时为人和善，不曾与人结仇。双方父母以前也都是国企职工，安分守己了大半辈子，从没听说有过什么仇家。

据孔强以前的同事、朋友和邻居反映，孔强为人热情，朋友多，以前在机械厂上班时，经常邀请大家去他家做客，平时朋友间有什么事情，他也都会尽心尽力地帮忙，没听说他和谁结过梁子。当然，大家也都说孔强比较有钱，不说别的，光是那辆奥迪就值些钱——要知道，当时机械厂领导的座驾才是一辆桑塔纳

2000。

孔强也承认自己的确是赶上了好时候，加上省城亲戚帮衬，这几年做生意赚了些钱。也是为了谈生意方便，才买了这辆车，但很少开回家来，一直在省城店里放着。至于原因，孔强解释说机械厂效益一直不好，宿舍区住的大多是原来机械厂的职工，经济条件可想而知，那个年代私家车还是比较扎眼的物件，孔强不想显得太招摇。这次把车开回来，本是要接家里一个亲戚去省城治病，没想到才回来没几天，儿子就出事了。

2

经过专案组的研判分析，绑架的疑点主要集中在以下几个方面：

首先就是那封勒索信的内容——勒索信字迹工整，写作之人硬笔书法很不错。从遣词造句的简练文风来看，应该也具有一定的文化程度。

其次，勒索信所用纸张尺寸约为64开，上有红色横线，像是某些单位发放的工作记录本，不排除绑匪有正式工作的嫌疑。

再次，绑匪虽然提到"32万保平安"，却没有告诉孔强夫妇如何交付这笔赎金，这说明之后绑匪很可能还会联系孔强。

最后，就是那笔"32万"的赎金——以往绑架案中很少遇到这样"具体"的赎金数额，"要么十万八万，要么三五十万，要

32万是啥意思？"张武说。更为可疑的是，根据警方调查，当时孔强家中的定活期存款总额正好就是32.6万，绑匪提出的这一数额，不知是不是巧合？

此外，孔强也提供了一条线索：中午他出去寻找儿子，去了几个平时经常与孔爱立一起玩耍的孩子家。其中一个孩子说，大概在上午11点，看到孔爱立与一个"瘦瘦的叔叔"走在一起，但孩子没记住那个"叔叔"长什么样子。

基于上述疑点，警方将侦查视线大致锁定在"男性，偏瘦，有一定文化水平，可能有正式工作，与孔家关系较密切"的范围内。随后，一路人马开始排查可疑人员，另外一路人马紧跟着孔强夫妇，等待绑匪再度现身。

2002年3月17日，孔爱立失踪的第三天，绑匪果然再度"联系"了孔强夫妇。那天夜里，绑匪把勒索信绑在石头上，砸碎窗玻璃投进杨梅办公室内。次日，杨梅的同事发现勒索信后交给了警方，上面依旧只有一句话：

"敢报警，嫌儿子命长？速销案，置钱于兴业路垃圾站。"

警方吃了一惊，赶紧向孔强核实还有哪些人知道他报警的事情。孔强说事发之后，除了自己和妻子外，只有父母和岳父母知道情况，但这是有关儿子生命安全的大事，自己家人绝不可能在外声张。

"警察这边有纪律，涉案即涉密，没人对外说起绑架案的情况，孔强那边也说没泄露过消息——这样事情就蹊跷了，绑匪怎么知道他两口子报案了呢？"张武说。

更奇怪的事情还在后面。

3

第二封勒索信上，绑匪明知孔强报警，但依旧给出了收钱地点——兴业路垃圾站。此地距离主城区较远，旁边是省道和国道的交会处，交通便利，确实是个收赎金的好地点。警方计划让孔强按照绑匪的要求放置赎金，然后在垃圾站附近部署好埋伏，一旦有人"收钱"，就地实施抓捕。

张武把那时的情况称为"守株待兔"，但不料"株"种好了，"兔"却一直没有来——警方在周边进行了周密的部署，孔强夫妇也凑齐了赎金放在兴业路垃圾场内，但所有人全神贯注守候了五天，并没有人前去"收款"，反倒是那包现金差点被垃圾站的工作人员当作垃圾处理掉。

事实上，绑架案中出现这种情况很正常。警方也并未气馁，依旧一边继续调查孔爱立的去向，一边等待绑匪再次发声。

然而，绑匪自此之后却销声匿迹了。

到了2002年4月初，距离案发过去了半个月，孔强夫妇再没收到来自绑匪的信息，民警也未能锁定绑匪身份。被绑架的幼童孔爱立，更如凭空消失了一般。

"怎么会这样？"我问张武。他说当时所有人都很蒙，大家以前也没遇到过这种情况，谁也搞不清楚究竟是怎么回事。

"你们当时都排查了哪些人？"

张武说，市里所有有嫌疑的几乎都排查了。中小学教师，机关事业单位工作人员，企业从事行政、文字工作的职工，甚至一批实习大学生，统统都被纳入了排查范围。

警方着重排查了那些从事过或正在从事文字、教学等工作的人群，甚至采集了他们所有人的文字笔迹用作"文检"。但最终，所有被调查的人员都被排除了作案嫌疑，有的没有作案时间，有的没有作案动机，有的笔迹不符……后来，警方只得将孔爱立的照片印了几万份，贴满大街小巷，目的只有一个：悬赏寻找那些"3·15"案案发之后见过孔爱立的目击者。

到2002年4月中旬，案发已接近一个月，关于绑匪的线索依旧一无所获。警方这边倒是接待了不少前来提供线索的热心群众，有的说在公园见过"一个女人带着孔爱立玩碰碰车"，有的说在菜场见到"一个老头带着孔爱立买菜"，还有的说"××村的刘瘸子家突然多了一个男孩，像极了孔爱立"，甚至有人说，自己在北京出差时见过孔爱立……

但经过警方核实，这些线索全是假的。

孔强夫妇犹如热锅上的蚂蚁，两人终日以泪洗面，甚至开始后悔，当初就不该报警。

杨梅没日没夜地与孔强吵架，怪他之前不顾绑匪威胁非要选择报警，如果当初把那笔钱给了绑匪，或许儿子早就回来了，"钱没了可以再赚，儿子没了，就什么都没了！"

孔强也完全放下了省城的生意，天天蹲在公安局询问儿子的消息。专案组只能一再解释说，正在全力以赴调查，但涉及具体的侦查细节，又没法跟孔强详说，只能眼睁睁地看着他由期待变得焦躁，慢慢地又变得愤怒异常。

私下里，孔强自己也想了很多办法，他通过朋友从省城找来了"私家侦探"和各种"大师""仙人"，希望通过这些途径找到儿子。但钱花了不少，最终却发现那些人大多都是来趁火打劫的。

"能找的地方全找了，能查的人也全查了，后来排查范围也不再限于'高中以上文化程度，有一定文字功底'，觉得哪个可疑就查哪个。辖区那些有过犯罪前科的、吸毒的、赌博的更是全被拎出来筛了一遍，连那些在银行贷过款、做生意欠着钱的人都没放过，最后就差一家家去搜人了……"张武说。

但一切似乎都是无用功。

专案组请来省厅专家支援，省厅专家看过案情后，都说"3·15"绑架案不容乐观：一般绑匪绑架人质后，都会急于跟人质亲属联系，他们要的是钱。但这次绑匪却失联了，情况十分诡异。省厅专家说，通常情况下，绑匪不可能供养人质长达一个月，大家都要做好心理准备，绑匪不再联系孔强夫妇，那么孔爱立的去向可能有两种：一是已经死亡，二是被拐卖去了外地。

无论哪种情况，都是孔家人难以接受的。

4

"那起案子最终破了没有？"我问张武，他点点头，说破了。我又问是怎么破的，张武神情有些许骄傲，点了支烟说："那事儿还挺有戏剧性。"

2002年5月中旬，"3·15"绑架案已发案两个月了。警方虽然调配了海量的人员、物资和设备，又有上级专家和兄弟单位的协助，但依旧迟迟未果。侦查手段用尽，再耗下去也是浪费人力和时间。儿童节前夕，公安局经过慎重考虑，准备解散专案组，所有民警返回原工作岗位，案件交回南关派出所，由派出所负责继续跟进线索。

"专案组解散那天，我们通知了孔强两口子，但没好意思明说，只是告诉他以后再问案子直接去南关派出所，不用再来局里了。孔强两口子也没说啥，可能心里面也认了。杨梅还向我们致谢，说我们辛苦了，搞得我们心里既难受又难堪。"

没想到，专案组解散仅仅五天之后，案情就峰回路转了。

"2002年6月6日，市劳动技术学校发生了一起盗窃案，库房里存放的一批教学设备被盗了，案值挺高。我接到上级命令，去劳动技术学校出现场……"张武回忆说。

那天，张武进入了劳动技术学校的库房，看完现场准备离开时，目光一下被库房的东墙吸引住了。东墙上有一整块墨绿色的黑板，黑板上画着一张过时的板报，是用白色油墨写成的，大致内容是"迎接新世纪"。看板报绘制的时间，应该是在1999年年底。而书写板报的字迹，张武实在觉得似曾相识。

那两个月，张武反反复复看着两封勒索信不知道多少遍，每一个字都印在了脑子里，"我当时第一眼就觉得黑板报上的字迹与勒索信上的很像，但具体哪里像，我又说不出来，我毕竟不是专业搞文检的，也拿不定主意……"张武说。

张武给黑板报拍了张照片，叫住了之前接待他的学校保卫处处长，问他这张板报是怎么回事。保卫处处长说这库房以前是学校礼堂，两年前学校新建了多功能礼堂后，旧礼堂便成了现在的库房。这张板报因为是用油墨写的，也擦不掉，就没再管它。

张武问他是否记得这张板报是谁写的，处长说不知道，但可以去帮忙打听。

很快，保卫处处长就带回了消息：画黑板报的是学校一名姓刘的青年教师，两年前，他按照学校领导的要求，为一场全校范围内的演讲比赛画下了这张板报。

张武让保卫处处长把刘老师约出来聊聊。保卫处处长此前在绑架案中也配合过警方工作，明白张武的目的，便说："这个人你们查过了，文字材料也交过，后来你们说没有问题。"

张武这才想起来,之前为文检部门"取样"时的确找过劳动技术学校,采集过几位青年教师的笔迹资料,其中也包括这个刘老师,确实没查出什么来。

但张武还是觉得应该和这位刘老师见一面,因为黑板报上的字迹实在令他生疑。保卫处处长只得给教务处打了电话,教务处反馈说刘老师这会儿应该正在上课,他们会通知刘老师的,让张武先去办公室等一会儿。

张武和保卫处处长一起去了刘老师办公室,当时办公室没人。张武坐在刘老师的办公桌旁,打量着他摞在桌上的东西。看上去刘老师是教语文的,张武从书立里拿起一个软皮本,里面密密麻麻写着字。张武左看右看,觉得跟勒索信上的字迹实在不像——非但不像,简直是判若两人——笔记本上的字迹相当潦草,乍一看就像一丛乱草。

他翻开扉页看了一眼,确实是刘老师的名字。张武又抽出几个本子,有用完的教案本、会议记录本,打开看,也都是这样的"乱草"。

张武实在想不通,转头把笔记本递给保卫处处长,"你确定写黑板报的是这个刘老师吗?"处长接过笔记本看了又看,可能也觉得不像,说自己还要再问问。

保卫处处长又打了一圈电话,还是说应该就是刘老师,但又不好确定。毕竟过去几年了,没人确切记得那时候究竟是谁画过这么一张黑板报,只是那段时间刘老师在团委工作,办黑板报之类的事情确实归他负责。

张武说那咱就先等他下课吧，问一句，也不是什么麻烦事。

5

刘老师名叫刘小明，时年31岁，未婚，1994年毕业于省内某知名师范大学中文系，毕业当年分配至本市劳动技术学校担任语文教师。

张武跟我说的时候，我心中一惊：这个刘小明是我所在派出所辖区内的"重点人口"，早年因绑架罪被判入狱，一年前服刑期满。此前我看他的档案时，还有些好奇，一名在编教师，怎么会去做这种事情？我也曾在季度访谈时问过他，当时，刘小明只是简单地对我说，自己当年就想搞点"快钱"，才误入歧途，然后话锋一转，只说感谢这些年党和政府对他的教育，他已经认识到自己的错误，之后一定重新做人——没想到这个案子就是他做的。

张武说，那天他心里也充满了疑问，盘算了很多种询问方式。他自认为，跟老师讲话不能像平时审犯人一样直来直去，应当想一个双方面子上都能接受的方式，毕竟自己也只是怀疑那张黑板报的字迹而已。

但可惜的是，那天张武没能在办公室等到刘小明。下课铃响了，刘老师没有回来，上课铃又响了，还是不见刘老师的影子。

张武问保卫处处长有没有跟刘老师说清楚,处长也很纳闷,叫来了教务处老师。那位老师说自己刚才是亲自去班里找的刘老师,话也说清楚了,"有位警官找你,在你办公室等"。

张武让教务处老师带自己去刘小明上课的教室,发现刘小明并不在那里。问学生,学生们说刘老师课才上了半截,就让大家自习,说自己家有急事便走了。

张武心里一惊,赶紧让保卫处处长联系门卫,门卫室说大概半小时前看到刘小明神色匆匆地出了校门,门卫向他打招呼,他都没搭理。

"刘小明跑了?!"我问张武。

张武点点头,说他不跑还好,说实话,那时自己只想找他了解黑板报的情况。但他跑了,就可疑了。

张武立即向上级汇报,上级一边派人寻找刘小明,一边指令张武在学校继续调查刘小明的详细情况。

"这一查,真就发现问题了。在几份刘小明入职时填写的档案文件中,我找到了与勒索信上十分相似的字迹……"张武说。

那天下午,刘小明在市客运站被警方截获。面对盘问,刘小明称自己并非逃跑,而是有急事要回老家。警方随即联系了刘小明老家亲属,揭穿了他的谎言,然后出示了相关文书,带刘小明回他住处进行搜查。

在刘小明住处,民警发现了那个64开的工作记录本,纸张与两封勒索信所用纸张相同。此外,又在刘小明住处床下角落发现半截断掉的手链，经孔强夫妇辨认，手链系孔爱立失踪时所戴。

刘小明再也无可抵赖了。

6

面对刘小明，警方讯问的首要焦点就是绑架孔爱立的动机。

身为教师，刘小明每月有固定收入，且他本人也没有吸毒、赌博等恶习。张武说，刘小明不是一个走投无路的人，按道理也没有"以绑架获取金钱"这种极端做法的动机，他搞不清楚刘小明铤而走险的原因。

刘小明给出的理由是，在外人看来自己学历高、工作稳定，但其实一直以来自己过得都很憋屈：毕业时，同班同学有的留在了省城，有的去了政府机关，还有的分到了著名初高中学校任教，而自己却来到了这个小城市。几年过去，其他同学都混得风生水起，自己却一直没什么起色。

刘小明谈过一次恋爱，但在结婚前夕和女朋友分了手。刘小明说他很喜欢那个姑娘，但姑娘父母就是嫌他没钱。刘小明深受打击，此后便开始四处寻找"搞钱"的路子。

他说自己也想过升职或调动工作，但苦于没有"背景"和"关系"，这条路一直很难走；又想做生意赚钱，但既无经验又无门路，不但赔光了存款，还被学校发现挨了处分，差点被开除公职。

2001年，刘小明参加大学同学聚会，昔日同窗衣着光鲜，在酒桌上侃侃而谈，刘小明却在一旁自惭形秽。有人酒后开了刘小明几句玩笑，他气得当场摔杯而去。

刘小明说，也就是从那时起，他决定"要不惜一切代价发财"。

至于为什么要绑架孔爱立，刘小明供述，自己也算是孔强一家的邻居。当年，劳动技术学校在校内给他分了一套单身公寓，但房子面积小不说，水电条件也不好，刘小明便在机械厂小区租了一套两居室，孔强家住3号楼1层，刘小明租住在4号楼3层。

平时下班后，刘小明经常在小区院里听打牌下棋的中老年人聊天，大家的话题常常会聊到孔强夫妇身上。作为机械厂小区开奥迪车的"名人"，无论孔强平常如何低调行事，在街坊邻居口中，他的财富都会被放大很多倍。

刘小明说自己心里很不舒服：一个初中毕业当了几年兵回来的工人，辞职之后随便搞点生意就能发财，还开着奥迪轿车耀武扬威，而自己堂堂名校大学生，却只能整日骑着破自行车，这不公平。对财富的向往，令他丧失理智，最终选择了绑架勒索。

而关于绑架孔爱立的经过，刘小明则交代，自己早就计划过绑架孔爱立，从其父孔强手里搞点钱花，只是一直没找到合适的机会。2002年3月15日上午，刘小明终于在小区路上遇到独自一人的孔爱立，机会难得，便实施了绑架。

他跟着孔爱立走了一段路，想找机会骗走孔爱立，但孔爱立年纪虽小却十分警惕，并没有上当。眼看他走到3号楼旁，刘小明心一横，直接将孔爱立挟持进了一旁的4号楼里。

"刘小明说他一直把孔爱立关在自己家里。想来我们当年也是可笑，所有人满世界找孔爱立，殊不知，他就被藏在离家直线距离不到三十米的地方。这可能就叫'灯下黑'吧。"张武苦笑道。

"那他为什么没有去拿那笔赎金？"我问张武。

张武说，刘小明开始认为有钱人怕事，孔强不敢报警，但后来发现有警察进了孔强家，心中害怕，所以中途放弃了。

张武后来去过刘小明租住的地方，从厨房窗户确实能直接看到孔强家。

"那个被他绑架的孔爱立呢？"我接着问。张武咬了咬嘴唇，说，这就是警方关注的第四个问题。

张武说，那起案子最失败的地方，就在于孔爱立的去向——因为，即便警察最后抓住了刘小明，却依旧没能救回孔爱立。

刘小明认罪伊始，警方便不断质问他一个问题：孔爱立现在身在何处？刘小明交代，发现孔强报警后，他就把孔爱立放了，放人地点在市里一家商场门口。

他的说法明显有问题——6岁的孩子已经记事，刘小明怎么敢放心大胆地把他放走？这样做还不如直接去派出所投案。所有办案民警都不相信,但不管警方如何质问,到底是"放走了"还是"拐卖了""杀死了"?刘小明一直一口咬定说是"放走了"。

"这是个很棘手的问题,他说把人质放了,我们都不信,但想尽办法,也找不到其他证据。"张武叹了口气说。

至此,距离案发已经过去了两个月,即便当时刘小明真把孔爱立放在了商场门口,警方也没办法去找了。那时街面上还没有视频监控,民警也去商场了解过情况,连商场工作人员都觉得莫名其妙。

绑匪抓到了,但被绑幼童孔爱立的下落竟然成了谜。

7

得知绑匪被抓的消息,孔强一家马上找到公安局,相比于绑匪是谁、为什么要绑架孔爱立这些问题,他们更想知道的是孩子现在的情况。

孔强甚至说过,只要绑匪将儿子还给他们,他可以不再追究,但警方也只能实话实说——追究是必须要追究的,但问题是,现在刘小明一口咬定自己把孩子放了,现在人在哪里,是生是死,他也不知道。

闻此,孔家人的情绪又一次濒临崩溃。他们频繁找到公安局,要见刘小明,杨梅甚至哭晕在公安局刑侦支队的接待室里。

警方只能一边继续讯问刘小明,一边着手寻找孔爱立。

"当时啥办法都想了,按拐卖人口查,以前有过前科的一个都没放过,全都掀出来查一遍。近几年发过案的兄弟单位也都联系了,东北、新疆、广西、海南警方我们都试着做过串并案,没结果;按人口走失查,四处布告,市里发完省里发,省里发完全国发,也没回音;后来又找各地的无名尸,只要见到年龄差不多的,也不管哪儿发现的,就跟人要DNA数据拿回来比对,也没比上……"张武说。

"最后结果呢?"我问张武。

他沉默了许久才告诉我,孔爱立活不见人、死不见尸,检察院退查三次,但警方还是没能找到证据。本着"疑罪从无"原则,刘小明杀人一事没有被认定。最终,经法院审判,刘小明只因绑架罪获刑十一年,而孔爱立则按照失踪人口继续调查。

"刘小明入狱后,专案组曾向孔强夫妇承诺,虽然刘小明判了,但孩子一天没找到,侦查就一天不会结束。警方会接着查,一定给他们一个交代。"张武说。

但时间转眼过去,那个诺言却一直没能兑现。警方多次侦查均无功而返。在"3·15"绑架案发生后的第三年,孔强夫妇因感情破裂而离婚,从此两人再也没来问过孔爱立的事情。杨梅南下去了广东,孔强也在省城再婚了。

"2012年刘小明刑满释放,又恢复了自由,但孔家却分崩离析,孔爱立至今下落不明……"张武叹了口气,没再说下去。

"那,时隔十一年,现在为什么又提起这起案子?"

8

张武没回答，却反问我："听了这么多，这起案子你有什么看法？"

"的确有个很明显的问题，刘小明最初提出的赎金数额是32万，而孔强家的存款正好就是这么多，难道只是巧合吗？"

"这确实是个问题。"张武说，当年他们也反复审问过刘小明，为什么会提出这个金额，但刘小明咬定只是他"随口要的"，并没有别的意思。

"那当年你们有没有再查一下，比如刘小明是否有同伙，而这个同伙恰好在银行工作、查过孔强家的存款？"

张武笑笑说，也查了，刘小明没有在银行工作的同伙。

"孔爱立的家人呢？他们跟刘小明有没有关系？"存款这种事情，外人不会知道得如此清楚，我想会不会是孔家某位亲属与刘小明认识，无意中透露了存款数。

张武说，当年案发时警方便找孔强夫妇问过这件事，两人都说从没跟外人说过自家的存款。后来刘小明归案，警方又问过孔强一家，夫妻俩都说从来就不认识刘小明。

我说，那看来就真是巧合了。但张武却摇摇头，说，是不是巧合，直到现在都不好说，因为后来他自己继续调查此案时，得到了不一样的答案。

"什么意思？案子后来你又查过？"我问。

张武点点头,说,虽然那时刘小明已被判决,但一方面,孔爱立没找到,他自己作为案件主办民警心里过意不去;另一方面,孔强后来仍旧常常找他打听情况,一来二去两人也算熟悉了。张武自己也为人父,于情于理,他都觉得有责任帮孔强把儿子找回来。

"你刚刚说的那个'不一样'的答案,又是什么意思?"我继续问张武。

"后来我才知道,孔强的老婆杨梅,是认识刘小明的。"

刘小明被判刑后,张武始终怀疑刘小明在孔爱立的去向问题上说了谎,便打算再去梳理一下他的作案动机和社会关系。

想起刘小明此前交代过他曾在2001年的那场同学聚会上被人嘲笑后决定"要不惜一切代价发财",张武便重新去核实了那场聚会。没想到,在参加聚会的人口中,张武听到一个熟悉的名字——杨梅。

受访者告诉张武,刘小明和杨梅曾是大学同学,而且还谈过好几年的恋爱,临近毕业才分的手。刘小明所谓在聚会上"被嘲笑",其实就是有人调侃刘小明,问他后不后悔当初跟杨梅分手,场面一度十分尴尬,刘小明摔了杯子要走,大家还埋怨那个说醉话的同学"嘴上没把门的"。不过,大家也都知道刘小明的脾气,劝了两句,看他执意要走,就没再拦。

刘小明昔日的同窗们说,杨梅当时是中文系最亮眼的女生,虽说成绩一般，但人长得漂亮又会来事，在学校颇受欢迎，追求她的男生很多，即便后来跟刘小明在一起，还会不时收到爱慕者的情书。而刘小明也是出类拔萃——当年，刘小明是以户籍所在县高考成绩第三名的身份进的大学，入学后就担任了学生会干部。大学四年，不仅成绩优异，学生会工作也做得相当出色。两人在一起，堪称当时师大中文系的"金童玉女"。

杨梅与刘小明后来分手，源于一件事。

1993年冬天的一个清晨，有人撞见杨梅从一位中文系老师家中匆匆走出来。那位老师是杨梅打算报考硕士专业的研究生导师，妻子当时在国外工作。消息很快传到刘小明耳中，杨梅坚称自己和那位老师是清白的，刘小明却不信——因为此前同学间就有传闻，说杨梅与辅导她考研的老师关系十分亲近。

两人随后便分了手。第二年，杨梅并没能如愿考上研究生，毕业分配回了老家，而刘小明则被分进了省城某机关工作，之后便和大家失去了联系。两年后，有同学去省城机关办事，想顺路找找刘小明，却得知他当年根本没有留在原派遣单位，而是和别人交换，去了杨梅老家。

后来大家聊起来，有的说刘小明明珠暗投，就是为了去找杨梅；也有的说两人毕业前就已经分手，刘小明没有理由为杨梅放弃省城工作；还有人说，可能当年杨梅和那位老师的事本身就是一场误会，刘小明后悔了，又想去争取……

但两人之间究竟还发生了什么，大家都一概不知——因为杨梅毕业后很快就结了婚，而新郎并非刘小明。

9

张武说，这些消息是他综合了刘小明和杨梅当年多位同学的访谈笔记整理出来的。但最令他不解的是，"3·15"绑架案发生之后，杨梅自始至终都没跟警方透露过一丝她与刘小明之间的关系——这就非常不合常理了。按道理，至少在警察抓到刘小明时，杨梅应该把两人之间的关系说出来的。

结束对刘小明和杨梅大学同学的走访之后，张武立即去找了杨梅。杨梅给他的解释是：自己与刘小明只是大学情侣，且毕业后双方也没再联系过，所以，两人之前的关系与儿子被绑架是两码事。杨梅还强调，丈夫孔强生性多疑，若是知道此事肯定会和自己吵架。儿子已经出事了，她不想再给夫妻关系留下阴影。

"这就是她隐瞒的原因？"我觉得杨梅的答案有些牵强——作为一位母亲，在儿子去向和陈年绯闻之间竟做出这种选择，动机与目的都无法让人理解。

张武却说，这起案子还有很多让人无法理解的地方：在与杨梅聊完后，他又去监狱问过刘小明。刘小明坚持说，自己在实施绑架时并没有考虑过之前与杨梅的关系，两人做情侣已是七八年前学生时代的事情，早就过去了。绑架孔爱立，纯粹是因为孔家有钱。

"那孔强知道妻子和绑匪间的关系吗？"

张武说，这又是另外一个让他生疑之处——当他把杨梅与刘小明过去的关系告诉孔强时，对方竟没作任何反应。

"他早就知道？！"我吃了一惊。

"他要真早就知道，不作反应是正常的，但他嘴上告诉我的却是之前他什么都不知道。说这话时，他和杨梅还没有离婚。"张武说，"两口子都怪兮兮的……"

后来更令张武感到蹊跷的，是孔强在与杨梅离婚后不久对张武提起的一件事。那时候，绑架案发已经三年多了。

孔强说，绑架案发第三天早上，杨梅从梦中哭醒，说自己梦到了儿子，梦中的孔爱立站在距离城区很远的白河大堤上，朝自己喊冷、喊饿、喊妈妈。杨梅哭了很久，还说要去白河大堤。孔强也陪她去了，两人在大堤上转了几圈，并未发现什么。孔强觉得妻子是思念儿子心切，还劝她想开点。

俗话说"母子连心"，杨梅做这样的梦也可以理解。我问张武："孔强跟你提起这事，是什么意思？"

"你还记得吗？我跟你说过，抓到刘小明之前，没有孔爱立的下落，孔强很着急，想了其他办法找儿子，还请了'私家侦探'和各路'大师'，被骗了很多钱。"

我说记得。张武接着说："其实孔强雇来的'私家侦探'也不是啥都没做，而是帮他查到了一件事……"

那段时间，私家侦探跟踪了杨梅，发现她经常独自去白河大堤上转，有时还会带些东西，点心、玩具之类的。孔强问妻子为什么要做这些事，杨梅就说，自己之前梦到儿子在白河大堤上，所以每次想儿子了，就去大堤转转，希望能再和儿子在梦中相见。

孔强听了也表示理解，还主动陪妻子去了好几次。

但之后发生的事情孔强就不太理解了：直到离婚前的三年里，每逢节假日，妻子杨梅都要带着东西去白河大堤，而且多数时候都是背着孔强去的。当然，若是孔强非要跟她一起去，她也不拒绝。等到了大堤上，杨梅就把带去的水果、点心、玩具放在地上，念叨几句就走，也不多做停留。

张武后来也让孔强带他去过那段白河大堤，转了几圈，感觉很平常，跟普通的大堤也没什么不同。

一个失魂落魄的女人，拎着各种玩具点心站在大堤上，口中念念有词，这像极了上坟。"她觉得孔爱立死了？"我问张武。

张武说，那个场景下不好排除这种可能，但又有些不合常理。通常来说，当亲人失踪且不能确定是否死亡时，一般人都会坚信亲人还活着，这样才有继续找下去的信念，很少有人会这么快就认定亲人已去世并开始祭拜的——但这也很难说。

10

以此为节点回头看整个事件，似乎都是正常的，但又隐含着些许反常，让人心里不安。

"这些事情，你们侦办案件的时候，孔强为何不提？"我对此深表疑惑。

"孔强说，之所以办案时没告诉警方，是因为事情起因不过是杨梅的一个梦，紧要关头，谁会拿一个梦当真呢？况且他自己那段时间也经常梦到儿子。"

而后来他把这些讲给张武，是因为他与杨梅已经离了婚，心里多少怀着怨气。孔强跟张武说，"回头想想，自己与杨梅的结合其实很意外"，两人是通过朋友介绍认识的，从相识到结婚，前后不过两个月时间。

1994年10月，24岁的孔强认识了22岁的杨梅，一开始孔强觉得两个人"没戏"——杨梅很漂亮，大学毕业后就分配到机关单位财务部门工作，而自己只有初中学历，沾了退伍兵政策的光才进了机械厂上班。不论别的，单是两人间的学历差别，就让孔强觉得高攀不上。但介绍他们认识的朋友却说，杨梅对男方条件没什么要求。

见面之后，杨梅就对孔强表现出"非常明显的好感"：她说自己就是喜欢当过兵的男人，觉得"特别有安全感、有男人味"；而且孔强一家都是企业职工，有正式单位，身家清白，今后日子过得肯定放心；至于学历，杨梅说虽然自己读过大学，但对另一半的学历也没什么要求，"只要男方毛病少、要求少、能安稳过日子就行"。

杨梅的话都说到这个地步了，孔强觉得自己实在是捡了个大便宜，两个人看了几场电影、吃了几顿饭，便开始谈婚论嫁。两家父母本来都想让孩子"再处处看"，但杨梅却怀孕了……

那个年代，未婚先孕是件见不得人的大事，恰好当时又赶上机械厂分房子，只有结了婚的职工才有资格拿"分房指标"。情急之下，双方父母也都没再阻止，两人于当年年底就结了婚。

1995年年底，孔爱立出生。孔家"三代同堂"，全家人都很高兴，但只有一个人例外——孔强。

不但不高兴，孔强反而时常觉得恼火，用他的话来说，结婚后不久，杨梅就仿佛换了一个人。她变得十分沉默，在家里甚至从来不主动和孔强说话。起初孔强还会主动找些话头，但杨梅不接茬儿，后来孔强也跟着一起沉默，晚上两个人下班回家，经常悄无声息地过一晚上。

沉默的同时还有冷漠。结婚后，家里的大小事情杨梅都漠不关心。孔强说有一次自己工伤小腿骨折，住院期间杨梅只来过两次，出院后杨梅也从没问过他腿伤的事情，这让他很寒心。

为此，孔强向妻子发过很多次火，话说轻了杨梅不作声，话说急了杨梅也不和孔强吵架，只说自己平时上班带孩子很累，没有精力管其他。

"孔强说,他从没见过两口子有这样过日子的。在孔强面前,杨梅整天一副心怀怨气的样子,孔强问原因,她也不说,甚至有时候孔强憋不住了想和她吵架,她都懒得搭理。"张武说。

当然,这种情况只有在孔强与杨梅单独相处的时候才会出现,但凡家里有客人,哪怕是双方的父母在场,杨梅都会换一种面目示人。在外人面前,杨梅对孔强嘘寒问暖、百依百顺,还会不时向他撒个娇,但外人一走,杨梅马上就变回冷漠的脸色。

"孔强说,这也是导致他'人缘好'的原因之一。他约人来家做客,为的就是不想看妻子那张冷脸,不承想,大家还以为他是热情好客。"

与对孔强的态度相反,杨梅的全部生活重心都放在儿子身上。孔爱立从小吃的用的都是市面上最好的,哪怕再贵,只要觉得儿子可能用得上的,杨梅都要不计代价地买回来。

母亲疼孩子很正常,但令孔强不满的是,杨梅似乎不太喜欢让他与儿子亲近。平时孔强多跟儿子待一会儿,杨梅便会找各种事情支开他,孔强想带儿子出去玩,杨梅也必须跟着,不然就不让去。

有一次,孔强带孔爱立去商场买了一个玩具,几天后玩具就不见了,孔强以为儿子玩丢了,也没当回事。但不久后,他又想带儿子去买玩具,孔爱立却不去了,孔强问原因,孔爱立就说,上次和爸爸一起买玩具后,妈妈回家打了他,说以后不准跟爸爸要东西。

孔强仔细一想,之前自己父母也给孔爱立买了很多衣服和玩具,也统统被杨梅以各种理由收了起来。这让孔强十分生气,他和杨梅大吵了一架,还威胁杨梅说,再做这种事就和她离婚,但杨梅似乎并不在乎,也不多解释,只是告诉孔强,过不下去了离婚也无所谓,但儿子必须归她。

那场风波几乎让孔强和杨梅二人走到离婚边缘。之后不久,孔强就辞去机械厂的工作,到省城做生意了。与妻子相处时间少了,杨梅态度反而变好了,对孔强不仅不再像以前那么冷漠,反而会不时担心他。

"担心啥?担心他耐不住寂寞'札乔子'(搞外遇)吗?"我笑着问张武。

没想到张武也笑了,说,可不就是这事儿,杨梅跟孔强说"男人有钱就变坏",所以主动要求管账。

杨梅本身在单位也是做财务的,又是自己的妻子,孔强就把生意上的账目全部交给了杨梅。两人的相处就此回归正常,此后谁也没再提过离婚的事情,甚至连不愉快都没发生过,直到"3·15"绑架案发生。

11

我问张武,孔爱立的事情,孔强从始至终到底有没有怀疑过杨梅？张武说，孔强的态度确实有过两次转变。

第一次转变是在孔强离婚后。

此前，张武在将刘小明与杨梅之间的关系隐晦地告诉孔强后，很想问问孔强对此有什么看法，但那时的孔强却总是岔开话题，并同样隐晦地告诉张武，他非常信任自己的妻子。

可离婚后，孔强却一改往日的态度，主动给张武讲了一系列当年妻子的事情。他的话听起来像是简单的抱怨，但实际暗藏玄机，似乎总有意无意指向杨梅与儿子孔爱立出事之间的关系，但又不愿明说。

第二次转变是在孔强再婚之后。

2007年，孔强在省城再婚。从那之后，不管张武怎么问，他都对之前孔爱立、杨梅的事情绝口不提，要么说记不清了，要么三言两语应付过去。后来，他干脆跟张武说，他又结了婚，有了新的家庭，以前的事情就那样吧，有孔爱立的下落跟他说一声，没有下落就不要再联系他了。"事情总有过去的一天，我不能把上一段生活的阴影带到现在的生活之中，那对我现在的家庭不公平……"孔强当年这么说。

"孔强这话虽是没错，但孔爱立毕竟是他的亲儿子，即便再婚，他也不该如此'理智'的……"我感叹道。

张武说，当年孔强跟他说那段话时，他也这么觉得，但也不好说什么。

于是，张武又想去找杨梅，希望她能配合警方继续寻找孔爱立，但却一直没能再联系上人。杨梅家人说离婚一事令她深受打击，人已经去了广州，和家人也都没了联系。而对于孔强，杨梅家人似乎意见很大，都不愿多谈。

再后来，张武辗转找到杨梅的妹夫，从侧面了解了一些情况。杨梅妹夫说，孔爱立出事后，孔杨两家闹得不可开交，外人可能不知道，但两家老人还曾在私下场合拳脚相向。张武问原因，杨梅妹夫说事发时他还没娶杨梅妹妹，不知道具体情况，但就在他结婚后不久，孔强与杨梅办完了离婚手续。孔强又以生意缺钱为由，从杨梅父母手里借走了20万。这20万中有一部分钱是他的，老丈人当时只说"拿来用用"，但后来孔强一直没还钱，老丈人也就没把钱还给他。他曾主动提出要去找孔强要钱，但老丈人不许。

"婚都离了，关系已经闹得这么僵，孔强还能从杨家借出这么多钱来，怕是背后有问题吧？"我说。

张武点点头，然后拉开抽屉，拿出一沓资料递给我："你先看看这个吧。"

12

资料内容不多，我很快就看完了。

不久前，白河大堤整修，在现场挖出一些骨头。因为附近有村民的家族墓葬区，施工队与当地村民发生了冲突，惊动了辖区派出所和村委会。有村民说施工队挖了自家祖坟，要求赔偿损失，但施工队坚持说项目早就提前做过勘察，施工地点虽然距离墓葬区很近，但确实没有越界，村民是敲诈勒索。

为了确定施工队到底是不是错挖了村民的祖坟，辖区派出所请来了法医。法医看了骨头之后，说确实是人骨。当地村民就此对施工队提出赔偿要求。施工队怕耽误工期，答应花钱息事宁人，但不料有四户人家同时要求赔偿——如果四家都赔，数额是施工队不能接受的，因此要求法医对骸骨进行司法鉴定。

但鉴定结果出乎所有人的预料——经鉴定，这些骨头属于同一个人，死亡时年龄五六岁，时间是在十多年前，与提出申请的那四家没有任何血缘关系。

施工队的事情就这样过去了，但邻市警方觉得这些骸骨很可疑——现场既无墓碑，连棺椁都不曾发现，本地根本没有这样下葬的风俗。于是，他们在网上发出了骸骨协查及认领通告，并采集骸骨DNA上传数据库。

很快，DNA数据比中了一个人——刘小明。

刘小明入狱服刑期间采集过DNA，库里有现成数据，邻市警方马上通知了南关派出所。张武得到消息，觉得非常不可思议，因为据他所知，刘小明一直没结婚，更不可能有一个五六岁时死去的孩子。

张武一下联想到孔爱立，他赶忙把孔强2010年为寻找孩子留在"打拐DNA数据库"中的数据交给邻市警方比对，但比对并未成功。

"杨梅那边呢？"我问张武，印象中当年打拐DNA数据库需要采集失踪儿童父母双方的DNA数据，有孔强的，也就应当有杨梅的。

然而张武说，库里没有杨梅的数据，当年通知过她，但她一直没来。

没想到，时隔十一年，事情竟然以这样的方式重新呈现在所有人面前。

"你得想个办法，把刘小明叫回来。"张武说。

我当即打电话约"重点人口"刘小明到派出所做季度谈话，但刘小明说他现在人在广州。我把情况告诉张武，张武说这次务必得让他回来，"但电话里不要提DNA这事，你俩之间有业务关系，你联系他不会让他起疑。想想办法，至少弄清楚他现在的真实位置……另外，广州大了，具体哪个地方一定要搞清楚。还有，你确定他跟你说的是真话吗？"

我说，这个他没必要骗我吧？张武却说，如果没猜错的话，他很可能跟杨梅在一起，因为此前据杨梅亲属说，杨梅也一直在广州。

2013年10月26日，刘小明被我"骗"回本市，他在派出所做完第四季度"重点人口"谈话笔录后，就被张武等人留在了办公室。张武拿出那份DNA资料放到刘小明面前的办公桌上，让他解释。

刘小明没法解释。那天，他直截了当地向警方承认，这个孩子就是当年被他绑架的孔爱立，当年他对警方说了谎，没有把孩子放走，而是杀死后埋在了白河大堤上。

这又一次让警方始料未及。

事实上，刘小明返回本市前，警方已重启了"3·15"绑架案的侦查工作。张武将自己近十年来所有的调查结果与案件疑点在案情分析会上和盘托出，认为骸骨很可能是当年失踪的孔爱立，并指出孔强与杨梅二人在当年就案件真相对警方有所隐瞒。

参会大多数民警都同意张武的看法，但也提出，如今案件已经过去了十一年，很多关键人证、物证已灭失，查清真相的难度可想而知。刘小明杀害孔爱立的这个推测，若刘小明死不认账，警方眼下几乎拿不出任何有力的证据指控他。

这同样是张武所担忧的。

会上，警方制定了多种讯问策略，以应对刘小明到案后的不同情况，但谁也没想到，刘小明竟然在看到孔爱立骸骨检验结果后直接供认了——确实出乎所有人的预料。

13

刘小明随后就供认，当年自己并没有放走孔爱立，之所以第二次投递勒索信后再也没有联系孔强夫妻，是因为那时孔爱立已被自己失手杀死。

他说，那天孔爱立吃饭时试图逃跑，他既愤怒又恐惧，打了孔爱立。孩子大声哭叫，刘小明担心声音引来邻居，又上前狠狠扇了孩子一个耳光，不料用力过大，孩子倒地后当场死亡。

发现孔爱立死了，刘小明吓坏了，他将孔爱立的尸体放入一个装被褥的口袋里，连夜骑自行车运去了白河大堤，找了一个地方就把尸首埋了。

十一年前，刘小明自恃警方没有找到孔爱立的尸体，拒不交代杀害孔爱立的犯罪情节。现在孔爱立尸体被找到，刘小明感觉再也瞒不过去了，所以直接认了罪。

面对这份笔录，张武没有表态，只是反复问刘小明：孔爱立怎么会是他的儿子？他和杨梅到底是什么关系？

刘小明说，自己与杨梅大学时谈过恋爱，毕业前因"性格不合"分手。本以为两人就此无缘，但没想到毕业分配工作时阴差阳错来到了杨梅老家。刘小明的确想与杨梅再续前缘，但杨梅却执意要嫁给孔强，他一怒之下强奸了杨梅，可能孩子就是那时候怀上的。后来他绑架孔爱立，一方面是眼红孔家财产，另一方面，也是想报复当初杨梅拒绝自己。

对于刘小明以上的供述，张武只用两个字评价——"胡扯"。他紧接着问刘小明，杨梅在"3·15"绑架案中扮演的是什么角色？刘小明说所有事情都是自己做的，和杨梅无关。

张武又问刘小明，杨梅现在何处？刘小明说不知道。张武拿出了刘小明手机通话记录，指着其中一个有频繁通话记录的号码问他："这个人是谁？"

刘小明看到号码，陷入了沉默。

其实在刘小明归案的同时，另一组刑警已飞赴广州，找到了刘小明的住处。据邻居反映，与刘小明长期共同生活的，的确还有一名女子。

警方通过技术手段找到了那名女子，果然就是孔强的前妻杨梅。将杨梅带回本市后，警方马上对她进行了DNA采集。经比对，刘小明与杨梅，正是那具儿童骸骨的遗传学父母。

刘小明对此的解释是，自己之所以在广州与杨梅同居，是因为自己一直深爱着杨梅。绑架并害死孔爱立，也是因爱生恨，而且后来杨梅已经原谅了他。

而同样的问题，杨梅的回答则是，她接近刘小明，是为了获知儿子孔爱立的真实下落。杨梅承认自己婚前曾遭刘小明强奸，但当时没有报警，之后很快就与孔强结了婚，所以她也不知道孔爱立是刘小明的孩子。

张武问刘小明，知不知道等待他的是什么结果？刘小明说，知道，绑架撕票，必死无疑。张武指着"坦白从宽，抗拒从严"的牌子告诉刘小明，他还有一个赎罪的机会，哪怕给自己换一个死缓。

但刘小明沉默了许久，最终依旧坚持说，所有事情都是他自已做的，和旁人无关。

14

我和张武反复梳理着案情：

2002年，刘小明绑架了孔爱立勒索孔强，在控制孔爱立过程中失手将其杀死，之后在白河大堤埋尸；

警方通过笔迹鉴定抓住了刘小明，但没有起获孔爱立遗体，最终只能以涉嫌绑架罪将刘小明移送公诉；

张武后续发现孔爱立之母杨梅案发后行为怪诞。经核实，杨梅与刘小明系大学情侣，但案发后，两人皆隐瞒了这一情况，并在2012年刘小明刑满出狱后共同生活；

2013年，孔爱立遗骨被起获，经DNA检验，发现其亲生父母系刘小明和杨梅。

......

我说案子查到现在，如果杨梅没有嫌疑，那就是我们见鬼了。张武则一脸愁容，一支接一支地吸烟——这么多年，他也一直怀疑杨梅参与了绑架案，但手里确实没有有力的证据。

"或许，一切真的只是巧合呢？"我自嘲道。

张武并不认同。他说，杨梅与刘小明是大学情侣，婚前怀上刘小明的孩子，婚后又对丈夫十分冷漠，而且，绑架案发时，她这边劝阻丈夫报警，那边刘小明提出的赎金数额又与孔家存款数额相近。更何况，儿子"失踪"后，杨梅就去埋尸的大堤上"寻梦"，而刘小明出狱后杨梅又在广州与他同居……

如此种种，如果每个情节单独发生，可能就是巧合，但全部连在一起，还会是巧合吗？张武不相信杨梅是无辜的。

随后，孔强也被警方叫回本市，张武希望在他身上找到杨梅的突破口。

彼时，孔强的生意做得不错，与第二任妻子生了一个女儿，孩子那年刚满6岁。听张武提起杨梅和刘小明的事情，孔强只说自己已经有了新的家庭，不在乎之前那些事情了。

但不论孔强是否在乎，张武还是把当时的调查结果告诉了他。孔强沉默了一会儿，也说，其实这些年他想了想，感觉当年从结婚到孔爱立被绑架，全是杨梅和刘小明给他设下的"局"。

"最开始她（杨梅）不让我报警，说是担心绑匪撕票，但这都是那个女人算计好的，如果当时我真听她的，才正好着了道，不但孩子回不来，那个女人过不了多久也会跟我离婚。得亏我报了警，不然我得人财两失啊……"孔强说。

张武当时没有表态，继而又问起当年孔、杨两家的关系，以及他从杨家借出的20万。张武问孔强，那时他与杨梅已经离婚，为何杨梅的父亲还愿意借他这笔巨款？孔强推说，那是正常的民间借款，杨梅父亲同意借钱，是因为他承诺支付百分之十的月利息。张武后来去核实，杨家的说法也跟孔强一致。

张武问孔强要不要看一下孔爱立的遗骸,毕竟共同生活过六年。孔强沉默许久,说:"还是不看了吧。"

后记

那天离开公安局前,杨梅从法医中心领走了孔爱立的骸骨,哭得很伤心。

办完手续后,我和张武一路跟随她走出公安局大门。等候出租车的间隙,杨梅回头对我们说:"谢谢。"我和张武都没有说话。杨梅大概也觉得场面有些尴尬,又问我们法院会怎么判刘小明。我说应该是死刑吧。说完,我就看着杨梅,她却将脸扭向了一边。

五个月后,刘小明被法院判处死刑,没有上诉。

雪夜的秘密，藏进半路姐弟的余生

1

2013年4月9日下午，我和林所在值班时接到辖区农场职工电话，说有一辆没牌子的昌河微面，已经在农场菜地里停了三天，一直没见车主露面。

我俩赶到现场，果然一辆泥污满身的白色微面横在一片油菜田中央。拉开车门，车厢里塞满了破旧的衣物、发霉的食物，还有一口盛满腐败食物、散发着恶臭的铁锅。虽然没有车牌，但林所核查了车辆识别码后，确定这是一辆来自安徽的盗抢车，已失窃一年有余。他捂着口鼻在车上搜罗了一番，手里拎着两双臭鞋下车对我说："这车八成是那个小贼的。"

那年元旦后，我们所的辖区内接连出了十多起盗窃案，其中有一家人春节外出探亲，回来时发现家里几乎被搬空了。几个案发小区的监控都拍到了微面进出的画面,现场地面也留下了鞋印。我忍着恶臭接过鞋子,看了看鞋底纹路,的确和当时刑侦技术队采集到的鞋印图案相似。

林所先给拘留所打了几个电话,问那边近期有没有收到什么"可疑"的人,果然得到了一些线索。

听到林所说出"王招 dì"这个名字时,我第一反应是:"女的?"林所说不是,男的,是"招弟",不是"招娣"。

"前些天光化(派出)所掀了个'毒窝',抓了帮'道友',他是其中一个。"到了拘留所,管教干部老刘介绍说,"这家伙在光化所寻过死!"

"寻死?因为吸毒?至于吗?"我和林所都很吃惊。

老刘说,王招弟在光化所信息采集室里吞了三颗麻果和几包干燥剂,说是"不想活了"。

"只是吸毒一个罪名吗?"林所问。

"对,那天晚上光化所一股脑送进来十几个,都是一样的罪名。当时我就觉得这家伙身上八成还有别的事,结果今天你们就来了——你看,被我说准了吧?"老刘露出得意的表情,说自己这两天也一直在观察王招弟,"这小子是外地人,来咱这儿也不久,按道理是打不进本地毒友圈子的,他这么快就能买到毒品,这事儿很蹊跷。"

可如果加上"盗窃",这事儿就能说通了,毕竟,很多本地"道友"靠盗窃为生,王招弟销赃时要是认识了一两个"同道中人",也不是不可能。

"你们没搞一下？挖隐案是加分项，年底3000块奖金哩！"林所跟老刘开玩笑。

老刘说试过了，这个王招弟太"难搞"，进拘留所后就一言不发，问什么都不说，"跟个闷葫芦似的"，估计一心等着拘留期满释放，"难搞的事情还是留给林大所长搞吧"。

王招弟，河北人，时年27岁，身高一米七二，长发，黑瘦。在拘留所讯问室里，我们第一次跟他进行了正面接触。

那天王招弟穿了一身本地"志高中学"的校服，看上去很不合身。老刘说，这是他儿子不穿的衣服，临时借给王招弟的，王招弟入监时穿的衣物，全都被老刘扔到了拘留所后院，"这家伙大概一冬天就没换过衣服，那味道，能把后院的警犬都熏吐了"。

或许因为我们手里有他盗窃的证据，王招弟倒没有像老刘形容的那么"闷葫芦"。我们先从他的名字开始聊，我问他怎么起了这个名字。他说名字是继父后改的，他本来姓黄，4岁随母亲改嫁，当时继父已有两个女儿，分别叫"盼娣"和"来娣"，为了赶紧抱上自己的亲生儿子，继父把他的名字改成了"招弟"。

我问他后来招来弟弟没。他说招来了，母亲改嫁后的第三年，生了个男孩，取名"全福"。可惜这个弟弟没什么福分，6岁那年跟王招弟和大姐王盼娣去镇上赶集时，被一辆倒车的半挂拖拉机卷入车底，死了。

"你就是那年（从家）跑出来的？"林所看着他的材料，接过话茬。

王招弟说"是"——那天傍晚放学他走到村口，收到了大姐王盼娣的消息，说母亲已经被继父绑在屋里了，还在院子里的树上砸了钉子、挂了麻绳，准备等他回去之后就"弄死"他，给全福"报仇"。于是，14岁的王招弟在离家不足百米的地方转身扒上了一辆路过的货车。此后十三年，再也没回过家。

2

之后，林所就把话题引到那辆微面上。王招弟并不否认车里放的大多是赃物，至于车的来路，他一口咬定是"800块在G市买的"。

"买的还是偷的？哪有800块的车子？"

"买的！"

"具体在G市哪里买的？卖给你车子的人姓甚名谁？长什么样子？"

王招弟用空洞的眼神看着我和林所中间的位置，没有回答。

我说："不想聊车子的事情，那就先聊聊车里的东西吧。既然你承认是赃物，那你什么时间、在哪儿、分别偷了哪些东西？"

他空洞的眼神转向我，似乎在看我，又似乎没有："衣服和鞋子是顺手拿的，忘了在哪儿了；炉子和锅是光华旅社院子后面捡的；在惠民超市拿了两瓶酒，喝了一瓶，不好喝，另一瓶烧火用了……"

王招弟断断续续地交代着"案情"，有些是我们已经掌握的，有些是尚未掌握的。但粗略算下来，案值总和也不过千元，显然是在避重就轻。

"正月十五夜里，你在××小区6号楼201室撬门入室，搬走了什么东西？"林所问。那起案子中，除全部家电外，失主称床头柜抽屉内有三件首饰被盗，票面价值超过十万。

"忘了，我不是本地的，不认得你说的那个小区。"

"3月8号，××路××烟酒店，你砸碎玻璃进屋，拿走了十五条烟，怎么处理的？"

"没有，我没干过。"

我从手机里找出监控视频截图递给王招弟——监控拍到了他的正脸。他看过照片后，继续沉默。

"没有证据不会来找你，实话实说，大家都轻松。"我说。

过了半晌，王招弟看了我一眼，说："自己抽了。"

"放你娘的屁，十五条烟，半个多月，你全抽了？"我骂了他一句。

没想到王招弟反口便回我一句："你娘才放屁！"

我一下站起身，林所和拘留所民警赶紧把我扯到一旁。管教民警让王招弟"嘴巴放干净点"，王招弟却说是我的嘴巴先不干净的："他凭什么骂我妈？"

我很少遇到正面硬刚的嫌疑人，但王招弟显然有些"与众不同"。为了避免冲突，我没有参与后面的讯问，去了隔壁监室。那里关着与王招弟同案被抓的其他"道友"，一个绰号叫"耳环"的吸毒人员承认，是他把王招弟带进了本地的毒品圈子。他俩是在国道边的物资回收站认识的，那里是他们惯常的销赃场所。

我传唤了物资回收站的店主，他承认收过王招弟六个电动车电瓶。为了"将功赎罪"，店主又继续举报称，王招弟曾问过他"收不收金子和玉器"。

店主当然清楚王招弟手里的东西来路不正，六个二手电瓶，总共给了他两百块钱。但对于王招弟说的"金子和玉器"，他没敢应承。一来他知道这两样东西的价值和旧电瓶比不是一个量级，一旦东窗事发，自己也得跟着坐牢；二来他看王招弟面生，担心自己被骗。

"他八成掰（忽悠）我呢，先骗点定金，说是回去拿东西，钱一到手就没了影儿，我信了他的邪！"店主说。

我说，你倒是蛮懂"行规"，看来这种事以前没少干。店主连忙说他"都是听来的"。我没空儿跟他纠缠，就先把他和电瓶的事另案处理了。

当时我们手里的确有两起涉及金器的案子，但没有玉器。林所对王招弟的讯问也没啥结果，只好先把他从"治安拘留"转成"刑事拘留"。

从拘留所出来，林所也说，王招弟这家伙果然"难搞"，偷来的贵重物品都被他销赃了，我们手头的证物判不了他多久，而且他是流窜作案，往往异地销赃，追赃难度很大。

"是个可怜人啊！"林所给我看了几张照片，是王招弟被抓时光化所民警拍的。照片里的王招弟一副流浪乞讨人员的样子，长发打绺，羽绒服脏到看不出颜色，牛仔裤几乎撕成了布条。

我说，年纪轻轻就以偷窃为生，还吸毒，为什么不找份工作？自己选的路，有什么可怜的？林所点头说也是，但又说，王招弟还有慢性肾炎，估计离尿毒症不远了。

3

回到派出所，林所在办公室忙活到晚上，临睡前递给我一张清单，上面有四起涉及玉器失窃的报案，都是周边县市这半年来发生的，他让我去核实一下，看有没有串并案的可能。我接过清单，他又塞给我一百块钱，让我帮他在网上买几套内衣裤和袜子，"要质量好些的，买来先放你那儿"。

我查了一周，清单里有一起Y市的案子让我感觉跟王招弟有关系。

那起案子的案发时间是半年前的2012年9月，地点是一家茶社。当时现场附近的监控探头拍下一组模糊的背影，很像王招弟。我专程去当地刑警队查阅了卷宗，觉得像是他干的，又不像是他——王招弟的作案特点是"贼不走空",但凡被他"光顾"过的现场,无论东西值不值钱,总要被他拿走点什么,有时甚至是桌上的茶杯、柜子里的碗筷。但这个案子里,茶社却只丢了那一件玉器。当地警方说是茶社的熟客作案,已经有了怀疑对象,正在侦办,又说,茶社里陈设的玉器不止一件,但除了被偷的那件价值十多万的是真货外,其余的百元赝品一个都没丢。

"大白天我都分不清哪个(玉器)是真的,黑灯瞎火的,他个小蟊贼能懂这个?懂这个还用得着做贼?"接待我的Y市刑警如是说。

我把情况汇报给林所,他一时也拿不准,随后赶来刑警大队,一番交涉后拿走了案卷。

我们看到,有一页写明,Y市刑警之前也查到过王招弟身上。那是一份证人笔录,做证人是一家寄卖行老板,他说2012年10月份有人拿了一个玉器摆件找到他,开价两万五。他看过后感觉东西没问题,但估计卖家有问题,因为来者既不愿提供身份证件,也拿不出玉器的购买凭证。寄卖行老板担心东西来路不正,没敢收。随后,前来走访调查的警察亮出了玉器摆件的照片,果然是寄卖行老板见到的那个。在笔录中,老板对那位卖家的形象进行了简单描述:"男的,北方口音,一米七左右,黑瘦,长发,20多岁,邋里邋遢,开一辆白色面包车。"——这些特征与王招弟基本一致。

合上卷宗,我问林所:"你觉得王招弟懂玉器吗?"

如果这起案子是王招弟做下的，那他的行为着实令人费解：要说他不懂玉，可他偏偏能从茶社的一堆赝品中唯独拿走那件真货；可他若真懂玉，十多万的东西却才开价两万五？

林所也想不出个所以然，他让我带上前些天买的内衣裤和袜子，下午跟他再去趟看守所提审王招弟。我恍然大悟，原来那些东西是他给王招弟准备的。

第二次见面时，王招弟的变化很大，头发剪短了，换上号服后人反而精神了些。接过崭新的内衣裤，他的眼眶瞬间红了，一直说"谢谢警官"。林所看王招弟胳膊上有块瘀青，问他怎么回事？王招弟犹豫半晌，才说监室有个本地犯人一直欺负他。林所立刻找来管教民警，说明情况后当场帮王招弟换了监室。

王招弟大概被林所感动了，我们没怎么问，他便主动交代了四起在我们辖区内犯下的盗窃案，只是对于那件玉器，一直闭口不谈。

4

几天后的案情分析会上，有同事提出疑问："现场查获的赃物跟受害人报失的财物差很多，东西去哪儿了？如果被王招弟销赃了，那他得来的钱呢？"

这个问题的确很关键——另一位同事翻出一份九年前王招弟在广东犯下的盗窃案，说在当年的犯案过程中，王招弟曾有过两个窝点以躲避警方的打击和追赃，他怀疑王招弟这次很有可能故技重施。

商讨过后，派出所一组人出去摸排线索，另一组人联系交警部门查看王招弟那辆赃车近期的活动轨迹，林所本人则打算再去趟看守所。我本想跟他一起去，他却说另有任务给我。散会后，林所把那份2004年广东警方的卷宗复印件给了我："仔细研究下这本卷子，看还有什么我们需要，或者值得借鉴的东西。"

复印卷里是王招弟当年在广东犯下的七起入室盗窃案，我仔细翻阅了几遍，案情本身都没有太多可以深究的东西，但对一个不太起眼的细节，总感觉有些在意——在通知嫌疑人家属的文件下角，签着一个熟悉的名字：王盼娣。

按照王招弟此前的说法，他从2000年离家后便与家人彻底失联，那2004年他在广东被抓时，大姐王盼娣怎么会给他签字呢？

我又翻了遍卷宗，王招弟在当年交代说，自己变卖了部分赃物后，获得了8000块钱，分三次寄给了王盼娣，用来给母亲治病。卷宗中没有提到那笔钱最终有没有被追缴，但显然在2004年，他确实与大姐有过联系。

我把这个情况汇报给了从看守所回来的林所。虽然第三次提审里王招弟并没有再交代新案，对自己的"窝点"和其他赃物去向等问题也未作答，但林所还是有些意外收获——那个被王招弟举报在监所里打人的本地犯，在我们上次走后，同样举报了王招弟。他说王招弟为了讨好他，说自己在外面还有"存货"，愿意出去后拿来"报答"他。既然还有"存货"，就说明我们推测他还有"窝点"的判断是正确的。

交警那边也反馈了信息：那辆王招弟的无牌微面极少在城区内行驶，多数时候被他藏匿在一些很偏僻的地方，例如我们所辖区南部的大片农田，或者是一些单位的废品仓库。那些地方一般缺乏监控设备，而这车也因外观破旧肮脏，很容易被人当作"僵尸车"，不会引起过多注意，因此"以车找窝"的线索断了。

但由于这辆微面属于外地被盗抢车辆，交警也跟G市警方取得了联系。G市方面说，盗窃这辆车的犯罪嫌疑人名叫徐勇辉，已经于2012年因其他案件被捕，正在服刑。他们传来了徐勇辉的资料，希望我们早日将被盗车辆移交过去，他们也好尽快退赃。

很快，郊区派出所的"两实协管员"（负责统计辖区实有人口、实有房屋）又为我们提供了一条线索：年初，有人在他们那儿的一个旧小区租房，因为给不出身份证被房东拒了。但那人又提出，想用租房的价格单租地下室用，只存放东西，不住人。房东觉得有利可图，又"不违反政策"，便同意了。

林所和我带协管员一起找到房东，让他领着我们去了那间地下室，屋子里面跟我们发现的赃车里面如出一辙，混乱肮脏，浓烈的霉味中夹杂着下水道的臭味。地板上胡乱堆放着衣服、箱包、烟酒、吃了一半的食物、各种垃圾，相对值钱的小家电、手机和笔记本电脑则被集中在一起，墙角还丢着两台电视机。

我在地上的一个女包里找到张身份证，查询后确认是王招弟系列盗窃案中的受害人之一。那就基本确定了，这个地下室就是王招弟存放赃物的"窝点"。林所把王招弟的户籍照片给房东辨认，房东看了半天，说确定不了。林所又拿出光化所抓获王招弟时拍的"登记照"，这次房东一下就认出来了，说"就是他"，"邋里邋遢，又脏又臭"。

林所松了口气，让我看住现场。他去给刑侦支队技术队打了支援电话，又回所里喊人去看守所办了提王招弟做现场搜查的手续。等人员到齐后，我们开始对地下室进行搜查。

一伙人忙活了三个多小时，才把屋子里的赃物大致清理完。王招弟作案，确实遵循了"贼不走空"的原则，大到电视电脑，小到茶杯碗筷，赃物按类型足足堆了六大堆。而在清理过程中，我们也有了重要发现：有一张寄卖行的"抵押协议"，上面有王招弟的签名，抵押物正是Y市茶社被盗的那件玉器摆件。

再次提审王招弟时，我问他："你懂玉器吗？"

他说不懂。我说既然不懂，那茶社里的十几个摆件，你怎么确定这个是真的？王招弟说，他就是随手拿的，分不出真假。

我不相信他能有这么好的"运气"，但也找不出反驳他的理由，只能把他的原话记在讯问笔录里。我又问起"抵押"玉器摆件拿到的两万多块钱在哪里,他说"花掉了"。问他怎么花的,他却说"记不清了"。

我对他的回答倒也不太意外。落网后,王招弟一直不肯交代赃款的去向。他先说钱被骗了,却讲不出被骗经过;又说被人抢了,时间和地点却前后矛盾;最后说自己拿去赌博输光了,再细问,他却连基本的赌博"行话"都不知道。

但无论如何,整个系列盗窃案件算是告破了,一共核实出了跨两省三市共计二十多起盗窃案,涉案金额将近四十万元。按照法律规定,王招弟的刑期会在十年以上。

最后一次见王招弟,我问他要家属的联系方式,他仍说跟家人早就没了联系。我说,2004年你在广东被抓时,你大姐不是给你签过家属告知书吗?王招弟的身体似乎抖了一下,然后看着我,不说话了。沉默了半晌,他对我说:"我是成年人,可以不通知家属。"

看来,以前有警察问过他同样的问题,他有应对经验了。

5

2013年7月,我向林所请探亲假,林所签字后问我,假期方不方便顺道去一趟王招弟的老家。我搞不懂他葫芦里卖的什么药,问:"王招弟的案子不是已经结了吗?"

林所说,案子是结了,但王招弟可能把一部分非法所得款打给了老家的亲戚,他给当地警方发了函,希望帮忙核实情况,但对方一直没有回复消息。我问有多少钱。林所说数额挺大,保守估计也有七八万。

我说:"你咋发现的这事儿?"

林所说,警方当时搜查那个地下室时,在一条裤子的口袋里发现了张建行的汇款单,金额三万多。那条裤子同样是赃物,民警起初以为是受害人的,没太在意,但后来林所在追查赃款下落时,想到了那张汇款单,去银行查后确定是王招弟的。

那张汇款单上的收款人名叫陈新贵,跟王招弟是同乡。从汇款记录上看,王招弟曾多次给陈新贵汇钱,最近一年半前后,汇去了七八万。林所起初怀疑陈新贵可能是王招弟的同伙,再查下去,却发现陈新贵的妻子叫王盼娣,"弄不好,这家伙把赃款打给他姐夫藏了起来"。

我说,这种事情能查实的话,通知当地警方控制住陈新贵,我们这边先冻结他的银行账户,留待结案后划扣不就行了,为啥还要跑到当地去?

林所瞥了我一眼,说:"你啥都明白,这个所长你来当好不好?"

原来,我说的办法林所已经试过了。王招弟拒不承认给大姐夫陈新贵汇款的事,林所就通过当地警方联系到了陈新贵本人。出乎意料的是,陈新贵并不否认王招弟给自己汇钱的事,听说是赃款,他也很吃惊,立刻提出退钱。

"陈新贵说他和王盼娣都是残疾人,他靠在家给人糊纸盒挣钱,收入微薄,王盼娣还有病,这些年家里全靠王招弟这个小舅子照应。他一直以为王招弟在外面干的是正经营生,没想到是做贼,不然说什么也不会要王招弟的钱。但现在他手里没钱,家里也没值钱的东西,不是不退,是退不出来……"林所说。

当地派出所民警也印证了陈新贵的话,说他家里穷得叮当响,是村里有名的破落户。他们私下劝林所别费这个劲去"追赃"了,一来这事最终是法院说了算,二来"陈新贵家要能追出钱来,那可真是闹了鬼了"。所以,虽然林所后来发了协查函,但那边也一直没有什么动静。

"本来我也没想专门派人过去,这不正赶上你休假,有空的话就跑一趟吧,反正离你家不远,过去看看到底什么情况,必要的话接触一下他家人,给他们讲讲政策。"林所说。

在回家的列车上,我重新梳理了一遍笔录中王招弟的经历:

2000年,14岁的王招弟扒上路过的卡车逃走,当天夜里就被司机发现撵下了车。随后他又扒了另一辆卡车,再下车时,已经到了河北邯郸与山东聊城的交界。他在当地做了几个月小工,后因是"童工"被人举报,丢了工作,因为担心被警察送回老家,他又一次逃跑了。

此后数年间,他的足迹遍布山东、河南、江苏、安徽、湖北、湖南、四川、广东,靠打零工度日。2003年,他在江苏一家养鸡场因讨薪被老板打了，一怒之下，当天夜里把老鼠药掺进鸡饲料后就逃离了养鸡场，从此以拾荒和盗窃为生。

王招弟已经记不清自己那些年被人打过多少次。最狠的一次是2003年年底，他从养鸡场逃走后晃悠了几天，身上的钱花完了，便跟着几个在街上刚认识的"朋友"去当地一家工厂宿舍偷东西，作案时被保安发现，"朋友"们各自跑了，他却被保安抓回厂里暴打到失去意识，醒过来时，发现自己趴在一条浅河里。

做笔录时，我注意到王招弟的左手小指和无名指始终以一种特殊的姿态蜷缩在手掌中，无法伸出，就问他是不是那次挨打落下的。王招弟说不是，是2008年在河南被两名拾荒者打断的，因为没钱医治，成了现在的样子。

然后，我又回忆了一遍第一次提审时，王招弟讲的他家的情况。

当时提起继父，他说已经记不清名字了，好像是叫"王什么春"。继父很凶，酗酒、赌钱，喝醉或赌输后便闹得村里鸡犬不宁。母亲、两个姐姐和他，都没少挨打，继父唯独不会动小儿子王全福一根手指。

王招弟说他和大姐王盼娣的关系最好。王盼娣比他大四岁，王全福出生后，继父便不让她上学了，只能在家帮母亲照顾小弟王全福。王盼娣很讨厌这个小弟弟——王全福从小吃得好穿得好，在家也像父亲一样霸道，他可以把不喜欢吃的东西泼到地上，赶集时看见自己喜欢的玩具抱起就跑，继父从不会骂他。这家伙还喜欢在家里的麦堆上撒尿,继父见了,反而会去打王盼娣一顿,怪她没照顾好弟弟。

母亲虽然什么都听继父的,但也免不了经常被继父打骂。母亲很怕继父,但对王招弟很好,每次继父打他时,母亲拉不住,便把他挡在身子下面。继父每次打人都是往死里打,如果不是母亲护着,他早被继父打死了。

自从小弟王全福意外身亡后,继父便整日用那双阴狠的眼睛瞪着王招弟。母亲不止一次在夜里叫醒王招弟,惊恐地让他"快走,去哪里都行"。可王招弟不知道自己该去哪里,又能去哪里。他幻想着能像事故现场的警察说的那样,拖拉机司机为全福的死负"全责"——如果这样,继父就不会怪罪自己和大姐了。

但那天大姐王盼娣的话击碎了他所有幻想。他从家逃走时,在镇上读初二,扒车离开那天还背着书包。后来书包不知啥时候丢了,上学时学的东西这些年也基本忘光了,很多字原本认识,现在都不会写了。因为忌恨,多数时候,他会把自己的名字写成"黄招",之前被警察抓住后签笔录,为此他还挨过揍。

6

到了王招弟老家后,我先去了王招弟户籍所在乡镇的派出所。对方值班领导可能没想到林所会真的派人来,有些意外,先解释说林所发函的那些事他们已经着手做了,只是暂时没结果,所以没回复，之后又喊来了驻村民警，让他跟我具体说一下陈新贵家的情况。

陈新贵40多岁，是个残疾人。而王盼娣早年因为头部外伤丧失了生活自理能力，完全靠他照顾。两人于2008年结婚，现在有一个4岁的儿子，在村里上幼儿园。陈新贵没什么亲戚，父母过世早，只给他留下了现在住的这套破房子。王盼娣有个妹妹叫王来娣，前些年外嫁后就再也没回来过。谈及王招弟，驻村民警说他没什么印象，如果不是我们的案子，他甚至不知道村里还有这么一号人。

我问起王盼娣的父母，驻村民警说，他是这几年才入职的，不太清楚早年的事，只知道她父亲叫工矮春，以前是村里的"刺头"，风评很差。"先是老婆跑了，后来他也出去找老婆了，一直没回来。其他的具体情况，还是得问陈新贵本人。"

陈新贵个子不高，很瘦，只有一条腿，拐杖底部绑着一团黑黢黢的汽车内胎，我们到他家时，他正坐在院门口等。进院后，我也见到了坐在院子里晒太阳的王盼娣，与干瘦的丈夫相反，她胖得不成样子，光头，见了我们，挣扎着起身，口中"呀呀"地说着什么，似乎是在跟我们打招呼。

"她这会儿是正常的，但发狂的时候就跑到街上打滚，见人打人、见车砸车，厉害得很。等会儿你有事尽量问陈新贵，少跟她对话，别刺激到她，不然不知啥时候她就会犯病。"驻村民警小声提醒我。

从外观看，陈新贵的房子跟村里其他人家的并无二致。驻村民警解释说，得亏这几年搞新农村建设，村里出钱帮他家修了房子，以前陈新贵的家，是"三间破瓦房，两间抬头看见天"。

进了屋，几乎没有见到家电，家具看上去也有些年头了，地柜缺了块玻璃，茶几腿上绑着铁丝，大衣柜只有半扇门，另半边用布帘盖着。屋里弥漫着一股子奇怪的味道，似乎是胶水味，我看到墙角堆着半成品纸盒，那应该就是陈新贵的"营生"。

陈新贵拄着拐要去给我们倒茶，驻村民警赶紧让他别忙活了，过来聊几句就行。我们先跟他扯了几句家常，然后才把话题引到了王招弟汇款的事情上。陈新贵说，他知道有个小舅子，在南方工作，这几年经常往家里汇钱，但从没回来过，所以他也没见过。

我问他王招弟从什么时候开始给家里汇钱，这些年总共汇过多少。陈新贵说，婚前不知道，但从他和王盼娣结婚后一直都有，钱数时多时少，有时三五百，有时五六千，两个月前那笔钱汇得最多，小三万块，已经还了去年"拉下的饥荒"。粗算下来，这些年小舅子总共给了家里十万多，除了还债，基本都拿去给妻子治病了。

刚才得知王盼娣的病情如此之重，我有些意外，既然陈新贵主动提及了，我便顺势往下问——她在2004年给王招弟签"家属告知书"时，应该还是个正常的人，后来为何伤成这样？

陈新贵说，王盼娣是"颅脑外伤精神病"，结婚前就是这副样子，不然肯定不会嫁给他。他和王盼娣能结婚，是小姨子王来娣说的媒，婚后不久，小姨子就去南方打工了，后来在那边成了家。王来娣在新婚时回来过一次，家里没地儿住，两口子就在镇上的宾馆对付了一宿，第二天就走了，临走时留了几千块钱，此后便再也没了消息。言语间，我能听出陈新贵对小姨子颇有微词，意思是这么多年了，连个电话都没往家里打过。

陈新贵说，王盼娣当年受伤的原因，王来娣说媒时提过，说是被她爸酒后打的，"不遗传"，"养几年就会好"。就是因为这句"不遗传"，陈新贵才决定娶王盼娣的。但几年过去了，妻子的精神病非但没好转，反而一年比一年差。以前只是偶尔在家里闹腾一下，现在犯病越来越频繁，一发起疯就往外跑，四处惹事，自己还得给别人赔钱。

陈新贵找出一大摞给王盼娣治病买药的收费单据摆在桌上，我简单地翻了翻，每月治病的花销的确不是小数，不是靠糊纸盒能支撑的。陈新贵在一边不停地念叨，说自己不知道小舅子的钱是偷来的，不然一分也不会花，当然，说了半天，他最关心的是："如果这钱还不上，会不会对孩子的未来有影响？"

话说到这份上，我心里也大概理解了陈新贵与王盼娣两人结合的原因了——王盼娣需要有人照顾起居，而陈新贵需要一个传宗接代的"工具"。

陈新贵说，当年王家的事情，小姨子没跟他细讲："不知道当年她爸为啥那么狠，听说脑浆子都打出来了，明显不想让她活嘛。这几年给她换'铁脑壳'，花了很多钱，每个月光吃药也得好多钱……要不是她弟支应，这日子早就没法过了……"

我觉得在钱的事上，陈新贵应该很诚实，因为他确实退不出这笔钱来。

我们和陈新贵告别，走出屋子，看见坐在院子里的王盼娣捧着手机。我想她既然能玩手机，应该也能跟人正常交流，于是就上前打了个招呼，想跟她聊聊弟弟和父亲的事情。

当驻村民警反应过来时，我已经蹲在了王盼娣身旁，问她："当年王矮春为什么把你打成这样？"

王盼娣瞧了我一眼，是那种迷茫中带着古怪的眼神，她张嘴"呀呀"说了几个字，我完全听不懂是什么意思。

"你弟王招弟这些年……"

我想问她知不知道自己弟弟这些年的情况，但没承想，"王招弟"三个字刚一出口，王盼娣的情况立刻不对了——她毫无征兆地把原本坐在屁股下面的板凳抓在手里，朝我头上抡过来。我躲闪不及，被她一板凳抡倒在地上。陈新贵和驻村民警赶紧上来抱住王盼娣，她一边挣扎一边"呀呀"怪叫着，继续朝我挥舞板凳。驻村民警让我快跑，我爬起来，狼狈地朝院外跑去。

一番折腾后，王盼娣终于重新安静下来。回派出所的路上，驻村民警埋怨我："来之前说好了有事儿问陈新贵，别去惹王盼娣，她说不定什么时候犯病，可你偏去惹她……"

我一再道歉，但心里却愈发纳闷。回到乡镇派出所，我管不住好奇心，又厚着脸皮问驻村民警："当年她受伤这事儿，你们知道吗？"

"那时我还没来，不太清楚。我给你找个了解的人吧。"

7

随后，在派出所的"老人"张警官那里，我大体了解了当年王家发生的事。

王矮春生于上个世纪50年代末，1990年与王招弟的母亲陈雪梅结婚。那时王矮春在村头开面粉厂（或者只是个磨面粉的作坊），相比于其他村民，算是头脑比较活泛、生活条件相对较好的了。

陈雪梅和王矮春都是二婚，结婚时王盼娣8岁，王来娣6岁，王招弟4岁。1994年小儿子王全福出生，因为违反了计划生育政策，王矮春被计生办罚了一大笔钱。打那之后，王家的生活水平一落千丈，王矮春开始酗酒闹事，不喝酒时也经常无事生非。

村里人都知道王矮春十分疼爱小儿子，但2000年，王全福却因车祸意外丧生。同年王招弟离家出走，此后再无消息。2001年，连失两子的陈雪梅精神失常——但也有人说，是因为她在家中遭到了王矮春虐待，面粉厂后院夜里经常传出陈雪梅的哀号和惨叫。

2004年，失智三年的陈雪梅突然离家出走，王矮春关了面粉厂，外出寻找了大半年，没有结果。2005年，王盼娣被王矮春酒后打成重伤，当年她伤势很重，在县医院抢救了很久，后来又转送到省城医院才捡回一条命。

警方知道王盼娣被打伤的事时，已是2007年。当时一位村民因与王矮春有经济纠纷，找不到人，就去派出所报了警。民警去王家了解纠纷时才得知人伤得这么严重，"王盼娣受伤时王家人没报警，事后我们找过她妹妹王来娣问，王来娣说她爸就是这脾气，家里人经常挨打，她大姐出事时，她在镇上打工不在家，不然她也会挨打"。

那时王矮春已经离家很久，王来娣说父亲临走时留了字条，说是又去外地找继母陈雪梅去了。"我们后来也因为王盼娣的事情找过王矮春，但一直没找到。村里最后一个见过王矮春的人说，2007年年初的一天晚上，下着大雪，他在河坝上看见喝得烂醉的王矮春跟两个年轻男人在一起。但问他那两个年轻男人长啥样，他说离得远看不清……"

警方注意到，王矮春这次出走前，他的面粉厂还在正常运作，刚跟村民续签了新一年的合同，和他几年前第一次外出寻找陈雪梅的情况似乎有些不一样。可除了那位跟王矮春有经济纠纷的村民外，村里人对王矮春的出走没有表现出任何在意，反而觉得他走了村子就清净了。警察后来持续找过王矮春，可经过几次"清网"和"追逃"专项行动，也未能寻到他的下落。2008年王盼娣结婚时，警方判断王矮春很可能会回来，还到村里"蹲"过他，但也没"蹲"到。同年，面粉厂的旧机器都被找上门的债主们搬走了，王矮春也没回来。

张警官说，前些年派出所辖区合并，人员变动很大，"现在这个派出所，是以前两个乡派出所合并后又分开的，这一合一分，大部分民警都换了。我算是这个所里的'老人'了，中间也调走了几年，2008年才调回这个单位。知道王矮春的事情，还是我老丈人和他同村的缘故"。

王矮春的家人对他出走的事儿，也不怎么上心。2008年，附近的水库清淤，挖上来一些骸骨，派出所担心里面有"失踪"的王矮春或陈雪梅，通知王来娣过来采DNA。通知发出去很久都没人回应。派出所没辙，上门去找王盼娣，结果她采血前就犯了病，咬了两名警察，此事无疾而终。

"王矮春失踪这事儿，你们当初有没有怀疑过王招弟？"犹豫了很久，我还是问了这个问题。按说，这事与王招弟的盗窃案之间似乎不存在什么必然联系，只是我突然觉得时间上有些接近——王矮春最后被村里人见到是2007年年初，而王招弟之前在广东刑满释放是2006年年底。

"怀疑王招弟？他那个跑了的儿子？怀疑他啥？"

张警官的反应告诉我，他们应该从没关注过这个问题。我把当年王招弟逃跑以及后来作案的一系列时间节点告诉了他,他听完后沉思许久,问我是不是在办理王招弟盗窃案的过程中发现了什么线索。

我说没有,也只是猜测而已。

"不过照你这说法,倒也是该怀疑一下。"张警官说,按照两边的时间线——2004年,王招弟在广东被抓,王盼娣给他签了"家属告知书";同年陈雪梅离家出走,王矮春出去找了大半年没找到,回家后于2005年把王盼娣打伤;2006年年底王招弟刑满释放,2007年年初王矮春不知所终——这样打眼看去,似乎有所关联。

但事实与推测之间最大的区别就在于证据,这恰是我们两地警方都没有的。按道理,王招弟2006年刑期结束后需要回户籍所在地报到。张警官说,好多年前的事情,估计早就没了记录,那时对"两劳"(劳动改造人员和劳动教养人员)释放人员的管理不像现在这么严格,哪怕王招弟出狱后继续流浪,他们也没办法。

最后,张警官请我吃了顿饭,我们互换了联系方式。他说,保持联系,如果有什么新线索也及时交流,不过王招弟赃款的事情只能暂时就这样了,但也不是毫无办法——陈新贵所在的村子大概两三年内会动迁,我们武汉那边可以先把追缴赃款的前期程序走了,一旦这边动迁,陈新贵拿到补偿款,赃款也就有着落了。

我突然想起王矮春以前用来开面粉厂的房子，便问张警官那个房屋产权现在归谁所有，算不算是陈新贵和王盼娣的共同财产？

张警官明白我的意思，笑了笑，说，算又能怎样呢？农村宅基地不比城市商品房，只能转让给同村人，但村里人都知道王家的事情，嫌那房子晦气。陈新贵早就想卖掉给老婆治病，但卖了很多年都没人要。

想想也对——王家一家六口，小儿子王全福死于车祸，大儿子王招弟犯案被抓，大女儿王盼娣生活不能自理，王矮春本人和妻子陈雪梅则下落不明。这样的家庭留下的房子，在农村怎么可能有人接手。

8

一晃几年就过去了。

2018年1月，我意外接到了张警官的电话。他说他正在武汉转车，听"林主任（林所升职了）"说我也在武汉，就问我有没有时间见一面。

想起自己还欠着张警官一顿饭，我便订了酒楼。见面寒暄了几句后，我问他此行来汉的目的，张警官说："还是因为王招弟。"

我浑身一激灵:"难道?……"

"对,五年前,你的推测可能没有错。"

这次张警官来找王招弟的起因,还得从小半年前说起。

2017年7月,他们县里旧村集中改造,陈新贵所在的村子准备拆迁。几个月后,村子成了工地,施工队挖地基时,居然挖出了一座坟,他们急忙联系警方。经检验,坟里埋的人,竟是陈雪梅。

"陈雪梅?"我吃了一惊,"她不是离家出走了吗?"

张警官说,后来对照村庄图纸,确定挖出陈雪梅的位置正是以前王矮春的面粉厂,也就是说,陈雪梅死后被埋在了家里,她自始至终没有离开过村子。

"她怎么死的?"

"被人打死的,颅骨两处致命伤,但奇怪的是,尸体装在棺材里,陈雪梅的身上也穿了寿衣。"

当地没有把逝者安葬在自家院子里的风俗,陈雪梅遗骸上的伤情也引起了警方怀疑。他们找到陈新贵,但他对此一无所知。鉴于王盼娣的病情已经发展到无法与人正常交流的地步,警方只好叫回了远在四川的王来娣。面对继母的遗骸,王来娣表现得十分惊诧。她说自己一直以为当年陈雪梅是"跑掉了",压根儿没想到她就被埋在了自家院子里。

警方让她详细讲述一下当年陈雪梅"失踪"前后的情况。王来娣说，自从王全福车祸身亡、王招弟离家出走后，王矮春的性情变得越发暴躁多疑，他固执地认为王全福是被王招弟害死的，王招弟离家出走就是"心虚"。虽然拿到了拖拉机司机全责的相应赔偿，但王矮春还是将怒火撒向了妻子和两个女儿。他觉得陈雪梅跟自己结婚只是图钱，是她默许王招弟害死了王全福，让自己"断了香火"；他怀疑两个女儿因为嫉妒小弟弟，跟陈雪梅沆瀣一气，王招弟的逃跑，就是因为她们在通风报信——总之，王矮春笃定小儿子的死是全家人背着他搞的一场"阴谋"，而他"反击"的方式，就是酗酒后更加凶狠、粗暴地对待妻子和两个女儿。陈雪梅本就因为两个儿子的事情抑郁痛苦，又不时遭到丈夫无来由的毒打，精神就渐渐出了问题。妻子疯了后，王矮春非但没有收敛，还多次在家中扬言，如果他查出当年是谁给王招弟报的信，一定会杀了那个人。

"咱很难想象，这能是一个男人在家跟老婆孩子说出的话吗？"张警官感叹说。

"陈雪梅的死能确定是王矮春干的吗？"我说，毕竟这只是王来娣的一面之词，还需要其他证据佐证。

张警官说，虽没有直接证据，但应该错不了，毕竟外人不可能杀了陈雪梅再埋进她自家院子里。

王来娣说，2004年继母失踪前，父亲最后一次虐打她的直接原因，是他偶然得知了大姐王盼娣一直跟"逃走"的王招弟保持着联系。那晚，王矮春气得几近癫狂，一手拎着酒瓶，一手拎着菜刀，怒骂妻子和两个女儿是"吃里扒外的叛徒"。

"是因为广东警方的那份'家属告知书'？"

张警官点头——王来娣说，大姐把王招弟入狱的情况私下告诉了念子心切的继母，结果精神有问题的陈雪梅，吃饭时说漏了嘴。面对已经失去理智的父亲，王盼娣和王来娣见势不妙，逃出了家，在王盼娣打工的地方躲了五天才敢回去。回家后，姐俩没见到继母，父亲说，那天陈雪梅受不住打，和她俩一样跑掉了，一直没回来。继母被父亲打跑的事情以前也发生过，所以姐妹两人也没敢多问。不久后，王矮春也走了，说是出去找人了。

警方推测，当年王矮春第一次停了生意外出寻找妻子，恐怕只是一个谎言。那大半年，他八成是因为杀人后的恐惧而潜逃了，也许后来看村里没什么动静，才又跑了回来。

"当年出了这么大的事，王来娣和王盼娣姐妹俩为什么不报警？"

这个问题张警官也问过王来娣，王来娣说继母经常因为受不了父亲的毒打往外跑，最长的一次有两个多月，最后是被山西一家收容站送回来的，所以那次她和大姐也以为继母只是又一次逃走了。

然而，王来娣的解释，却在后面出现了疑点——对于承装陈雪梅遗体的棺材和遗体上的寿衣，在最初的调查中，她推说自己不知道怎么来的，"估计是我爸在我和大姐躲在县城的那段时间里置办的吧"。这个说法听起来似乎有一定的合理性，但警方在后续调查中却发现了问题——镇上卖丧葬用品的铺子很多，也确实有一家打棺材的店铺，但棺材铺老板说，安葬陈雪梅的棺材款式是他2006年之后才开始制作的。由于当地早已推行强制火葬，买棺材安葬亲人的人家非常少，所以时隔多年，棺材铺老板对那口棺材还有些印象。他说，由于买棺材的客人少，店里基本不存货，从收到定金到做好棺材，最快也得十天。

死于2004年的陈雪梅，却安葬在2006年才做好的棺材里，这就不可思议了。法医在勘察过陈雪梅骸骨后，也发现寿衣表面并未出现被腐败的人体组织浸染过的痕迹，这说明尸体身上的寿衣，也是人死后几年才穿上的。

两条证据都指向了同一个结论：陈雪梅曾经历过"二次下葬"。

面对警方提出的疑问，王来娣被迫更改了口径——她承认，继母的遗骸是自己在2007年年初收殓的，那时父亲已经离家出走了。根据她这次改口后的说法，2004年陈雪梅"失踪"后，王矮春外出了大半年，直到2005年4月才回来，回家后只说没找到陈雪梅，别的一概不谈。

此后，王矮春依旧酗酒，但不怎么再提王全福和王招弟的事了。王来娣和大姐都在外面上班，只有周末才回家，跟父亲的接触很少，就以为那件事已随继母的失踪翻篇儿了。但2005年夏天的一个晚上，大姐王盼娣悄悄告诉她，说自己怀疑继母早就死了，被父亲埋在了面粉厂的谷仓下面。大姐说，这事是父亲酒后说漏了嘴她才知道的,她不敢自己去谷仓,想拉王来娣一起下去看。

王来娣也不敢去谷仓,又觉得父亲不太可能这么干,还劝过大姐别胡思乱想。但半个多月后,大姐就被父亲打伤了,此后她一直忙着照顾大姐,直到2007年年初王矮春第二次出走,已经苏醒过来的大姐才艰难地告诉她,面粉厂的谷仓下面确实"有问题"。

"然后王来娣下去就发现陈雪梅的尸体了?"我问张警官。

他说王来娣是这么说的,"然后她收殓了陈雪梅的遗体,埋在了家里"。

我说,王来娣这个说法漏洞太大了,一般人遇到这种事情不该第一时间报警吗?她怎么能如此"心平气和"地给死亡两年的继母处理后事呢?退一步讲,她处理了尸体,不担心王矮春回来后发现了,也像对待大姐王盼娣那样对待她吗?再退一步,即便她想把继母的事瞒下来,为什么还要买了棺材寿衣后把陈雪梅"安葬"在家里呢?即便上述这些疑问,都解释成王来娣不想父亲坐牢而帮他隐瞒,那2017年当地发出拆迁通知后,她为什么不早做准备,而是坐等继母的"坟墓"被警方发现呢?

张警官说,王来娣的话在逻辑上确实有很大问题,这也是他们一直不结案的原因之一。而另一方面,还是王矮春的去向问题。作为杀妻案中的重要嫌疑人,至2017年,王矮春已经销声匿迹了十一个年头了。

"那你这次来找王招弟，是因为……"我还是没弄明白王招弟与这一系列事情的关系。

"其实我们最初也没往王招弟身上联系。照王来娣的说法，王矮春打死陈雪梅某种程度上是因他而起，但毕竟陈雪梅出事的时候，王招弟已经蹲在广东的牢里了。"

张警官随后又说，可很多细节表现出，王矮春很可能也已不在人世了。陈雪梅遗体曝光后，当地警方重启了对王矮春的寻找。这些年，在警综平台和大数据系统的加持下，侦查技术较十几年前有了很大提升，但几个月下来，依旧查不到半点有关王矮春的线索。

一筹莫展之际，张警官突然想起了2015年见过的一个人。

9

"你还记得一个叫徐勇辉的家伙吗？"他问我。

这个名字我完全想不起来了。张警官却说，你应该认得，就是2012年在安徽G市卖给王招弟那台白色微面的人。

"徐勇辉和王招弟是在广东的监狱里认识的，犯的事儿差不多，出狱时间也是前后脚，后来两人在一起厮混过一段时间，也结伙作案，算是有些交情。"

张警官推测，当年应该是徐勇辉和王招弟一起偷了那台车，但徐勇辉被捕后并没有把同案的王招弟供出来，而是独自扛下了罪名，最终领了三年刑期。估计是两人先前有过约定，徐勇辉若不告发王招弟，王招弟就在外面处理完赃物，等他出狱再分钱给他。

只是出狱后的徐勇辉并不知道，王招弟于2013年被我们抓住，又关进了监狱。因此，2015年，寻人不得的徐勇辉，直接找去了王招弟的河北老家。他先去了人去屋空的王家，又辗转打听到王招弟的姐夫陈新贵家，但不明就里的陈新贵把他当作先前那起系列盗窃案里追赃的受害者，二话不说就喊来了警察——张警官就是这个时候见到的徐勇辉。

大概是牢已经坐完了，也没什么顾虑，徐勇辉一五一十地交代了自己来找王招弟的原因。张警官却觉得某些地方不太对劲，于是问了徐勇辉一个问题："你是怎么知道王招弟家详细地址的？"

按照警方的经验，结伙作案的人是绝少向同伙透露自己真实家庭住址的，一来没有必要，二来他们并不绝对信任，要防止对方被抓住后为了"立功"供出自己，被警察"按图索骥"。徐勇辉对王招弟家的地址知道得如此清楚，可见"交情"非常不一般。

徐勇辉说，他以前跟王招弟回过老家。

"哪年？他跟王招弟回老家做了什么？！"我的脑海中突然闪过五年前张警官告诉过我的，最后一个见过王矮春的人说过的话。

"具体是哪年徐勇辉记不清了，但说记得是一个冬天，我们这边下了很大的雪……你也意识到这个问题了？"张警官笑了笑，"徐勇辉当时没有说他哪年跟王招弟回的家，但大致可以推测就是 2006 年年底到 2007 年年初这段时间。"

我问为什么，张警官说，两人刑满释放已是 2006 年年底；2007 年 4 月，徐勇辉因故意伤害罪再次被捕，出狱时已是 2009 年 6 月。那时陈新贵和王盼娣已经结婚，如果徐勇辉是 2009 年 6 月份之后跟王招弟回的老家，他大概率去过陈新贵家，陈新贵也应该认得他。

但当年徐勇辉和王招弟回到老家做了什么，张警官说当时他没有细问——毕竟，那时陈雪梅的尸体还未见天日，张警官虽对王矮春的失踪心存疑惑，但手里并没有继续调查的证据和理由，当时只是简单盘查了徐勇辉一番，没发现什么问题，便放他走了。

如今张警官再度回忆起这件事时，才意识到自己当年或许忽略了一个相当重要的细节。

"把徐勇辉找出来问明白不就行了？"我说。

张警官叹了口气说，晚了，徐勇辉已经死了。就在 2017 年年初，他在湖南一家商场夜间行窃时不慎掉进电梯井里，摔成了重伤，被人发现时就宣告不治，殁年还未到 40 岁。

张警官又通过一些途径了解徐勇辉其人后，愈发坚定了自己最初的猜测：

徐勇辉比王招弟大六岁，江西人，惯偷，性格乖张。在其一生所犯的罪行中，一半与暴力有关，一半与盗窃有关。而在那些盗窃案里，又有一多半跟盗窃玉器珠宝相关，"徐勇辉懂玉，在他以前的案子里，交代自己曾在云南那边的玉器店里做过学徒"。

此外，张警官感觉2012年安徽G市的那起盗车案背后也另有玄机——盗车案发生前，当地还发生过一起珠宝店被盗的案子，案值十几万，像是徐勇辉做的，但警方没找到证据，案子也一直没破，不排除徐勇辉到案后不供出王招弟，就是怕牵扯出这起更有"价值"的案子。

"简单说吧，这个徐勇辉跟王招弟，恐怕不只是'结伙作案'这么简单，两人八成还是'师徒'关系"，王招弟当年能一眼从茶社的一堆赝品中认出唯一的真货，很可能是此前受过徐勇辉的指导。徐勇辉的出现，补足了先前一些王招弟所涉案件中的逻辑漏洞，但另一些问题却只能随着徐勇辉的死而落入无解。

"如果双方存在这样的关系，那合谋制造王矮春'失踪'的可能性就很大了。"张警官终于挑明了他的推测。"我这次来找王招弟，其实是为了王矮春'失踪'的事情，看能不能从他身上想点办法……唉。"

从他叹气的样子看，我估计结果大概不是他想要的。

果然，面对张警官，王招弟承认自己在2006年年底刑满释放后回过老家，得知了母亲被继父打死并埋尸家中的事情。他说母亲的寿衣和棺材是自己置办的，之所以没有移坟，是因为那时他既没钱给母亲买墓地，也不想把母亲葬进王矮春家的祖坟里。他悄悄帮母亲补办了丧事，便离开了。

至于继父王矮春的下落，王招弟说"不知道"，但盼望警方能尽早破案，将王矮春抓获归案，还母亲和大姐一个公道。他也承认徐勇辉是自己的"师父"，但不承认2006年年底带过"师父"一起回老家。

"王来娣先前不是一直说陈雪梅是她安葬的吗？现在王招弟又说是自己安葬的，这事儿怎么说？"我问张警官。

张警官说他拿到王招弟的笔录后，立刻找到同事去问王来娣。王来娣第三次改口，说当年继母的后事的确是她和王招弟两个人一同张罗的。张警官回过头来又去审王招弟，但他却坚决不承认二姐跟自己一同张罗过母亲的后事，只说母亲死的事情是从大姐那里获知的。但此时患病的王盼娣，已经无法帮警方分辨弟弟和妹妹究竟谁在说谎了。

"挺明显的，王来娣和王招弟这对姐弟一直在帮对方撇清干系，他们这样做的理由只有一个，就是两个人都有问题。其实我们能想到他们的'问题'是什么，只是手里没有必要的线索和证据。"

的确，眼下陈雪梅之死在逻辑上已经达到了某种闭环，只是在逻辑闭环的同时，有些东西却就此被掩盖了。

"现在王矮春依旧是以犯罪嫌疑人身份入档的，除非……除非他活能见人，死能见尸……"最后，张警官说。

尾声

几年后,当我和林主任又聊起王招弟的案子时,他也说,一些事是明摆着的,但张警官来找他的时候,他就知道王矮春的案子不会有结果了。

"我之所以这么说,是因为刑事侦查中有一个'最小关系'原则。说白了,就是涉案最浅的人身上最容易找到破案的突破口,拿到外围线索后,再一步步串联那些涉案深的人。这案子里明摆着王招弟、王盼娣和王来娣姐弟三人在某些关键问题上已经商量好了,'最小关系'人是徐勇辉,他死了,切入点就没了。"

"王招弟也快放出来了吧?"无来由地,林主任问我。

我说差不多了。

"真是这样的话,那个王矮春确实可恨,只是不该是这么个死法。"

戴青之死

1

  2002年4月的一个周一，我的班主任兼语文老师戴青没来上班。一开始同学们以为她只是临时请假，但一周后，学校却直接给我们班安排了新的班主任和语文老师。

  那是我们机械厂子弟学校变化最大的一年。上学期三班的刘老师调去了市三中，春节后教英语的崔老师也被外校挖走，那段时间我们的任课教师总在换，化学老师一学期就换了三位。

  但戴青老师的离开实在太突然了。母亲埋怨，"明年你们就中考了，她该带完这学期再走的。"父亲则说，人往高处走，鸟往亮处飞，"中师"（师范中专）学历的老师都走了，戴老师身为凤毛麟角的大学生，肯定不会留在子弟学校得过且过的。

  的确，那年戴青老师才23岁，本科毕业，正是"往高处走"

的好时候。早有传闻说她当年入职就是个"意外",来子弟学校只是临时过渡,"鸡窝哪容得下凤凰呢"?

在我的回忆里,戴老师几乎是个完美的老师——她脾气好,说话从来都是轻声细语的,不像那些从工厂转岗来任教的老师,动不动就对学生抡拳头;她很漂亮,乌黑的长发配一件青色碎花连衣裙,像是电视里的广告明星;更重要的是,上她的课本就是一种享受。我作为语文课代表,受过很多她的额外照顾:自从发现我喜欢写作,她便常常指导我,送给我很多相关书籍;她周末去文化市场给班里的图书角买书时也会带上我,遇到我喜欢的书,就花自己的工资买给我;那时我经常生病住院,她还带着课本去厂办医院给我补过课……

可直到最后离开,她都没有跟我们道一声别。

很快,我就听说了,戴青老师并不是"离职",而是"失踪"。

消息最开始是学校里几位教师子弟传出来的,他们从父母口中听说,戴老师是突然不知去向的,那段时间,学校、家里、厂保卫处和派出所都在到处找她。之后,母亲也告诉我,厂里的职工中同样有传闻,说子弟学校教语文的戴老师"离家出走"了。对于这些传闻,校方先是沉默,后来也承认了,还公开发了通知,说如果有哪位学生或家长知道戴老师的下落,或者近期见过、联系过戴老师的,请来学校提供线索。

看到通知,我忽然想起一件事:戴老师失踪前的那个周末,我见过她——那天在校门外的胡同里，她正在和张景春吵架。

张景春是戴老师的大学同学，也是她的男朋友。他并不是子弟学校的老师，只是在学校办了个物理补习班。补习班是偷偷办的，学校并不知情，用的是学校的教室，每节课每人20元，比外面的辅导班便宜得多。我的物理成绩不好，母亲便在戴青老师的建议下给我也报了名。一起补课的同学有十几个，我们在周末悄悄溜进学校上课，上完课后再悄悄溜出去。

我和同桌钟源一直担任补习班的值日生，课后负责打扫卫生和锁门，走得也比别人都晚。周日下午补习课结束后，我俩正好撞上那一幕——当时张景春背对着我们，挥舞着手臂冲戴老师喊着什么，情绪似乎很激动，戴老师的脸色很难看，她一定看到了站在胡同口的我和钟源，但并没有搭理我俩。我俩见情形不妙，就赶紧走开了。

我把这件事讲给母亲，问她要不要告诉学校。母亲担心惹麻烦，没同意。钟源同样保持了缄默，他爸说人家情侣吵架没什么好奇怪的，而且，那学期他的物理成绩提高了不少，"我爸还让我找机会单独去问张景春，能不能上那种'一对一'的辅导"，因此不让他在外面乱讲话。

学校公开向学生和家长征集线索后，一时间校内各种消息乱飞，以至于有老师在课堂上说："长得漂亮不论在哪儿都吃香，一朝出了事，不仅男老师坐立不安，连男学生都忧心忡忡。"后来学校大概看情形不对，先是收回了之前征集线索的通知，很快又禁止学生在公开场合讨论此事。

2002年暑假前，学校照例要在假期装修教学楼，我和班上几个同学被叫去语文组办公室帮忙收拾卫生。在办公室里，我见到了张景春和另外一位陌生男子，听老师们介绍说，那是戴青老师的哥哥。

戴老师失踪后，张景春的物理辅导班也停了，从那之后我一直没见他。那天在办公室，我们一起收拾了戴老师的物品，公家的留给学校，私人的由他们二人带走处置。戴青老师的书放满了一整张书桌加大半个书柜，她哥哥见书太多，出去找三轮车了，留下张景春和我们一起打包。中途有人从办公桌的柜子里找到几本戴老师的日记，之后张景春便一直坐在旁边读日记。

收拾完后，戴青老师的存书被捆扎成几大摞放在墙边，其他物品装进几个大塑料袋，被张景春和她哥哥一并带走了。望着空荡荡的办公桌和空出三格的书柜，钟源很伤感："看来戴青老师真的不回来了。"

钟源也是机械厂子弟，我和他做了三年同桌。当年他写满"戴青"的周记本被同学瞧见过，虽然他一再解释本子上写的是一位与戴老师同名的港台明星，但他暗恋戴老师的事还是在同学中不胫而走。没办法，"证据"太多了——他的QQ昵称一直叫"爱戴"，后面跟着一串非主流字符作修饰；戴老师当年在班里的任何号召，他总是第一个响应；戴老师叫值日，无论他是不是值日生，总是抄起扫帚就开干；平时还爱跑去语文组办公室忙前忙后，发现戴老师的暖瓶空了，拎起来就往水房跑；戴老师提议大家报周末的物理补习班时，他是班上第一个报名的，一口气买了六十节，连戴老师都劝他："不要买这么多，张老师不一定会上这么久……"

那天从学校回家的路上，钟源拿出两个徽章一样的东西，把其中一个递给我，说是刚刚从戴老师办公室抽屉里偷拿的，没给张景春他们，就当留个纪念吧。

我接过徽章，上面是一只米老鼠，而钟源的那个徽章上写着"××师大话剧社"。我随手把米老鼠塞进书包口袋里，钟源看到了似乎有些不高兴："咋了？不喜欢？不喜欢的话还给我。"

我没有还。

2

新学期开始后，语文组办公室来了新老师，戴青老师以前的办公桌和书柜里又摆满了各种书和杂物。打那以后，钟源不再往语文组办公室跑了，一年后，我们结束了机械厂子弟学校的初中生活，分别考入了不同的高中。

高中三年，我和钟源有时会在电话里聊到戴老师，询问一下彼此有没有关于她的消息，但谁都没有。

高二那年冬天，借着机械厂子弟学校办校庆的机会，我和钟源回了趟母校。当时子弟学校成功转为公办九年一贯制学校，还在马路对面的楼盘里开了新校区。校庆结束后，当年接替戴青老师做我们班主任的黄林民请我俩在学校新盖的教职工食堂里吃饭。钟源问他："这几年学校有没有戴老师的消息？"黄老师没有正面答复他，一脸坏笑地说："咋了钟源？你个小毛孩子还挂着人家呢？"

钟源来自单亲家庭，母亲在他幼年时病故，父亲也再没续弦。钟源从小跟父亲生活，父亲对他的管教甚是严格，甚至有点残暴。小时候，钟源经常因为各种原因被他父亲关在厕所里"收拾"，他家住一楼，他被打得哭爹喊娘，声音总会清晰地传到街上。大院居民大多知道钟源他爸的臭脾气，很少有人去管闲事。

而钟源从小也是个固执的孩子，初中时，他坚持要在学校做完全部作业再回家，于是经常晚上八九点钟才背着书包走出学校大门；有段时间他决定晨跑减肥，于是在一个暴雨滂沱的大清早，我就看见他一个人绕着学校操场疯跑。

跟他做同桌后，我发现他身上时常带着各种伤痕，他说都是拜他爸所赐。那时唯一能够且敢于拯救钟源的大概只有戴青老师。戴老师住的地方和钟源家相邻，每次听到钟源的惨叫声，她便会立刻赶去钟家。钟源他爸最初几次还打算跟戴老师"理论"，但很快就被戴老师驳得哑口无言。

戴老师让钟源挨打的频率大幅降低，机械厂改制的那段时间，钟源他爸顾不上回家，钟源就每天跟着戴老师在办公室吃饭，然后一起回家。面对同学们羡慕的目光，钟源更是骄傲地声称，戴老师还给自己洗好了衣服。

我不知道这些事情是不是钟源在之后的若干年里，一直坚持不懈寻找戴青老师下落的根本原因，但至少，对钟源而言，戴青肯定不仅仅是一位老师。在寻找戴老师这件事上，钟源把他那种一根筋的性格诠释得淋漓尽致——戴老师失踪之初，四处打听她去向的男生数不胜数。等学校把这股风潮压下去后，唯独钟源还在坚持，他一改放学后留在教室写作业的习惯，下课铃一响，收起书包就往校外跑。有几次，我看到他钻进与机械厂家属区一墙之隔的某科研单位试验田，或者在戴老师曾经住的筒子楼下探头探脑，就问他在做什么，他说在找戴老师。

我一度以为这家伙魔怔了，找人咋还能找到试验田里去？钟源就站在试验田边，望着墙那边的筒子楼家属区说，他曾见张景春来过这里。很久之后我才意识到，那段时间钟源应该是在跟踪张景春。

那时钟源的父亲还是机械厂下属某车间的主任，是中层干部，跟保卫处的领导有些交情。从父亲口中，钟源得知警察也在怀疑张景春，只是调查不出什么结果。本来钟父找保卫处打听张景春的情况，是为了衡量还要不要让儿子继续报张景春的物理补习班，而信息传到钟源这里，却成了他进一步怀疑张景春的理论依据。

私下里，钟源经常悄悄给我透露一些从他父亲那里打探到的

"内部信息"，比如："前天张景春被派出所叫走了，关了一整天，又放了""昨天下午保卫科有两个人被警察带走了""戴老师的妈妈过来了，在厂保卫处办公室里扇了张景春两个耳光"，等等。

但这些事大多没有下文，到后来，可能钟源父亲发现儿子找他打探这些消息的初衷跟自己并不一致，便拒绝再向儿子透露这方面的消息了。

钟源的这些举动，黄林民自然也看在眼里。一次，他在班会上语焉不详地说了几句，没提事也没点名，但目光却是瞥向钟源的："我警告班里的某些同学，要明确自己来学校的目的是什么。有些事情归学校管，学校管不了还有警察管，你整天上蹿下跳的，想干什么？"

高考结束后，钟源提议我们一起去趟海边。我俩在省内的几个沿海城市里选择了烟台，表面理由是去烟台旅行花费少，但其实还有个心照不宣的原因——那里是戴青老师的家乡。

我俩并不知道戴老师的老家在哪里，也没有她家人的联系方式。但钟源还是找到了一片沙滩，言之凿凿说，戴老师小时候住的地方一定就在这附近。我问为什么，他说是戴青老师上课时说的。我不记得戴老师在课上提过，但钟源却当场背诵了一段课文，那篇文章叫《赶海》，是我们初中时校本教材里收录的戴老师的文章。

那年的校本教材里有两篇戴老师的作品，《赶海》写的是她小时候的事，还有一篇《虎山游记》，写她的大学时代。我对后一篇很熟，却不怎么记得前一篇。钟源一边背课文，一边向我指点周围的景色："看，站在这个位置，正好看见那个山头……你朝南看，那边能隐约看到渔港……我查过这片地方，以前是个渔村，1997年后才开发成现在这样的。"

说着，钟源忽然换了话题，说自己一直有个很大的遗憾，就是几年前收拾戴老师办公室的东西时，没有看一眼她的日记。我说你这算什么遗憾，老师的日记你怎么可以随便看？钟源却说，为什么张景春能看？我说人家是男女朋友，能一样吗？

"我敢打赌，那些日记戴青老师肯定不想让张景春看，不然怎么会藏在办公室里？这东西不该放在家里吗？"钟源说。当年我们在收拾办公室时，张景春一直蹲在旁边看戴老师的日记，他也一直在旁边观察，总觉得张景春看日记时的状态不对劲，"也不知道戴青老师在日记里写了什么，把张景春气得脸都扭曲了"。

我对那几本日记有些印象，因为当年戴老师给我讲写作技巧时，就用自己的文章做过案例，而那些文章就出自她的日记本。但我并不记得张景春看日记时"脸都扭曲了"。

钟源接着说，那天他看到张景春把戴青老师的三个日记本都塞进了自己的随身挎包，没有像其他物品那样打包进黑色塑料袋，很可能根本没把日记本交给戴老师的哥哥。我说这倒有可能，或许张景春只是想留个纪念而已。

"留纪念？你的意思是他一早就知道戴老师回不来了？"钟源

问我。

我说算了,我不跟你争了,你又上那股子劲了。

3

高中毕业后,我并没有和钟源同步去上大学,而是又复读了一年,于2007年考入本省师大。戴青老师同样毕业于这所学校,我和她差了十一届。

新生入学时,钟源来学校找过我。那时他已在青岛的一所大学读大二,说要来给我做"新生向导"。他带我走过西联教室、大学生活动中心、南区宿舍,又去了学校后街。让我震惊的是,他甚至连师大附近哪家卤肉饭好吃、哪家网吧包夜便宜都一清二楚。我说钟源你又不是这儿的学生,怎么对师大这么熟悉?钟源笑了笑,说还能为啥,"女朋友在这儿呗,也是文学院的,你见了面得喊声师姐"。

我说你们学校没女生吗?还大老远跑来我们学校谈恋爱,不会也是因为戴老师吧?

钟源没有回答我的问题,却把我带到了一棵树下,问我还记不记得这棵树。见我摇头,钟源有些失望,又问我记不记得戴老师以前贴在子弟中学教学楼大厅"教师风采"栏里的那张照片?说着,他跑过去站到树下,摆了个造型。

但我依旧没有任何印象。钟源只好从书包里找出一个本子,又从本子里翻出一张照片——果然,当年的戴老师长发披肩,站在树下,一身青色的碎花连衣裙和一双白色布鞋——没想到,钟源竟把戴老师的照片都"偷"走了。

"我不拿别人也会拿的。"钟源说。

当天晚上,钟源和他女友一起请我吃饭,那位师姐很漂亮,同样长发披肩,穿了一件碎花连衣裙。

"张景春是物理系96级的本科生,现在叫物理工程学院。戴老师是文学院的,我让小慧打听了他们当年的同学——物理系有个讲师,姓霍,是张景春的同班同学;文学院这边,对外汉语系的辅导员是戴老师的同学,研究生毕业留校的;另外学校学工部还有一位王老师……"钟源如数家珍般向我叙述,我反而有些怀疑他和小慧恋爱的目的了。

"你来了也好,有些事小慧不方便知道,更不方便做,你来做的话好些……"那顿饭的最后,趁女友去买单时,钟源对我说。

"你要我做什么?"我问他。

"我想知道张景春和戴青老师大学时的事情。"钟源说。

直到2009年夏天,经过多方努力,我才通过一家户外单车俱乐部和物理工程学院的霍老师搭上了线。一次骑行活动间隙,我跟他讲了戴青老师失踪的事,又谎称自己的父亲是省城承办这起案子的警察,想了解张景春的情况,霍老师这才开了口。

"张景春是青州人,家庭条件不好,据说为了生他,他爸妈先给他生了五个姐姐。"霍老师说，大学时张景春心气很高，成绩也不错，原本可以保送本校继续读研的，但他一心想考名校，毕业当年报了清华，没考上，第二年报了复旦，又没考上。后来听说张景春又考了几年，也不知结果怎样。

"张景春这个人不太好交往。读书那会儿他没什么朋友，大家都觉得他挺'假'的，不好交心……"霍老师用了一个方言词汇"爱演道"来形容大学时代的张景春，大体就是"爱装×""不实诚"的意思。

提起张景春和戴青的关系，霍老师说这事儿他记得。当年戴青是文学院有名的才女，长得又漂亮，追求者甚多，其中不乏很优秀的男生，但不知为何最后她竟然选了张景春。"我就记得当年学校剧团演话剧，戴青总演女共产党员、女英雄，张景春总演汉奸、翻译官，那'三七分'一梳，配上他那两撇八字胡，演得全校闻名。但谁知道后来他俩居然在一起了，你说这不是扯嘛……"

由钟源的女友小慧帮忙联络，我又从学校学工部的王老师口中得到了一些消息。王老师和戴青是烟台老乡，大学时代做过两年室友，关系很不错。她说，戴青之所以会和张景春在一起，大概是因为张景春对她确实很"用心"——两人交往前，戴青琴棋书画都拿得出手，而张景春除了成绩好，其他的一窍不通，但为了追求戴青，张景春强迫自己培养这些"爱好"，后来还真学得有模有样；当年师大男女宿舍分处校园两端，直线距离接近三站公交站,张景春每天早上都来给戴青送早点,无论刮风下雨,两人在一起后也没间断过;而在与张景春交往之前,戴青有个大她两届的男朋友,但那男的毕业后公派留学,一出国就跟戴青分手了,那段时间正巧赶上张景春大献殷勤,戴青便被"攻陷"了。

王老师也提到了话剧团的事:起初,张景春因为形象问题一直进不去,于是他自己写了剧本出去投稿,专门给戴青设计了一个"女英雄"的角色,又给自己量身定制了个"翻译官"。那个剧本在校外比赛中拿了奖,话剧团这才勉强招张景春进团做了"特型演员",专门跟戴青搭戏。"放到现在,哪有男生肯费这番心思?"

戴青和张景春的关系确定得很突然。当时戴青身边还有几位追求者,其中有个研究生,各方面条件都很不错,戴青也挺喜欢,但就在一次假期旅行过后,戴青却和张景春在一起了。"好像是那个研究生毕业后也有出国的打算,戴青一听对方又是这想法,便立刻拒绝了……"

王老师说,她起初还觉得张景春只是相貌不佳,但两人恋爱后,她才知道张景春吃喝花销全靠戴青资助,就有点看不过去了:"张景春这家伙除了嘴皮子比较溜,没啥特别的。据说他成绩不错,可我们不是一个专业,也都是听旁人说的。他一个大老爷们儿整天吃女朋友的'软饭',我就觉得这人不靠谱。"

我心想,在"吃软饭"这点上张景春倒算是"从一而终",大学毕业后戴老师也是一边上班一边帮他在学校招生办辅导班。

"你觉得戴青当年爱张景春吗？"我问。

"说不好。"王老师说，她见过戴青爱一个人时的样子，但不是在张景春身上。那时同学们都觉得戴青只是暂时没遇到爱的人，碰巧张景春贴上来，临时过渡一下而已，只是没想到"过渡"了那么久。她问我为什么打听这些，我这才把戴老师失踪的事讲给她。她一脸惊愕，继而口气略带惊悚地问我："不会是张景春对她做了什么吧？"

我说我也不知道，所以才来找你打听嘛。

4

我觉得钟源对张景春的调查属实没太大意义。无论张景春是好人还是坏人，他和戴老师谁爱谁多一些，都不能改变戴老师失踪的事实，而且对寻找戴老师的下落也起不到任何作用。但钟源觉得有意义，很多年来，他一直笃定张景春就是戴老师失踪的始作俑者。

"你看看他的博客和QQ空间！"钟源发给我几条链接，里面各有上百篇日志和多到数不清的照片，访问量和粉丝数也很惊人。

我随手打开几页，竟然全是他外出寻找戴老师的记录，还有些媒体报道的链接——一家本地报纸刊载了很多张景春骑在摩托车上的照片，摩托车后座绑满了行李，行李上插着一面旗子，配图下面标注的拍摄地点是东北某省，报道最后还挂了捐款链接。文章下面的评论里，满是对张景春的称赞和敬佩。

"这么多年了，他还在找戴老师？"我问。

"我呸，张景春明显就是以'寻找女友'为噱头出去旅游顺带骗点击量和捐款——如果换成你，你会这样大张旗鼓地去找你失踪的女朋友吗？"钟源啐了一口。

我说你这就有点对人不对事了，人家这样做倒也能理解，或许是想通过这种方式扩大影响力，万一真有人看到了新闻给他提供线索呢？

"反正我就是觉得这个张景春有问题！"

我说那你毕业之后回家考警察吧，专门查戴老师失踪的案子。他说好，我们一起去考。我说你见过我这个专业当警察的吗？他想了想说，确实没听说过，还是他自己去考吧。

但命运弄人，大学毕业后，我倒是真去外地做了警察，钟源却先一步回到老家的机械厂子弟学校做了中学数学老师——那时子弟学校已经转为公办，改名叫致高中学了。

大概是回去后总是触景伤情，有一次钟源微醺着问我：如果当年我俩把戴老师和张景春吵架的事情告诉学校，会是什么结果呢？

"打我头一眼看见张景春，就觉得他不像好人——你看，瘦长脸，八字胡，中分头，怎么看怎么像电视剧里的汉奸！所谓

'相由心生'，好人会长成这样？你说戴老师当年那么漂亮，怎么会看上他？"钟源絮叨着。

"那你当时还想继续跟他上补习班。"我揶揄道。

时隔多年再次回忆起少年时的悸动，钟源大方承认了自己对戴老师的感情："是的，当年我确实喜欢戴青老师，没啥丢人的，都是那个年纪过来的嘛。"

他同样也表露出对自己父亲的不满，说当初就不该听他爸的，如果一早把戴老师失踪前和张景春吵架的事情告诉学校，查他一下，八成能查出问题来。

"你是不是把人家当成情敌了？你看你这副嘴脸，嫉妒让你面目全非。"我开玩笑说。

"哎，当时你咋也不跟学校说呢？你爸又不逼你跟张景春上课，我还指望着你能把那事儿告诉学校呢！"钟源反问我。

我说，你怎么知道我没说？

"你说了？你跟谁说的？结果呢？"他追问。

"说了，跟黄林民。"

我当时不仅跟黄老师说了他们俩吵架的事，还告诉了黄老师另外一件事——戴老师曾经跟我说过，她有离开学校的打算。

一次在跟戴老师去文化市场买书的路上，她说自己"可能也要走了"。虽然那时我对学校老师一个接一个离职已经见怪不怪，但知道戴老师也要走，心里还是很难过。我问戴老师调去了哪所学校,她说她不是"调走",她已经考上了研究生,下半年要去南京上学了。

那时在我浅薄的认识里,"大学本科"已经是学历的天花板了。戴老师看我不太懂,只解释说"就是老师又去当学生了"。之后她又问我,如果她走了同学们会不会想她。我说肯定会啊,而且我肯定是那个最舍不得她走的人。她很开心,说平时没白给我"开小灶"。

后来她又问我,如果她走了,我们还会不会报张老师的补习班?我说我不想报了,张老师课讲得挺好,但脾气太差了,经常吼人,还动不动用教杆抽黑板和讲桌——其实这些早就有补习班的同学给戴老师反映过,那时她的回复是:"张老师吼你是为你好,他怎么不去吼别人?"但这一次,戴老师却只是点了点头。

那天我回家后就把戴老师要去读书的消息讲给了父母,他们有些惋惜,但都说戴老师的选择是正确的。过了一段时间,我又问戴老师去南京读研的事,她却说"不一定会去了,因为张老师没考上研究生"。我不能理解她话里的逻辑,但觉得她不走挺好的。可回家讲给父母后,他们却说戴老师真是犯了糊涂。

母亲说:"管她男朋友考没考上呢,她先考上她先走呗。咋了,非得两个人一起走?"父亲则若有所思:"哎呀,恐怕不是戴老师不想去读,而是她对象不让她去读吧。"母亲说,怎么可能,这关口考上研究生多不容易?父亲却说,这真说不好,如果戴老师去读研究生,她和张景春两人恐怕会"黄"。

我也搞不懂父母这番对话的意思,但后来向黄老师"举报"戴、张吵架一事时,为了增加说服性,还是特别"补充"了一句:"我觉得戴老师考上了研究生,张老师没考上,张老师不让戴青老师去,所以两人在胡同里吵架,然后戴青老师就失踪了。"

我清楚地记得,当年黄老师听我说这段话时眼皮都没抬。我话还没说完,他就让我回去把数学自测题本拿过来给他检查。

"结果呢?"钟源追问。

"没有结果啊,一个初二学生的话,谁会当真呢?"我说。

5

2014年春节,我和钟源一起喝酒时,他又问我在省城有没有公安系统的朋友,他想查一个人。我问他要查谁,他说查黄林民。

那时的黄林民已经是致高中学的校长助理兼初中部数学教研室主任,是钟源的直属领导。当年黄林民当我们数学老师时,钟源是课代表;黄林民当班主任后,钟源是副班长;而现在两人既有师生关系,又是同事,还是上下级。我开玩笑说,钟源你可是黄老师正儿八经的"嫡系部队",有朝一日他当了校长,至少得提你当个教导处主任吧,"咋了?他对你不好?不该啊,上学那会儿班里他最喜欢你了"。

钟源说黄林民对他很好,只是回到中学这几年里,他听到一些早年的传闻,感觉可能跟戴老师有关系。

在2013年的一次饭局上,老师们私下里八卦,说黄林民正在遭遇一件不太能摆上台面的麻烦事——他与一名学生家长传出绯闻,他的妻子为此闹到学校,搞得满城风雨。酒桌上,一位颇有年资的老教师借着酒劲说,"黄林民这家伙有前科,十几年前跟那个失踪的戴青之间也有点不为人知的故事。"老教师还说,他当年曾亲眼在学校附近的新北超市看到已婚的黄林民和戴青手牵着手,"戴青的事情没查到他头上,是他走运,但俗话说'常在河边走,哪有不湿鞋',你看,到底还是出事了吧"?

饭桌上的多数人对"旧闻"都一笑了之,但钟源事后又去找那位老教师,对方意识到自己酒后失言,不想触了黄林民这位未来领导的霉头,还警告他不要拿着酒局上的话乱嚼舌头。

"实话说,当年我也觉得黄林民和戴老师之间关系挺暧昧的,数学组和语文组的办公室隔着一层楼,但我去语文组找戴青老师,经常遇到黄林民。我还纳闷呢,他怎么总去戴青老师那儿。"钟源说完这话后又有些怅惘,"黄老师再好,也是结了婚的人,戴老师怎么会跟他有什么呢?"

在我的印象里,黄林民也是当年机械厂子弟学校教师中比较特殊的一位。

他是数学专业出身,早年却是我们的地理老师,后来还教过一阵子英语。他上课时总是西装革履,领带打得一丝不苟,在当年是少有的精致。2000年年初学校刚给每个教学组配台式电脑时，黄林民自己的ThinkPad在办公桌上格外显眼；在手机还是个稀罕物的时候，黄林民上课前的招牌动作就是走上讲台，掏出手机放在讲桌上。这种跨学科授课的"全能"，加上高大帅气的外形，让他在学生中的拥趸不比戴青老师少。

同衣着、用品一样，黄林民在工作上高调得有些霸道——集体活动时，他带的班级永远会占据最好的资源和位置。假如他班上的学生与外班学生发生冲突，处分重的永远是外班学生。讲课时，他也经常毫不掩饰地质疑其他老师的水平："这块儿按我讲的学，别听××老师的，他个干钳工的，知道个屁！"

如此看来，霸道的黄林民当年真从张景春那里"横刀夺爱"，也不是没有可能。经钟源这么一提，我也想起一些碎片：比如一个傍晚我和同学翻进学校踢足球时，曾看到过戴老师和黄林民两人轧操场，虽然没有牵手，但从行走时相隔的距离也能感受出两人关系甚是亲密；又比如，黄林民代理五班班主任的那段时间里，我们和五班频繁一起去校外搞各种活动，森林公园、科技馆、博物馆，每次都是黄林民和戴老师带队，还让班干部帮他俩单独合影。

"我觉得戴老师看黄林民和张景春两人的眼神是不一样的。"钟源说，他觉得戴老师看黄林民时是"盯着看"，"眼睛一闪一闪的"，而看张景春时则是"撇着看"，"眼神飘忽忽的"。

我问钟源想具体找人查什么，他挠了半天脑袋，却说不出自己的需求。我说算了吧，既然戴老师身边同事都知道的事情，警察肯定也早知道了，当年没动黄林民，就说明跟他没关系。钟源却说，你不觉得这事儿奇怪吗？——黄林民听你讲了戴老师和张景春在胡同里吵架的事情，不应该很积极地告诉警察吗？他和张景春可是"情敌"啊。

我说你以为别人都跟你似的，你别忘了，张景春和戴老师是正常恋爱，黄林民要是跟戴老师有什么，可算是婚外情，真捅破了，谁倒霉还不一定呢。

"那倒也是。"钟源点了点头，不过又不服气地说，当年也就是黄林民结婚了，如果没结婚，他八成会把戴老师"撬走"。

我问为啥这么讲。钟源说，他上班后听同事们聊得多了才知道黄林民这人不简单：黄父退休前是机械厂领导，黄林民是戴着"太子"的光环进子弟学校任教的。2003年黄林民读完南京大学数学系的硕士，2009年又拿到了华东师范大学的博士学位，学历至今在致高中学都无人能及，当年完全是出于父母要求才回来当老师的。黄林民将近一米九的身高，"正面人物"的长相，与张景春"鬼子翻译官"的形象对比鲜明，"当年就张景春那条件，要不是黄林民结婚早，他能留得住戴青老师"？

"那时候我们年纪都小，想问题也简单，压根儿不知道里面会有这些道道儿。现在我们到了和张景春、黄林民当年差不多的年纪，有些事也能看明白了，回头看看，还真是复杂……"钟源说。

"你现在又转头开始怀疑黄林民了？"我笑着问钟源。

他想了一会儿，问我，有没有一种可能：戴青和黄林民确实有"故事"，而且一同考上了南京的研究生。张景春本就怀疑二人，发现两人又要去同一座城市读研，醋意大发，然后……

我说你这构思能力也是一流，要么去当编剧，要么去做警察，做数学老师真是屈才了。

我说这话是带有几分佩服的——这些年里，钟源通过各种拐弯抹角的"朋友""关系"了解到一些线索，但都跟当年从他爸口中套来的"内部消息"性质差不多，大多有头无尾。

"张景春2002年9月从机械厂家属区搬走之后，先在化工厂小区住了半年多，后搬去了高新南路，2008年他住在陈庄东路，之后我就没再查到他住哪儿，但应该没离开省城。"

钟源还查到，从2002年至2014年间，张景春先后在六家教培机构当过物理老师，考过两次编制教师，一次公务员，还做过一段时间的保险推销。他把所有能查到的东西都记在专门的本子上，多年下来，攒了几大本。可惜信息确实有限，他能做到的无非是在能力范围内监视张景春的一举一动。后来在现实中失去了张景春的踪迹，钟源只能把重心转移到网上。

6

那天喝完酒后，我也在想，算起来，戴老师已经失踪快十二年了。

上班之后，我曾在公安内网上查找过这案子，可惜省际间的公安系统并未联网。况且戴老师失踪那年，公安机关还未实行网上办案，这案子也就不太可能上网。

酒醒之后，我忽然意识到，这么多年我俩虽然一直在找戴老师失踪的线索，但多数时候其实都不得要领，更不知道这起失踪案在官方记述中究竟是什么样子，或许警方已经对戴老师的下落盖棺论定了呢？

2014年6月，我借着办理户口迁移的机会，找到了社区民警李警官。李警官50多岁，我入警时省厅政治部派人来我的户籍所在地政审，就是他负责接待办理的。此后我们一直算是朋友圈里的"点赞之交"。

我本是抱着试一试的态度向李警官提及那起案子，碰巧他就是当年负责案子的主办民警。听说我想了解当年的案情，他一下来了兴致，问我是不是有什么线索要提供。我说不是，只是想了解一下案子现在是什么情况。他的兴致一下消去了一大半，又问我是不是戴青家的亲戚。我说也不是，我只是她以前班上的学生。

那天，李警官考虑了一番，大概是看在同行的面子，才给我讲了这个案子。

在警方的在侦卷宗中，机械厂子弟学校初中语文教师戴青失踪于2002年4月13日夜。

案卷记载，戴青的同居男朋友张景春时年24岁，与戴青同住机械厂家属区筒子楼307房间。张景春说，当晚8点左右自己独自下楼散步，40分钟后回到家中，发现女友戴青外出。他起初没当回事，但直到10点钟时戴青还没回来，他有些担心，于是出门寻找，无果。

4月13日夜，戴青彻夜未归，张景春一夜未眠。4月14日一早，张景春先去了机械厂家属区保卫科，又在保卫干事陪同下去了东郊派出所报案。民警联系了戴青的亲属、同事和朋友打听其下落，未果。4月15日，周一，戴青没有上班，学校方面也联系不上她，警方开始立案调查。

依张景春的叙述，戴青出走时身着红色上衣，灰色运动裤，白色运动鞋，除此之外没带走其他行李物品。警方问及戴青失踪前的状态，张景春说两人感情一直很好，已经到了准备谈婚论嫁的阶段，不知戴青为何会突然离家出走。

警方在走访中了解到，同样住在机械厂家属区筒子楼的居民刘明文，在4月13日当晚见过戴青。刘明文系机械厂冲压车间职工，住筒子楼302室，与戴青、张景春的房间相隔五户。4月13日刘明文上夜班，工作至14日凌晨两点时不慎伤到了脚，车间领导安排工友乔顺陪他在机械厂附属医院处理好伤口后回家休息。

上楼之后,刘明文和乔顺见到戴青当时就坐在家门口,好像在等人。刘明文喊了声:"戴老师,怎么了?"戴青没回答,也没做任何反应。刘明文本想上前查看情况,但无奈自己行动不便,只好先行进屋,嘱咐乔顺出门时看一下。等乔顺离开时,戴青已不见踪影,他以为人进屋了,便没在意。两人对戴青当时的外貌描述都是:"长发,身着红色运动外套,灰色长裤,白色运动鞋,靠在307室门口,可能睡着了。"刘明文由此猜测,戴青大概是当晚因事外出,回家后发现没带钥匙,便在门口等男友张景春。

门卫室的值班保安说,14日凌晨,张景春叫他开过大门。由于家属区夜间仅留一侧小门供人出入,张景春骑摩托车外出需要他开大门放行。当时张景春神色焦急,一边催促他开门,一边询问有没有见到女友戴青外出。值班保安并不认识戴青,也不可能一直盯着进出的居民,他记不清张景春出门的具体时间,只能凭记忆推测大概在凌晨两点钟以后——因为门卫室凌晨两点钟换班,他给张景春开门时刚接班不久。

但另一名在上半夜值班的保安回忆说,13日晚上10点左右,他"似乎见过"戴青。他的女儿在子弟学校读初中,他认得戴青。之所以说"似乎见过",是因为当时有一辆白色富康车开出大院,他感觉坐在副驾驶上的女子像是戴青。这条线索比较重要,警方查找了那辆白色富康,但没找到。保安也说那车应该不是家属区居民的,因为之前他没见过。

查到这里,警方已经有点糊涂了:张景春说戴青的离家时间在4月13日晚8点到8点40分之间,保安看到戴青的时间是晚上10点,邻居刘明文看到戴青的时间则是4月14日凌晨2时。这三个时间段,戴青都去了哪里呢?

2002年时视频监控还是个稀罕玩意,机械厂厂区都没有。警方只能一边走访,一边联系戴青的家人和朋友,打听她的去向。

对于那辆白色富康轿车,张景春提供了一条线索:他说自己曾见过一辆白色富康送女友回家,戴青说是同事的车。警方立刻协调子弟学校查询教职工的私家车辆,也没找到。张景春随后又说,他怀疑戴青的出走可能与黄林民有关,因为黄林民曾追求过戴青,并在戴青明确拒绝后仍一再骚扰,很不道德。

黄林民因此被警方调查,但他坚决否认张景春的说法,称自己和戴青是同事关系,只因在同一个年级组任教,平时交往多一些而已。警方调查了戴青失踪当天黄林民的动向,并没有发现任何可疑之处。大概是出于泄愤的目的,黄林民同样举报了张景春,说张景春大学毕业后不工作,借"考研"的由头吃戴青的软饭,而且张景春和戴青的感情并不好——由于戴青长得漂亮,张景春总疑心她在外"勾三搭四",之前就曾跟踪过她,还偷偷来过学校"查岗","如果戴青出事了,张景春的嫌疑最大"。

黄林民和张景春的矛盾当时确实引起了李警官的警觉,"有矛盾的地方就有突破嘛"。随后，李警官分别对黄林民和张景春二人进行了重点调查。但很可惜，依旧没有结果。

子弟学校的老师们当年都没有提供有关黄林民和戴青之间存在感情纠葛的线索，张景春也拿不出黄林民"骚扰"戴青的切实证据；至于张景春"跟踪""查岗"戴青一事，黄林民很快承认自己也就那么一说，他说自己在张景春周末借用学校教室办物理补习班一事上帮了大忙，张景春非但不感谢，还跟警察说这种连累人的话，的确很让人恼火。

我这才知道，当年周末上物理补习班，是黄林民帮戴老师从总务科拿到的教室钥匙。黄林民在学校面子大，校领导都敬他几分，总务科明知违规也不愿得罪他。换作其他人，张景春开补习班是没法那么明目张胆的。

7

"张景春的嫌疑，当年你们是怎么排除的？"我问李警官。

李警官说，戴青的案子归根结底只是一起失踪案，张景春虽有嫌疑，但在没有实质涉案证据的前提下，只能把他排除。

"他和戴青的感情非常好，好到让我们感觉他应该不会做伤害戴青的事情……"

李警官举了几个例子：比如当时张景春废寝忘食地找人，在街上看到长得像戴青的姑娘便上去拦住人家，为此不惜被人当作流氓扭送派出所；又比如戴青失踪后张景春重病一场，但他拖着病体依旧四处找人，几次累晕在路上被人报警送回医院；再比如他印了很多寻人启事四处张贴，李警官甚至在离省城一百多公里的另一座城市的电线杆上都见过。

"大概2002年年底吧，下大雪，那天张景春又来派出所找我问戴青的事儿。碰巧他来的时候所里有点急事我得出去，于是跟他随口说了一句，本意是让他明天过来细聊。那天忙完公事已经凌晨了，没想到回到所里就看到了张景春。当时派出所大门已经关了，他坐在院门口墩子上等我，跟个雪人似的。我问他怎么不回家，他说戴青走了，家就没了，回去也是等消息，不如在这儿等。"张警官说，自己当时感动得不行，事后证明那个线索跟戴青没关系时，他还有些愧疚，觉得辜负了张景春。

戴青出事后，她的家人都来过东郊派出所。后来戴青哥哥留在省城找人，其间一直由张景春陪着。戴青哥哥最初对张景春的意见很大，甚至动手打过他几次，但可能最后也被感动了，渐渐原谅了张景春，听说后来两人关系还不错。

在戴青失踪后一年多的时间里，李警官一直和戴家保持着联系。戴青哥哥和张景春经常来派出所，拿着各式各样的"线索"请李警官帮忙核实。外地警方也反馈过一些协查信息，戴青哥哥和张景春总是一收到李警官的消息就马上赶赴当地。但遗憾的是，那些信息都跟戴青无关。这种情况一直持续到2003年年底，之后戴家的问询电话就逐渐减少了。李警官明白他们是准备放弃了——寻人是一件复杂且成本极高的事情，绝大多数亲属都坚持不了太久，戴青家人找了一年半，已经是特例了。

"最后连戴青哥哥都不联系我了，只有张景春还时不时跑来找我问案子，每次问完都要请我吃顿饭。他好喝酒，一喝酒就说起戴青，一说起戴青就开始掉眼泪，唉……"李警官叹了口气。

我听出了言外之意，应该是张景春做到这一步，他觉得这人不存在什么嫌疑了。

我又问了李警官一个问题："你认为戴青现在还在人世吗？"

李警官笑了笑，说十二年了，你也是警察，你觉得呢？当然，如果是被拐去了深山，那就另说，但中学老师在家中被拐走，概率极小。

李警官的想法和我一致，于是我提出自己的两个质疑，分别针对张景春和黄林民。

我把2002年4月13日下午在胡同里看到张景春和戴老师吵架的事告诉了李警官，他有些吃惊，再三让我确定，我说是自己亲眼看到的。李警官问我还记不记得两人当时为了啥事吵架，我说这个我就不知道了，我不可能凑上去听，只记得当时张景春情绪很激动，张牙舞爪的。

李警官沉默了一会儿，说他早年也听到过一些传闻——戴青当时有一位关系不错的朋友，叫姚丽，戴青失踪后张景春还去她家找过戴青。姚丽当年给李警官提过，戴青失踪前和张景春是有矛盾的，为此她还劝过戴青。

按姚丽的说法，当时两人的矛盾在于"结婚"。那段时间张景春一直在催戴青结婚，理由是他父亲身体不好，想赶紧抱孙子。虽然两人已经恋爱四年，在省城也同居了近两年，但戴青依旧很犹豫，她说学校面临转制，前途未卜，想等转制落地后再考虑结婚的事，张景春不认可，两人为此经常吵架。姚丽明白戴青的心思，但她没把话挑明，只是委婉地劝戴青，如果不想跟张景春结婚，就赶紧分手，免得夜长梦多。戴青当时没表态，只是说回去考虑一下，之后就再没提过。

李警官回头找张景春核实这件事时，张景春极力否认，并拿出两人已经提前拍好的结婚照以证明姚丽的话纯属子虚乌有。看到照片后，李警官便相信了张景春。

"你说的这个事，如果早些年告诉我的话还有些用处。至于现在，可能连线索都算不上了。"李警官说。我说早年我就把这事儿告诉黄林民了，他是我班主任，我以为他会跟警察说呢。

然后话题就引到了黄林民身上。我把钟源听到的当年有关黄林民与戴青的私情告诉了李警官。当听说有人曾看到两人在新北超市手牵手时，他又是一惊，急忙问我要钟源的联系方式。我打给钟源，想叫他来趟派出所，但钟源不肯——大概是黄林民现在还是他的领导，万一传出去不太好。

临走前，我跟李警官要张景春的联系方式和家庭住址。他问我要这些干啥，"你不是我们这边的警察，不能碰戴青的案子"。我说我不碰案子，张景春毕竟教过我，虽然只是补习班，但也算我半个老师，听说他还在带补习班，亲戚的孩子物理不好，我去帮他找张景春报个班。

李警官应该并不相信我的说辞，但最后还是把张景春的地址和电话都告诉了我。

8

2014年国庆假期，在我再三请求下，李警官终于同意陪我去一趟张景春家——他也没有问我为什么给亲戚小孩找个辅导老师还要叫上他。

张景春的住处位于省城西边的一个"新村"。那里是20世纪60年代统一盖的一大片工厂家属区，里面住着四家国棉厂、两家电器厂和一家皮鞋厂的职工家属。这些企业基本都在90年代破产，自那时起，这个"新村"便成了市里最大的出租房集中地。

李警官带着我七拐八拐，中途还给张景春打了几通电话确认楼栋号，临近中午才在一座破旧的五层红砖楼下见到了出门等待我们的张景春。这是我时隔十二年后头一次见到张景春本人，如果不是李警官介绍，我根本认不出眼前这个发福的中年方脸男人就是当年戴老师的男友。他刮掉了标志性的八字胡，退后的发际线也不太可能再梳出"三七分"。他穿着黄色T恤、草绿色短裤和一双皮凉鞋，一脸油汗，频繁地拎起领子抹脸。

他大概已经等了我们一段时间，看见我们，离着老远就伸出右手迎了上来。

"这位是小陈警官,我的同事。"李警官向张景春介绍我。他也没认出我,听到介绍后,只是憨憨地冲着我笑,然后礼貌性地点点头,算是打招呼。

张景春住在顶楼,上楼时他走在最前面,扭动着臃肿的身体。看着他的背影,我脑海中突然浮现出戴老师的样子——如果十二年前戴老师没有失踪,会不会和眼前的张景春结婚呢?如果两人结了婚,现在的戴老师会变成什么样子呢?

张景春住的房子目测不超过五十平方米,是20世纪60年代老公房的标准规格。屋里收拾得还算干净,唯一有点特色的是墙上挂着很多照片,桌上也有,大多是风景照,还有少数他和别人的合影。进屋后,李警官先是和张景春聊家常。从他俩的对话中我大致了解到,张景春这些年一直没结婚,辗转于培训机构当老师,偶尔接一些家教的活儿,收入还算说得过去。

聊着聊着,李警官逐渐把话题引到了戴青身上。张景春说他这些年还在坚持寻找女友的下落,之所以没有找个稳定工作,也是因为他随时需要外出找人,"一年至少出去三四个月吧,你也知道,找人这事儿需要花不少钱,我看手里的钱攒得差不多了,就骑车出去。等钱花得差不多了,就回来继续挣钱"。

李警官略感吃惊,问他这些年都去过哪些地方。张景春说,他从2003年起平均每年至少跑一个省,经济宽裕的话还不止去一个省,这十多年,已经跑遍了全国的大多数省份。说着,他从屋里抱出电脑，给我们看了一些他在路上拍的照片，从新疆到黑龙江，从河南到海南，大部分照片我都在他的博客和QQ空间看到过。

"你去这些地方的理由是什么？"我问张景春，担心他不理解，又解释说："我的意思是，你是得到了什么线索，还是想起了什么事情？毕竟戴青从大学到工作都在本省内，你跑去云贵川这些省份找人，总要有个理由。"

张景春哽住了。半响，他摇了摇头，说不是因为得到了什么线索，只是想去找找看，万一有什么新消息呢？也总比待在家里干等着强吧。

"有发现没？"我接着问他，但这个问题明显没有意义——如果有发现，李警官应该一早便知道了。

果然，张景春说"没有"。他叹了口气，说最初两年自己心里还有些期许，毕竟那时戴青失踪不久，同事朋友也会提供一些看似有价值的线索。但越往后这种期许越小，现在他再出去，更多的是一种心理安慰罢了。

"能讲讲你当年跟戴青的感情经历吗？"我说。

这个问题或许出乎张景春的意料，他看向李警官。李警官给我圆场，说小陈警官刚来，还不太了解情况。张景春点点头，在接下来的一个多小时里，给我讲述了和戴青的过往。与我之前了解的情况差不多，他说大三时与戴青通过学校话剧团相识，后来确定了恋爱关系。当然，在讲述中他也回避了一些问题——比如他没有讲那个"抓汉奸"的剧本,把自己大学时代的蹭吃蹭喝说成是戴青对他的体贴。

当张景春讲到自己陪戴青来到省城工作,一同住进机械厂家属区的筒子楼时,我打断了他:"你觉得戴青爱你吗?"

张景春的叙述戛然而止,半晌,他反问我:"你这话什么意思?"

看得出这个问题让他很生气。我赶紧解释,说我的意思是"她平时对你怎么样"。他赌气般说了句"很好",就把目光移向了别处,似乎在表达对这个问题的不满。

我又抛出了一个带刺的问题:"戴青大学时有个前男友,早你们两届毕业,公派出国留学了,这个人你认识吗?"

"不知道!"张景春回答得干净利落,不给我追问的机会。

"戴青失踪前,你们之间发生过争吵或冲突吗?"

"没有,我们感情很好,平时很少吵架,她失踪前更没吵过架。"

"你确定没有吗?不只是戴青失踪前,当天或者两天之内的吵架都算……"我并不想立刻揭穿他,只打算继续试探一下。

但他还是说"没有""确定没有"。

"当年你从戴青办公室拿走的几本日记还在你手里吗?能给我看一下吗?"我提出了最后一个问题。

这一次,他突然发作了:"日记?什么日记?!我什么时候拿过戴青的日记?你见过她的日记?!"

看到他这般反应，我急忙摆摆手，说没事没事，可能是我记错了，你们接着聊。之后李警官接过话题，又跟张景春聊了一些闲话。个把小时后，我们向张景春告辞。

还没走到楼下，李警官立刻问我，"日记"和"戴青的前男友"到底是怎么回事？我没必要瞒他，待我讲完，李警官有点生气，说为什么不提前把这些事告诉他，我说这些都是道听途说的，没法证实跟案子有关系。

李警官说："那现在确定有关系了？"

我说不能完全确定，但感觉在"日记"和"前男友"这两件事上张景春可能撒了谎。李警官说可能是我问得太直白了，伤了他的自尊。

我说照常理是不该这么问，但我想试探一下张景春在那段感情中的真实感受，因为当年排除张景春的嫌疑，底层逻辑就是"他和戴青的感情很好，因此不会加害戴青"。但如果两人的感情并非如我们先前认知的那样，张景春是不是就有了嫌疑呢？我觉得，无论戴青和黄林民之间有没有瓜葛，张景春和她都到了快结婚的地步还出现这种信任危机，不就表明两人当年的感情可能是有问题的吗？

李警官点了点头，问："你还是怀疑张景春？"

我说当然，黄林民同样有嫌疑。除此以外，在张景春家的照片中，我没有看到任何一张戴青的。他是一个喜欢"拍照留念"

的人，又说两人当年都拍了结婚照，既然如此痴情，那为什么没有一张他和戴青的合影呢？

李警官说对这点他也感觉有些奇怪。另外，他很在意我刚提到的戴青的日记，返程路上五次三番问我记不记得那些日记本长什么样子，里面写了什么。我说自己确实见过那些日记本，但是对内容并不知情。但我估计，如果钟源记忆中的场景没有出错的话，能让看日记的张景春产生那种反应的原因恐怕只有两种可能，要么里面是和出国前男友的感情经历，要么是后来跟黄林民的情感纠葛。我建议李警官联系戴青的家人，确认一下张景春当年有没有把几本日记交给戴青哥哥。李警官在车上便立即联系了戴青的哥哥，然后告诉我，"从来没有"。

临别前，李警官问我手里还有什么有关戴青失踪案的线索，干脆一并告诉他。我说暂时没有了，但上次听你说案子的时候有个细节我有点在意，保安说戴青失踪当晚看到她是坐一辆白色富康车离开机械厂家属区的，那年头厂里有私家车的人很少，黄林民可能是为数不多买得起私家车的人，你们当时有没有查过他？

李警官说查过，没有结果，"这种线索怎么会放过呢？你也太小瞧老前辈了"！

我说那黄林民的朋友呢？他有钱有势，结交的朋友应该也差不多，万一哪个朋友恰好有这么一辆车呢？李警官说没查过，也没法查，当年保安没记住车牌，机械厂家属区又没有监控。警方原本也没怀疑到黄林民头上，更不会去查他的朋友。李警官也承认，当年调查黄林民时，受到了来自机械厂方面的压力——毕竟是"太子"，来"打招呼"的人挺多，所以他们简单调查了一下，没发现问题，便赶紧把他排除出去了。

我问现在还有可能再去查吗？

李警官笑了笑，说："你觉得呢？"

的确，十二年过去了，估计那车子早都报废了。

9

见过张景春后，我给钟源打了电话，一来把见面的情况告诉他，二来想问他记不记得当年黄林民有一辆白色富康轿车。

钟源在电话里扯着嗓子说："我就说吧，张景春肯定有问题！我对天发誓，亲眼看见他把日记本塞进自己包里带走了。"至于张景春屋里没有戴老师照片一事，钟源说得更直白："他敢吗？戴老师是他害死的，他把戴老师照片摆在卧室里，半夜不怕鬼魂来找他索命吗？"

可对于车的事，钟源说记不得了，但可以在学校打听一下。

我以为钟源只是随意应承一下，然而他却真查到了那台车。2014年年底，钟源打听到黄林民有个叫程立虎的朋友，2002年左右有一辆白色富康——他是在浏览学校某位老师的QQ相册时，在一张拍摄于2008年的照片里发现那辆白色富康车的。那是张一家三口的郊游照片，车子出现在背景里，他抱着有枣没枣打一竿的心思，跟那位同事打听那辆车，结果同事说，车是他妻子刚拿下驾照时花几千块买的练手车，卖车的人他不认识，"是黄老师介绍的"。钟源想方设法查到车的前任车主叫程立虎，而后又装作不经意地在黄林民面前提起了此人。黄林民没有防备，承认程立虎是他朋友。

我说钟源你可真牛×，警察十二年前查不出来的事儿，你现在都能查到。但转念一想，又觉得这事儿即便查出来，意义也很有限——当年黄林民的朋友程立虎有一辆白色富康车，那又说明什么呢？既不能确定保安那晚看到的就是这辆车，也没法确定坐在车里的女人就是戴老师。

不过我还是把这个线索反馈给了李警官。虽然他也不抱太大希望，但还是答应我，由他出面接触一下程立虎和黄林民。

过了半个多月，李警官来电话，说真查出来了："基本可以确定2002年4月13日晚上保安看到的那台白色富康就是程立虎的。"

程立虎说，他和黄林民是发小，关系一直很好。当年黄林民还在程立虎上班的公司投了一些股份，算是自己的"老板"之一，两人平时走得很近。黄林民和戴青开始秘密交往后，经常把程立虎拉上。一来程立虎有车，来去方便，黄林民常让他在周末和节假日开车带自己和戴青去省城的南部山区"约会"——黄家在那里有套房，是黄父用来"避暑"的；二来程立虎的出现可以帮黄林民和戴青两人打掩护，"三人行"，不至于引起外人的怀疑。

他记得，4月13日那天黄林民刚从外地弄到一批平时不常见的食材。晚上10点多，程立虎去机械厂家属院接上戴青，三人在黄林民家附近的一家大排档见了面。吃过饭，程立虎又开车送戴青回了机械厂家属院，时间大概是12点。那时家属院大门已经关了，戴青在门口下的车，步行进院，之后程立虎也驾车回了家。

之后程立虎并没有听到戴青失踪的消息，直到几天后，黄林民打电话给他，问他那晚有没有把戴青送回机械厂家属区。程立虎照实说了，黄林民也就没再说啥，只是嘱咐程立虎以后不要再开车去子弟学校找他，不要跟外人提他和戴青的关系，不到万不得已，也不要把三人一起吃饭这事儿说出去。当时程立虎心里还奇怪，几天后他从其他渠道听说戴青失踪，紧张得急忙再次联系黄林民。黄林民那边似乎并不着急，又问了一遍那晚程立虎送戴青回家的细节后，嘱咐的还是那三件事。

黄林民的前两个要求，程立虎心里大概明白，唯独搞不懂那句"万不得已的时候"究竟指的是什么时候。黄林民也没明说，只让他"自己把握"。他就想，如果有警察问到自己就实话实说，如果没人问那就烂在自己肚子里算了——结果并没有人问过他。

李警官问程立虎对戴青失踪这事儿怎么看。程立虎说这些年来他也很矛盾，一方面他觉得戴青的失踪应该跟黄林民无关，两人关系很好，没听说有什么矛盾，而且那晚是自己把戴青送回了机械厂家属区，又目送她进了家属楼；但另一方面，他又觉得黄林民在戴青失踪这件事上的态度很奇怪，即便两人是"情人"关系，戴青失踪后黄林民也不该是那种态度。

不过程立虎也说，黄林民可能是担心自己在学校搞婚外情的事因为戴青失踪而曝光，况且当时他岳父还在省城某机关主要领导的任上，所以最后才选择了这种处理方式。

李警官又去接触了黄林民，这次黄林民算老实，承认自己当年确实跟戴青有婚外情。他说，自己的婚姻是父母安排的"政治联姻"，见到戴青后便动了离婚的念头。当时戴青对男友张景春也不满意，同样有分手后和他在一起的想法。两人本来商定一起去南京读研，这样既能在单位掩人耳目，又可以为之后一起生活做打算——一旦两人都拿到研究生学历，调去更好的工作单位不成问题，黄林民也就不用再巴结自己的岳父了。

但黄林民坚称戴青的失踪与自己无关，当年之所以向警方隐瞒，只是因为担心婚外情曝光。

我说黄林民怎么这么痛快就认了？前段时间我还听说他老婆闹到学校去了呢。李警官说，他现在的确无所谓了，因为前段时间那档子事儿，他已经跟原配离婚了。

按照李警官的调查结果，戴青失踪前是与黄林民和程立虎见过面的。于是也出现了一个问题：在张景春的笔录里，当晚8点

40分他回到家时戴青就不见了;而程立虎说那晚10点多他等戴青时,把车停在了距筒子楼不远的职工医院门口,眼看着她从楼里出来上的车——除非戴青在筒子楼里还有一间屋,否则这俩人中必然有一人说了谎。

我说如果单论动机,张景春的嫌疑大一些,毕竟他在与戴青的感情中属于受害方,与黄林民的竞争中属于失败者,因爱生恨的可能性更大一些。但李警官也提出:"黄林民一直说,如果当时没有结婚,或者前妻家的背景不是那么得罪不起,他肯定离婚然后娶戴青,程立虎也这么说。他俩的目的大概是想通过表达'两人感情好'来免除嫌疑,可越这么说,我越觉得存在一种可能性:戴青逼婚,黄林民反目,联手程立虎制造了她的'失踪'。"

我说如果是这样,戴青在"逼婚"前不该先跟男友张景春分手吗?否则她逼的哪门子婚?就算"假设戴青的事情是黄林民做的",那得是怎样的流程呢?

李警官说只有一种可能:当夜黄、程两人又把戴青以某些理由约出去,在外面做了案。刘明文和乔顺最后见到戴青的时间是4月14日凌晨2时,人坐在门口。之后乔顺再出门查看时,戴青已经不见踪影,她既可能回了家,也可能又出了门——而那个时间戴青进不了家门,很有可能是因为张景春刚好外出寻她,两人错开了。

然而我凭借手头的信息判断,即便戴老师的案子是张景春做的,案发地点也极可能在机械厂小区外。无论是张景春的摩托车还是程立虎的轿车，只要进出家属区，都得经过那道必须由门卫打开的铁门。如果我的猜想成立，张景春和程立虎、黄林民又有了同等嫌疑，我们依旧判断不出究竟是谁制造了戴老师的"失踪"。

我又想起一个问题——通话记录。如果黄林民深夜约戴青出去，肯定要提前联系她，查一下当年的通话记录，看那个时间段有没有人打给戴青不就行了？

李警官说当年案发时他们做过这方面的工作，没有结果。"说白了吧，这起案子一开始就走偏了，偏在没当成杀人案来查。但是话说回来，如果当年按照杀人案侦查，也不会一直放在派出所，早上交刑警大队了。"

"估计这案子还是无解，咱还是各忙各的吧。以后回乡探亲，我再请你喝酒。"最后，李警官说。

10

2015年元旦过后，我第二次去见了张景春。李警官当时推说有事走不开，让我自己去的。

那次见面的氛围并不友好，张景春连杯水都没有给我喝。见面后，他立刻要看我的警官证，当看到警官证上的工作单位并不是东郊派出所时，马上发了飙："你是哪里的警察？你管得也太宽了吧？！"

他的质疑完全合理，我只好现编了一个借口，说自己刚调到东郊派出所，证件还没来得及更换，然后告诉他，我是当年戴青老师班上的学生，也上过他的物理补习班。但这些话丝毫没有触动张景春，他火气依旧很大，不断对我重复着一些车轱辘话，说这些年他为了寻找戴青既无安稳工作，也没娶妻成家，不知吃了多少苦，警察不但没找到人，反而依旧怀疑他。又说黄林民当年和戴青搞婚外情，案发当夜叫戴青出去消夜，那么大的嫌疑，警察却不把他抓起来。说到后来，他脸上青筋都暴起了，面部肌肉也在不断颤抖。

我只好不断跟他解释说，警察做事是有规矩的，有了新线索，所有涉及的人和事都得核实清楚，不会带着感情倾向去判断查谁不查谁，再来核实一些事，并不意味着警方针对他。反复解释了好久，张景春的情绪才稍微缓和了些。他不再叫嚷，只是坐在客厅的板凳上一根接一根地抽烟。

我试着提出想拷贝一份他这些年寻找戴青时拍的照片和视频，他冷笑一声，说：“怎么着？说了半天，这不还是怀疑我？”

我找不到继续坚持的借口，只好在临走前问了最后一个问题：“张老师，你和戴老师恋爱时，去过Z市的虎山吗？”

他夹着烟的手似乎抖了一下。

"没有。"他说，但顿了顿，又补充说，"可能去过，我忘了。"

之所以这样问张景春，是因为我在他QQ日志的一篇文章里发现了一个问题。

他在 2006 年 11 月写的一篇名为《九仙山记》的日志中写道："1998 年，我和戴青一同游览九仙山，并在碧霞祠外交换彼此的爱情信物。从那之后，这座山便成为见证我与戴青爱情的地方……"

九仙山是师大所在地以北二十多公里处的一座小山，主峰海拔五百多米，在当地勉强算是一处风景区，但外地人基本不知道，我读大学时去过几次，风景一般，略显荒凉。但不得不说，张景春的文笔不错，在他的描绘下，九仙山的风景甚至与相隔不远的泰山有得一比。那篇日志的主旨是他旧地重游，却物是人非，给人一种凄凉的苦楚，共有四千多次点赞，三百多个留言，大多是安慰和鼓励。

但我依稀记得，戴老师和张景春确定恋人关系的地方并不是九仙山——而是虎山——因为中学的校本教材里收录的戴老师那篇《虎山游记》，我读了很多遍。

2001 年，我写了一篇游记准备参加省报征稿，找戴老师指导。她看完我那篇天花乱坠的文章后直言："文章不是流水账，也不是堆砌词汇，得有深度，描绘的景物之中要蕴含自己的情感。"之后，她便开始教我如何让文章"有深度""蕴含情感"，用的范本正是那篇《虎山游记》。

虎山是 Z 市境内的一座山，后来被当地开发成了风景区，跟九仙山差不多，也是离了当地便鲜有人知晓。戴老师写下了自己大学时去虎山游玩的经历，通篇两千多字。在她的讲解中，我学会了如何在描写季节交替中表达"把握现在,展望未来"的中心思想;学会了如何用秋天表达悲伤、用夏天表达热烈、用春天表达希望;同时也隐约明白了,这座名不见经传的山之所以备受她的青睐,是因为那里曾见证过她的爱情。

结合文章中明确出现的时间——1998年秋天——我判断虎山应该就是戴老师和张景春恋爱开始的地方。但为什么张景春却写了那篇《九仙山记》?是他记错了,还是戴青老师在《虎山游记》中表达的并非她和张景春的爱情?

更令我意外的是,在我第二次见过张景春后不久,钟源告诉我,张景春突然清空了他在QQ空间和新浪博客里发表的所有内容。我心里一惊,急忙上网查看。果然,QQ空间已不对外开放,博客里也删得空无一物。

钟源问我那天跟张景春说了什么,我把当天的情况复述了一遍。钟源分析说:"难道是你提的那两件事惊了他?"我说我现在也拿不准——在常人看来,要照片和问定情之地这两件事并不过分,张景春为何会被"惊到"呢?

好在张景春发在网上的那些日志、照片和视频一早就被钟源下载保存了,他说再去研究一下,我也说再去读读那篇《虎山游记》,看是不是自己先前理解错了。

钟源花了很长时间又把那些日志、照片和视频看了一遍,之后给我打电话,说发现了一个"可能说不上是问题的问题":"张景春发在网上的照片和视频,六成是在省内拍摄的。照片和视频本身看不出什么，但我核对了他拍照的所有城市，省城周边的六座城市里，只有Z市他没留下任何照片和视频——有点怪，我不知道是他没去，还是没拍照片，或者是没有上传照片。"

这个结论听上去貌似有些无厘头，但虎山也在Z市，感觉冥冥之中又预示着某些事情。

再次读《虎山游记》，我同样感受到了一些异样的情绪。戴老师的文章里有大量对秋景的描写和诸如"我追着风""秋叶包裹着我""风离我而去""我答应秋叶，陪它看春暖花开"之类的语句，感觉她在落笔的时候，似乎也夹杂着对现况的丝丝怅然——谁是风？谁是秋叶？谁离她而去？她陪谁看春暖花开？她说人生要"把握现在，展望未来"，可为何字里行间却透露着对往昔的回忆？难道美好的过去更值得怀念？之所以"更值得怀念"，难道是因为今不如昔？

我想到了一些事，但不知道自己的思路是否正确，于是分别打给了李警官和师大学工部的王老师求证。

记得李警官说过，当年戴青失踪后，警方曾调查过她那个不辞而别的前男友。我问李警官那个男人是哪里人，李警官很快给了回复：Z市人。

我也记得王老师说过，戴青和张景春的恋爱开始于一次假期旅行后，我想知道两人当年去了哪里。王老师接到我的电话非常意外，说她早已忘了，但答应帮我找以前的同学打听一下。几天后我接到她的回电,说是几经辗转,打听到了:也是Z市。

"当年他们是故地重游吗?"钟源知道后,结合着《虎山游记》的字句,不由得纳闷起来。我说不排除这种可能——多年前,戴老师的前男友曾带她去过Z市的虎山。前男友不辞而别后,她和张景春又去了那里,在那里,张景春向她表白。两个画面在戴老师眼前重叠,她有感而发写下了这篇游记。

钟源感觉不可思议,说如果张景春知道戴老师的前男友带她去过虎山,他为啥还带戴老师再去?身边的女朋友爱着她的前男友,这不是自找没趣吗?省内这么多知名景点,去哪儿不好?那时虎山还是个没开发的荒山吧?

的确,戴老师的前男友是Z市人,两人去虎山不足为奇。但张景春是青州人,虽说离Z市不远,但偏要去虎山,难道真是为了故地重游?

更为蹊跷的是,在后来"寻找女友"的岁月里,张景春又似乎在刻意忽略Z市与虎山的存在。

11

2015年春节后,我和李警官通了几次电话。听说张景春删光了网上的照片,李警官虽也觉得有点意外,但并没有表现出更多兴趣。我理解他的难处,我和钟源可以靠回忆和文字东一榔头西一棒槌,但对他来说只有那些能落地的线索才叫线索。

不过李警官对Z市这个地方颇感兴趣，我问为什么，他说："假如张景春害死了戴青——我是说假如哈，他要怎么处理尸体呢？"

我说无非是埋尸和抛尸，机械厂家属区不存在埋尸的条件，这些年也经历了很多次规模不小的改造，张景春要是埋尸的话，肯定一早就被发现了。他当年有台摩托车，倒是有抛尸的条件，但如果是抛尸，他是什么时间，又用何种办法把戴青的遗体运出机械厂家属区的呢？

李警官说，之前对案件的推理就是卡在了"尸体如何离开机械厂家属区"这个点上，以至于推测戴青或许本就是在家属区大院外遇害的。现在不妨先把这个点绕过去——假设张景春用某种我们并不知道的办法成功把尸体带出了家属区，他下一步该怎么办？

我说，找个安全的地方处理掉呗。

李警官说："对，但这下抛尸和埋尸的'适用性'便反转了。抛尸的案子基本是陌生人做的，如果张景春选择抛尸，一旦戴青的尸体被发现，他第一个被怀疑。埋尸的案子大多是熟人做的，尸体不曝光，案子就没的查，戴青就永远是'失踪'。"

我一下明白了李警官对Z市感兴趣的原因——它在省城东边，而机械厂家属区在省城东郊，两地相隔不远，夜里骑摩托车过去，快的话只需个把小时。张景春去外地处理尸体，往东跑，最方便。

"张景春在Z市有没有亲戚？"我想，如果张景春选择埋尸的话，必须找一个足够安全的地方，"安全"的底线是"知根知底"，保证埋尸位置近期不会有被挖掘的可能。张景春不是Z市人，缺少了解土地留置情况的渠道，但如果在当地有信得过的朋友或是亲戚的话，这件事就另说了。

李警官说，容他查一下。

2015年4月，我休假回了趟家。李警官告诉我，张景春在Z市的确有个亲戚，是他的舅舅，在当地一家矿上工作。这是他从戴青哥哥那里打听到的，但戴青哥哥只是凭早年的记忆，并不知道张景春舅舅姓甚名谁、家住哪里。李警官之后拐弯抹角地找到了张景春舅舅的身份信息，但很可惜，老人早已去世，只有老伴还健在。

几天后，我带着李警官给的地址信息去了Z市。站在张景春舅妈家的小区门口，我心里有些失望——看来又是我想多了，这小区和机械厂家属区差不多，张景春实在没必要大老远跑来这里处理尸体。

张景春的舅妈已经快80岁了，身子骨还算硬朗。我简单表明来意后，她告诉我，老伴已经过世快十年了，外甥张景春她也多年没见过了。我提起2002年张景春的女友戴青失踪的事，老人很震惊，说自己没有听说过。

我正准备告辞，老人又说起，早年间张景春曾带着女友来过她家一回。我连忙问她时间,还有张景春女友的姓名。老人说时间是"一九九几年",张景春还在上大学,女孩的相貌和姓名她记不清了,只记得长头发,挺漂亮的。她还记得这件事,是因为她觉得当年老伴的待客方式不当,后来两人为此事争吵了多次。

那时张景春的舅舅领会错了外甥的意思,以为外甥是因为自己家里穷,不好意思带对象回家,而他这边好歹是国企职工,面子上过得去,所以才把姑娘领到这儿来。为了招待张景春二人,舅舅割了地里的菜,杀了家里下蛋的鸡,做了一大桌子菜,还按照本地风俗给姑娘封了个红包当"见面礼"。结果却发现,根本不是他们想的那么回事。两个年轻人只是来Z市玩,顺带到家里落个脚,事后很快就走了。

老太太说起这事时,言语中依旧透露出哀怨,说当时老伴还嫌菜少,要不是自己拦着,恨不得把院里看门的狗都宰了炖给他俩吃。

听到她说家里有院子能种菜养鸡,我好奇了起来。老人说,当时他们还没搬到现在这个小区,住的是郊区平房,老伴伤残退养后单位把以前的苗圃划给他一小块,平时种菜养鸡,算是额外增加点收入。2006年老伴去世后,单位收回了那块地,也给她换到了现在这套楼房里。

在我的一再恳请下,张景春的舅妈答应带我去以前居住的老房子看看,但路上又告诉我,去了也看不到房子和地了,土地被矿上收回后转租出去了,现在是一家驾校的练车场。我说没关系，我就认认地方。

老人走得很慢，一边走，一边继续跟我聊一些有关张景春的事情。她说自己和老伴一辈子没孩子，早年间小姑子家里穷，孩子也多，他们一直想过继一个外甥女到自己名下，虽然这事儿后来没成，但老伴也没有停下对张家的资助。几个孩子里老伴尤其喜欢这个外甥，张景春考上大学后，小姑子家凑不出学费，老伴二话不说就把学费生活费包下来了。

读大学时的张景春对舅舅舅妈也很上心，隔三岔五就来，还帮舅舅种菜卖菜。大学毕业后，张景春去了省城，离Z市更近了，起初两年还时常过来，但忘了什么时候，突然就不来了。当时老人还很纳闷，不知是不是自己和老伴哪里得罪了外甥。起初老伴帮外甥开脱，说他工作忙，时间不像上大学时那么宽松，后来可能也是被问烦了，只是叹气，然后甩下一句："不来就不来了，又不是亲生的，哪有义务天天来？"

"他舅过世之后，他就彻底不来看我这个老舅妈了。唉，人家说'娘舅亲娘舅亲，打断骨头连着筋'，他却是'死了娘舅断了亲'……"

我随口开解老人几句，但她却摇头，说老伴去世之后，张景春这个外甥心里也就没了自己这个老舅妈，"其实他不是不来，只是不来我家了"。

老人说，搬进楼房后，她无聊了，或者夜里做梦想老伴了，便偶尔会去以前住的房子转转。那时老房子还没拆，地也荒着，有一年她还悄悄在地里撒了种子，算是个念想。那两年，她有好几次在老房子附近见到张景春。她很诧异，问外甥怎么人都过来了，却不跟她说声，也不来家里坐坐，结果张景春只说是路过便走了。

"你说都是亲戚，有他这样'路过'的吗？不就是他舅走了，这门亲戚他不想认了嘛，亏当年我和他舅对他那么好……"

听到这里，我心里咯噔一下："他来了Z市，不去你新家，却去你老房子那边转悠，他是不是要看什么？"

老人说不知道，"那里有什么好看的，他舅埋在公墓里，即便上坟也用不着去老房子吧"。

我心里有了一种预感——恐怕张景春要看的，并不是他的舅舅。

十几分钟后，我们到了地方。正如张景春的舅妈所说，那里已经变成了驾校练车场硬邦邦的水泥地面。老人站在空旷的练车场上想了一会儿，又把我领到车场西南角的位置，说如果没记错的话，应该就是这块儿。

我在现场拍了一些照片，回到省城后立刻把情况汇报给了李警官。李警官想了想，说这事儿有点难办，一来那块地不在他的辖区，不好协调；二来那老房子现在不是荒地了，破坏性挖掘，要么先给人个说法，要么得跟人谈好事后的补偿。"如果真能挖出来什么，那一切都好说，但如果啥也挖不出来，这笔赔偿谁来出？"

我也理解，如果是规规矩矩走查案子的程序，线索和证据走到这儿了，李警官拿着手续去找当地公安机关协调好，雇台挖掘机作业即可。但问题是眼下这情况只是我推测出来的结果，既没有拿得出手的证据，也办不出合理合法的手续，平白无故去凿人家驾校的练车场，确实说不过去。

经过一番商量，李警官还是决定试一把。几天后，经过协调，可以挖了。动工前，李警官私下跟我商量，如果最后真的什么都没挖出来，我们得自费赔给驾校一笔钱，加上雇挖掘机的钱，一共大概万把块吧——当然，如果真的挖出了什么，这笔钱就算进办案经费里。

我把钟源也带去了挖掘现场，机器轰鸣下，水泥地面被凿开。之后挖掘机上场，很快，在一米多深的位置上，一具用被褥包裹的骸骨被挖了出来。

我和钟源站在远处看着这一幕，都沉默了。

我没有一丝日常工作中破案后的兴奋感，瞥了一眼身旁的钟源，隐隐看见他的眼角有些湿润。李警官从远处走过来，他没见过钟源，有些意外，我本想介绍他俩认识，但钟源伸手在背后轻轻戳了我几下，意思是不用了。

"唉，应该就是她……到这一步，往后的工作就交给我们来做吧。这案子，谢谢了。"李警官说。远处的工地已经停工，刑侦技术人员也在路上了。

"破案之后，可不可以把当年……"我想说，可不可以把当年张景春行凶的原因和经过告诉我，话还没说完，便被李警官打断了。他说没问题，到时我回来，他请我喝酒。

回家路上，钟源说等李警官把事情经过告诉我了，让我也给他讲讲。但临分别时又对我说，算了，如果当年的情景太惨，就别跟他说了。

12

2015年国庆节假期，李警官按照先前的约定，在东郊派出所旁的小饭馆里向我讲述了十三年前戴青老师遇害案的整个过程。

凶案的直接起因是那年戴老师考取了南京一所高校的硕士研究生，张景春也参加了考试，但是没考上。对于女友考研，张景春意见极大。他说，之前自己报考清华、复旦时，戴青一直劝他"脚踏实地"，因此那次考研他选择了省内的山东大学，但不承想，戴青却一头扎去了南京。

按照张景春的规划，戴青应该先跟他结婚，然后等他研究生毕业后参加工作，戴青再去读研，这样两人的经济压力也会小些。原本戴青是这样答应他的，但2002年年初却突然变了卦。张景春把戴青的变化归结于黄林民的出现。

张景春一早就知道戴青对自己并没有多少感情。他本是一个自视甚高的人，自认为成绩好、有才华，找的女朋友温柔漂亮，除了家里经济状况不太好之外，其他方面都走在了同龄人前面。家里穷这件事，自己眼下改变不了，未来能赚大钱就好了。

只是，来到省城后的生活却给了张景春很多打击。他连续三年全脱产准备考研，却死活考不上。他原本还以"自己考的是名校，要求高"为理由自我安慰，但不承想戴青只考了一年，同样是名校，却一矢中的，他的心态崩了。那时他坚定地认为，黄林民家背景深厚，肯定在南京帮戴青走了后门，这是他俩之后双宿双飞的第一步，戴青一直拖着不跟自己领证，就是最好的证据。他不准戴青去南京读研，要求她留在子弟学校，年底和他领证结婚。戴青自然不同意，两人为此发生了多次争执。

"话说回来，这戴青也是，既然一直看不上张景春，为啥不趁早把话挑明了？那样大家都好……因为张景春对她好？也并不好嘛，她还得养着张景春，图个啥？还有那个黄林民，也真是个王八蛋……"李警官说。

据张景春交代，他与戴青4月13日下午的那次争吵，起因也是黄林民。他觉得那天明明是周末，黄林民却偏偏来了学校，而且自己上课时戴青也没跟往常一样跟他待在教室里，肯定是趁自己上课去办公室跟黄林民"约会"了。

黄林民当天出现在学校，的确是被戴青叫去的，不过是为了帮忙协调张景春的补习班。那时张景春的"外快"一定程度上还得靠着黄林民，只是张景春本人并不领情。两人的争吵和冷战一直持续到晚上，当晚在家发生的事情，张景春也在讯问中进行了重新叙述。

2002年4月13日晚,张景春没有像往常一样下楼散步,只是8点半左右去了一趟超市,买了挂面和牙膏。回到家时,正巧遇到戴青挂断电话。张景春犯了疑心病,觉得戴青挂电话是在刻意躲着他。他质问戴青电话是谁打来的,戴青说了句"你管不着",两人就又吵了起来。最后,戴青摔门而去,张景春一个人坐在屋里生闷气。

9点左右,戴青回到家,10点钟左右接了一个电话,换身衣服又要出门。张景春问她:"这么晚了去哪儿?"戴青说了句"用你管"便走了。

张景春追到楼下时已经不见戴青的踪影,并没有看到戴青被程立虎开车接走的一幕。回到家后,张景春越想越气,一个人喝起了闷酒。等到凌晨戴青回家,张景春又质问她干啥去了,这次戴青没隐瞒,直截了当地告诉他跟黄林民吃饭去了。

两人又一次爆发争吵,戴青索性跟张景春摊了牌,说自己不想再继续这段关系了,让张景春收拾一下东西,"明天就搬出去吧"。

"戴青是子弟学校的老师,家属区筒子楼的房间是学校给戴青安排的,她赶张景春走,没什么不妥。但这句话也成了压垮骆驼的最后一根稻草,张景春被激怒了,借着酒劲,彻底失去了理智……"李警官说。

凌晨一点左右,张景春在殴打过程中失手致戴青死亡。"张景春说他也回忆不起是怎么杀死戴青的,他既没使用凶器,也没用多大力气,只是推了戴青几下,戴青先撞到墙上,又倒在床上,之后人就不行了。张景春的这些话眼下我们已经无从考证了,法医检查了张景春舅舅家老房子地里的那具遗骸,DNA比对确定是戴青,但具体死因,恐怕查不出来了。"

当然,这并不影响最终对张景春的量刑。

至于张景春对戴青尸体的处理,李警官说过程并不复杂:戴青死后,张景春的酒也醒了,看着倒在床上的女友,张景春意识到自己也完了。求生欲让他选择了转移尸体,隐瞒真相,他想到了自己的舅舅——那个多年来一直资助自己,而且家里有一块菜地的老人。

"张景春说把戴青埋在舅舅那里,不但神不知鬼不觉,而且——"说到这里,李警官顿了顿,"而且他还能经常去看看戴青。"

"他是把戴青的遗体从筒子楼东头的窗口顺出去的。筒子楼本就在家属院东墙边,墙另一边就是试验田,进出没有人管。他把尸体从窗口顺到试验田边上,自己骑摩托车绕进试验田,带上尸体,然后去了Z市。"

我想起了当年钟源跟踪张景春去试验田的往事,但还是觉得很不可思议:"他骑摩托车咋携带戴青的尸体?放麻袋里?"

"不是,用绳子把尸体和自己绑在一起骑回去的。凌晨路上没几辆车,张景春也交代了,说如果路上被人发现报了警,自己也认了。"

但有一点我还是没有搞明白——当年刘明文和乔顺的证词是什么情况？他俩不是看到戴老师坐在家门口吗？刘明文不是还喊了戴青两声？

李警官说，张景春交代，他不记得当时有这件事。我说怎么可能呢？刘明文和乔顺的笔录里可是清楚写着，戴青穿着"红色上衣，灰色长裤，白色运动鞋"，你们现场挖掘出来的戴青遗体是不是穿着这些衣服？

李警官说是这几件衣服，但张景春已经认罪，这件事也没有继续调查的必要了。"查什么？如果不是张景春把戴青搁在那儿的，就是闹鬼了。查什么？查鬼吗？可能是张景春当时太紧张，忘了，也可能是他不想再费口舌解释了。反正杀人埋尸的大罪都认了，无非一死偿命，还扯那么多干啥呢？"

张景春最后说，他舅舅当晚知道他杀死了戴青，还帮他把尸体用被子裹着埋进了自家地里——但这一点警方也无从考证了。

案子落幕之后的一个早上，我收到了钟源的信息，他说昨夜梦见戴老师了，在中学的语文课堂上。戴老师在表扬他，但究竟是为什么表扬，醒来他却忘了。

不久后的一天夜里，我也梦到了戴青老师，却是在师大校园里——她穿着那件青色碎花连衣裙，身旁却站着张景春。我想起了多年后的凶案，想上前把她从张景春身边拉开，但伸手触到她的瞬间，就醒了。

抓住那个跟踪厂花的流氓

2014年12月底,一天中午,47岁的精神病人赵金柱当街追打前机械厂保卫处处长陈志。

接到报警后,我和朱警官赶往现场,只见陈志在前面跑,赵金柱拎着半块砖头在后面追。沿途行人纷纷避闪,朱警官用警车挡住赵金柱的去路,我跳下车扑上去夺砖头。赵金柱一口咬在我肩膀上,拉扯中把肩章弄坏了。

很快,我们就用约束带把激烈挣扎的赵金柱绑了起来,陈志则气喘吁吁地回到警车跟前。陈志说,当天下午他和居委会小刘照例去给赵金柱送大米,本来一切正常,赵金柱还跟他俩闲聊了几句,但突然犯了病,抡起凳子就要打。

陈志和小刘边跑边躲,在岔路口分了头。赵金柱只追陈志,先是丢凳子,后来就捡路边的砖头朝陈志扔。我们赶到前,陈志身上已经挨了至少三块砖了,手上也带着伤。

"好在腿脚还能跑,不然被追上了,非得在医院里过年不可……"64岁的陈志感慨道。

朱警官却面露不悦:"老陈你也知道赵金柱不能见你,为啥还要去招惹他?"

陈志解释说,到年底了,他只是想给赵金柱送点米面。朱警官再次打断他,说送米面可以让居委会的人代劳,"你为啥一定要亲自去"?

陈志叹了口气,没再说话。

1

当天下午,我和朱警官把赵金柱送往精神病院。临走前问陈志,被砸的那几下要不要紧,用不用去医院看看。陈志说不用,身上衣服厚,砖头没伤到肉;手上也只擦破了皮,自己回去包扎一下就行。

陈志提出想跟我们一起送赵金柱去精神病医院,朱警官要开车,他怕我一个人在后面控制不了。陈志又说自己当保卫处处长时经常处理赵金柱的事,"别看这人瘦,发起病来一股子蛮力"。

我和朱警官谢绝了,一是赵金柱此次发病就是因为陈志,两人不方便同车;二是陈志已年过六旬,能不能帮上忙还在其次,万一赵金柱闹起来再伤了他,我们也担待不起。

眼看跟车无望,陈志只好作罢,但发车前,又悄悄往我手里塞了两包"黄鹤楼"。我推辞不要,陈志面露难色,说如果赵金柱在路上又发病,麻烦我"控制好力度,别伤了他"。

我有些诧异,不知这家伙葫芦里卖的什么药。驾驶位上的朱警官转过头说:"这事我们心里手里都有数,老陈你赶紧回去吧。以后少让赵金柱看到你,我们就谢天谢地了。"

车子发动了,陈志把两包烟从窗口扔进来,说了句"他也是可怜,照顾一下"便扭头走了。

那年,朱警官已临近退休,放在其他单位,已经可以"内退二线"了,无奈公安局警力不足,朱警官肩负一个社区的警务工作,年纪大了难免有些事照应不过来。上级便让相邻警区的我帮他分担一部分——其中就有需要重点关注的赵金柱。

与其他有暴力倾向的肇事肇祸精神病人发病时"无差别打击"不同,赵金柱每次发病,矛头只针对一个群体——机械厂保卫处的工作人员,其中前任处长陈志尤其"重点照顾"。

我对赵金柱的情况了解不多,只知道他是武汉人,年轻时招工来到我市机械厂。30岁那年赶上"严打",因流氓罪坐了几年牢,出狱之后精神就出了问题。单是赵金柱发病追打陈志的警情,我就处理过很多起。有次我实在忍不住,问朱警官,赵金柱跟陈志究竟有什么深仇大恨?

朱警官说,1996年严打,赵金柱就是被陈志带人扭送到派出所的,后来判了七年。从此,赵金柱就记恨上了陈志。

我说赵金柱这明显属于"打击报复"了，为什么不法办他？

朱警官叹了口气，说不是不想法办，而是根本没法"法办"。一来赵金柱已经得了精神病，追打报复属于"病态行为"，按规定只能送医；二来当年赵金柱被判刑的事情，确实有些复杂，"现在看来，很难说是什么性质"。

朱警官话中有话，但更让我不解的是，受害者陈志一直以来的做派——被"打击报复"了十几年，陈志却自始至终对赵金柱照顾有加。不但逢年过节登门看望、送米送油，前几年还给赵金柱谋了一个看大门的差事，甚至连赵金柱的低保，都是陈志一手帮忙操办的。

不过，赵金柱似乎并不领情，两人在街上相遇，赵金柱轻则朝陈志吐口水，稍受刺激，就大打出手。自打他得知陈志住哪儿后，陈志家的阳台玻璃每年都要换好几次——即便这样，陈志也不怎么跟赵金柱计较，甚至多数时候不会主动报警。

"这陈志以前是不是做过啥对不住赵金柱的事儿啊？不然怎么那么能忍。"我问朱警官。朱警官笑笑，说或许吧，"他俩的事儿啊，外人真不好评价"。

"不会是因为当年抓赵金柱坐牢这事儿吧？"我问。朱警官点点头，说差不多。

"冤假错案？"我脱口而出。朱警官说算不上，当年陈志抓赵金柱没错，法院判赵金柱也没错。

我愈加不解了："那陈志有啥对不住赵金柱的？"

"此话说来长喽……"朱警官点了一支烟,"听说过'靶场女尸案'吗?"

"听过,你破的,还拿了奖。"

朱警官又笑,但沉思了一会儿却说:"其实应该算是陈志破的。当年赵金柱也是因为那名死者被判的刑……"

我更糊涂了,在我的再三恳求下,朱警官讲了整个故事的经过。

2

1996年5月下旬的一天,时任机械厂公安科科长的陈志接到本厂女工王艳的举报,称最近自己下夜班的路上多次被人尾随,怀疑是本厂青工赵金柱所为。陈志马上派人找赵金柱了解情况,赵金柱当即否认。

因为仅仅是"尾随",且没有证据,陈志只能带着公安科职工在厂西那条王艳下班的必经路上转悠了一周,一无所获,便只当是女职工多心,安慰了几句就作罢。

但没过多久,王艳再次找陈志,说尾随她的人又出现了,就是赵金柱。此外,王艳还说,厂里有人看到赵金柱把她的照片放在内裤里,十分恶心。陈志有些恼火,一边劝王艳不要担心,一边安排人手继续调查。

几天之后的一个深夜,公安科职工现场抓获了尾随王艳的赵金柱。赵金柱被带到公安科，解释说自己听说王艳最近下班被"流氓"尾随，不放心，所以来"暗中保护"她。

大家都对赵金柱的说辞嗤之以鼻，陈志更是直接开骂，说他"贼喊捉贼"，但赵金柱毫不示弱，与陈志吵了起来。

其实，陈志不想把事情闹大，毕竟都是厂里的职工，说出去对厂子也不好。陈志让赵金柱写份检讨，并上交王艳的照片，此事便可作罢，可赵金柱却一再坚称自己是"暗中保护"王艳，更没偷过照片。双方话不投机，赵金柱张口就骂……

"赵金柱这家伙，毁就毁在他这张嘴上。"朱警官解释道。

赵金柱时年29岁，在厂里工作十年，绰号"铁脑壳"——在旁人眼里，赵金柱一直有些古怪，平时独来独往，没结婚也没女朋友；下班后哪儿都不去，就把自己反锁在单身宿舍里；不抽烟、不喝酒、不打牌、不跟人接近，也不参加任何集体活动。

按理说，赵金柱当时的行为只是有些孤僻，不至于得罪旁人，但他还有个致命的缺点，就是"嘴巴臭"。他轻易不与人交流，却常因一点小事跟人发生口角。无论是领导、同事还是门卫，赵金柱都"一视同仁"，入厂多年，厂里没被他骂过的人屈指可数。

厂区门卫归公安科管，陈志自然也被赵金柱骂过。那天赵金柱骂得更狠了，陈志一下上了火，不再想"小事化了"，便让陶运来和胡斌立即去赵金柱宿舍找那张照片，找到之后全厂通报。

令陈志失望的是，陶运来和胡斌把赵金柱宿舍翻了个底朝天，也没有找到王艳的照片。但"意外收获"了一个同样敏感的东西——赵金柱的日记——这与其说是"日记"，不如说是一本"黄色小说"。赵金柱把自己意淫同厂年轻女工的内容全部写进日记本，前后涉及十几人。

"我没看过那本日记，但据传言，里面的内容'不堪入目'。后来他的日记内容被传开了，那些被日记提到名字的女工羞愤不已，有人找领导告状，有人跑去市公安局报案……"朱警官说。

尤其是王艳，赵金柱在日记里着重提到她，还称她为"老婆"。

赵金柱此前确实追求过王艳，但王艳年轻漂亮，一直是机械厂的"厂花"，根本看不上赵金柱。日记内容泄露后，有人在王艳背后议论，她既羞又恼，多次找厂领导"讨公道"。

"这事儿也不至于判他七年呀？"我问朱警官。朱警官说确实"不至于"，但之后赵金柱做了一件事，就"至于"了。

3

赵金柱成了厂里的笑料和公敌。男同事笑他"癞蛤蟆想吃天鹅肉"，女同事则拒绝跟他有任何接触，迎面遇上都要躲开好远。日记中提到的女同事中，有人已婚或有了男朋友，他们也纷纷扬言要好好教训一下赵金柱。一时间，厂里闹闹哄哄的，一度影响了日常工作进度。

为了安抚职工情绪,当时的厂领导专门为此事开了会,但他们也很为难。一方面,他们巴不得开除"刺头"赵金柱;但另一方面,赵金柱的行为又完全够不上违纪,甚至说他本身也是一名受害者——日记内容属于个人隐私,却被公安科泄露出去,厂里不可能因为"思想龌龊"而开除他。

"但这件事坏就坏在赵金柱平素风评太差,厂里有很多人看他不顺眼,想借着这件事看他的笑话。"朱警官说。

1996年7月,赵金柱经历了两个月的压抑、愤怒和委屈之后,再也忍耐不住了。7月16日下午,他对一位嘲笑他的同事大打出手,被人拉开后,赵金柱怒气未消,直接跑去隔壁车间找到王艳。

据赵金柱事后交代,那天下午,他去找王艳的目的就是想跟她当面对质。他已听说,就是王艳举报他"跟踪尾随、图谋不轨"的。

两人发生了激烈的争吵,赵金柱一怒之下要打王艳,虽然被人拉开,但拉扯的过程中,赵金柱扯破了王艳的上衣并喊出了那句最终把他送进监狱的话——"臭婊子,我要当众强奸你!"

现场围观的人都听到了这句怒吼,也看到了王艳被扯开的上衣。事后公安机关在调查过程中,至少七人在笔录中证实了这句话的存在。

"如果放到现在,赵金柱的行为很可能就是个'寻衅滋事',但那时候不一样,要知道,1996年7月,全国'严打'正搞得激烈……"朱警官说。

赵金柱打死也没想到，自己的那句话在当时有多要命。后来他说，本以为最多就是被开除而已，没承想，法院直接给他定了一个"流氓罪"，"公共场所强奸妇女未遂"，有期徒刑七年。

收到赵金柱的判决结果时，连陈志都蒙了，但事已至此，他也不便多说什么。厂里有人吃惊不已，有人幸灾乐祸，也有人议论纷纷。

陈志私下找朋友问过赵金柱的量刑。"幸亏这次不比1983年严打，否则赵金柱够得上枪毙了。"朋友回答他。

"这就是陈志感觉对不住赵金柱的原因？"

朱警官点点头，说老陈本来只想教育一下赵金柱，一方面给厂里的职工们一个交代，另一方面也治治他的臭脾气，没承想竟然是这个结果。而且，直到赵金柱入狱后，陈志才第一次了解了赵金柱的家庭状况，更觉得心里不是滋味。

赵金柱父母早亡，从小就辗转在一个哥哥和两个姐姐之间讨生活。那时哥哥姐姐皆已成家，对赵金柱都不太好。磕磕绊绊读完中专，赵金柱索性借分配招工之机离开武汉，想在这里安身立命。

单论工作能力，赵金柱工作十年，从未出过差错，每年的考评都是"优秀"和"车间骨干"。如果不是性格问题，恐怕早就当上车间领导了。

入狱后，厂里照例要开除赵金柱的公职。办手续时，赵金柱的车间主任呛了陈志几句，他直言道：这件事的罪魁祸首不是赵金柱，而是陈志的人——如果不是他们把赵金柱私人日记里的东西散播出来，哪会有后面的事，他们侵犯了赵金柱的隐私，还把人家"逼上梁山"，按理也得坐牢。

陈志吃了瘪，回去越想越气，骂了陶运来和胡斌一顿，还扣了两人半年的奖金，这事儿就算过去了。原本，陈志还想等赵金柱出狱之后想办法"照顾"他一下，但赵金柱本就性格偏执，心里又气不过，未等服刑期满便出了精神问题。

"赵金柱出狱之后，陈志帮他办了低保，算是解决了他吃饭的问题，又协调了医保方面的事情，算是解决了治病的问题，逢年过节也会送点东西。但赵金柱一直不领他的情，只要犯了病必然要去找他麻烦。我和陈志打了二十几年交道，有时候也劝他算了吧，但陈志总说是自己对不住赵金柱……"朱警官叹了口气。

于情于理，我还是觉得有点不至于。便问朱警官："这个'对不住'到底是啥意思？难道当年不该抓赵金柱吗？尾随王艳、撕扯了她的衣服，还说了那句'我要当众强奸你'，陈志作为公安科科长，处理赵金柱也是他分内之事，有啥对不住的？难道当年应该坐视不管吗？"

我真心觉得，如果是因为泄露日记那事，陈志作为领导确实有责任，但罪魁祸首也是陶运来和胡斌。陈志当年没有处置二人，现在却不断说"对不住"赵金柱，的确有些惺惺作态。至于赵金柱入狱后得精神病一事，看上去也不是陈志的问题。

听我这么说，朱警官微微点头，但他沉默了片刻转而又说，在"3·21"专案侦破之前，我跟你是相同的看法。

"'3·21'专案？"我有些不解。

"嗯，就是靶场女尸案。"

4

"靶场女尸案"是我市1997年3月发生的一起重大刑事案件，受害者正是第二机械厂女工王艳——此前，我没能把这两件事联系在一起。

1997年1月17日凌晨，24岁的王艳在下夜班之后失联，单位和家属百般寻找未果，遂报了警，但警方也没找到王艳。直到3月21日上午，王艳的尸骸在铁厂武装部早已荒废的靶场杂物房内被发现。

这间杂物房位于废弃靶场西南角的深处，地处偏僻，人迹罕至，里面堆满了单位机关淘汰的废旧家具。那年年初，杂物房塌了，铁厂决定直接用铲车把废墟推平。不料铲车作业时，却意外在瓦砾中发现了一具腐败女尸。后经警方确认，死者正是失联的机械厂女工王艳。

被发现时，她的双手被绑在一个联邦椅上。经法医鉴定，王艳死于颈部机械性窒息，死亡时间在两个月以上，且从她裸露的下身和被丢在一旁的女士内衣判断，生前可能遭受过性侵。

市局成立了"3·21"案专班，但由于死亡时间长且杂物房已垮塌，案发现场已难找到对破案有用的线索。虽然在尸骸辨认过程中，痛不欲生的王艳父母向警方提供了一条信息——女儿脖子上一直佩戴的一条黄金项链不见了，但当时这一信息对于破案的帮助极其有限。

"当年不像现在，发了案子调监控，查轨迹，实在不行还能上技侦。当时我们啥也没有，法医也帮不上太多忙，只能寄希望于走访摸排。"那时候，朱警官是市局刑侦支队的骨干民警，全程参与了专案调查。

王艳是本市人，上面还有一个姐姐，父母都是退休职工。一家人既没有仇家，也没有外债。

18岁高中毕业后，王艳在家待业一年。父亲退休后，她接班进入机械厂工作。因为长相姣好，身边有不少追求者，既有本厂同事，也有外单位职工。王艳的择偶标准较高，一直没有确定关系的男朋友，社会交往关系也很简单，平时她与父母同住，除了跟几个同学、同事有来往，基本没有其他关系了。

警方将"3·21"专案定性为重大奸杀案，但凶手究竟是"见色起意"还是预谋已久，却实难判断。王艳的遇害现场与她下夜班走的那条路相距不远，但武装部靶场常年封闭，坍塌的杂物房之前也一直上着锁，民警现场勘查后，发现两处门锁也是完好的——王艳究竟是如何进到杂物间的？

朱警官等人首先将目标指向了铁厂。

警方在铁厂摸排调查了一个多月，对全厂六百多名员工进行问话，尤其是负责管理武装部靶场、有机会接触到靶场和杂物房钥匙的职工及其男性亲属，全部被列为"重点对象"，但始终未能找到嫌疑人。

与此同时，警方也在陈志等人的协助下对机械厂职工进行了排查，尤其是追求过或正在追求王艳的男职工们。

"之前赵金柱的事情对王艳刺激不小，那个年代嘛，大家思想都还保守。当时厂里还放了她一周假。回来上班后，王艳精神状态依旧不太好，厂里有小半年时间都没安排她上晚班。1月16日是她的第三个晚班，没想到还是出事了。"朱警官说。

当时，王艳失踪一事在机械厂内引起了很大风波。有人说王艳和市里的某位领导儿子"私奔了"，有人说王艳被武汉的一个大款"包养了"，还有人信誓旦旦地说，过年时看到王艳挺着大肚子，"未婚先孕在家养胎呢"。

"这女人漂亮了，身上是非也多。王艳失踪后，厂里那几个追求她的男职工隔三岔五去她家晃悠，说是帮着找人，其实一来想打探些消息，二来想给王艳父母留个好印象。但后来王艳死了，一个个生怕被人怀疑，再也不敢去她家了。"

陈志实在想不通，在他的印象中，唯一有可能威胁到王艳的人就是赵金柱了。他向经办此案的民警讲述了此前赵金柱的事，警方还派人专程去监狱核实情况，确定赵金柱一直在服刑。

三个多月过去，警方一无所获，案件一时陷入僵局。专案组逐渐把侦查重点移向社会，开始调查一些曾有过流氓前科的人员，其间也传唤甚至抓捕过一些嫌疑人，但后经调查，都排除了杀害王艳的可能。

"该查的都查了，确实破案条件不足。后来我们也灰心了，说句不好听的，就那时我们手里的证据，即便抓到犯罪嫌疑人也很难给他定罪……"朱警官顿了一下又说，"至于王艳父母说的那条金项链，王艳姐姐脖子上有一条一模一样的，当年我们也试图在那上面做些文章，但没有成功，后来案子就只能暂时挂起来了。"

1997年秋天，王艳的遗骸被亲属火化，"3·21"专案的侦办工作已在事实上宣告失败。案件被列入公安局"在侦卷宗"中。警方把案情和遇到的困难如实告知了王艳的亲属，亲属的抵触情绪很大，但最终还是表示理解。

起初，王艳的父母会不时来公安局询问一下女儿的案件有无进展，再往后，就越来越少了。到了2003年，王艳的姐姐调去武汉工作，把父母也带去了，之后便再没来过。

"3·21"专案成了我市公安局的一桩悬案。

5

"案子最后是怎么破的呢？"我继续追问。朱警官笑了笑，说陈志这家伙，也是个有趣的人。

陈志1950年生，个子不高，但很精神，当过几年兵。1973年转业到机械厂后一直在保卫部门工作，虽不是公安科班出身，但常年从事治保工作，经验很丰富。

陈志做人做事很"江湖"——在厂里大大咧咧，既跟厂领导称兄道弟，又能和普通职工玩到一起，人缘很好。

当然，除了性格外，这也跟陈志的家庭出身有关。陈志父亲退休前曾是市里的一位重要领导，兄弟姐妹也多在政府机关任职，机械厂领导"见人下菜"，陈志自然过得舒服。

陈志一直有个心愿，就是当一名警察。当年转业时他本来想去公安局工作，但他父亲觉得国企也是铁饭碗，还比政府机关多一份企业奖金，因此强行把他转到了机械厂。为了让自己更像公安，陈志甚至给公安科职工统一配发了"警服"，虽然没有肩章和领花，但乍一看，跟派出所民警的"89式"也没什么区别。陈志经常自嘲："地方公安才是真警察，企业公安科就像'二鬼子'。"为此他还挨过不少厂领导的骂。

"那时候，国企公安科的执法权限也不明确，说是没有'刑事侦查权'，只能在公安机关的指导下处理一些本厂区域内小偷小摸的案子，但有些案子明显已达到刑事案件立案标准，他们还是关起门来自己搞。那时辖区派出所警力不足，只能睁一只眼闭一只眼了。"朱警官说。

2002年，我市进行公安机关体制改革，原属各国有单位的公安处、公安科统一由企业公安归并为行政公安，与原单位脱离从属关系。按要求，机械厂公安科改为保卫处，原有人员可以选择离开企业加入公安机关，或是留在原单位保卫处工作。

所有人都以为，一心向往公安工作的陈志肯定会正式加入市公安局，连市公安局也已做好了接收他的人事关系准备。但最后时刻，陈志却出乎意料地选择留在保卫处。

朱警官对陈志的选择表示理解，因为在朱警官看来，当时机械厂属于明星企业，经济效益很好。作为中层干部，陈志除工资以外，每年还能拿到数量可观的奖金。那时，两人早已相熟，朱警官还揶揄过陈志，说他"之前天天说羡慕地方公安，企业公安科都是'二鬼子'。现在有机会'转正'了，自己却舍不得那点奖金了"。陈志听了只是笑，笑完又叹了口气，却也不说别的。

就这样，陈志成为转制后第一任保卫处处长。又过了两年，朱警官也因身体问题从刑警支队调入辖区派出所，正好负责机械厂所在的片区，两人再度成为工作伙伴。

再度相会，陈志在家炒了一桌好菜，专门拿出一瓶好酒款待朱警官。也是那天，朱警官才知道，陈志居然还在关注"3·21"专案，而且还有了一些意想不到的收获。

"3·21"专案案发时，陈志一度雄心勃勃：以前自己处理的都是些鸡毛蒜皮的小事，这次发了大案，终于可以一展身手了。

那段时间，陈志接连半个月不着家，吃住在公安科办公室，其他职工也在他的带领下日日枕戈待旦，恨不得马上把凶手翻出来。但最终仍未能如愿。

警方撤离后，公安科恢复正常工作。陈志沮丧了很长一段时间，经常带着自己的两个"铁杆"陶运来和胡斌借酒消愁。

一次，胡斌在酒桌上跟陈志提起了一个有关赵金柱的细节。胡斌说，抓到赵金柱当晚，赵金柱曾坚称自己是为了"保护王艳"才跟踪她，还说自己看到过尾随王艳的人。当时大家都不信，可案子搞到现在，会不会真的是当初搞错了？

陈志沉默了。其实王艳出事后，他也想到了赵金柱当时说过的话。

王艳下班回家，要经过机械厂西侧的一条土路，右手边是厂围墙，左手边是城郊高场村的农田，道路尽头是省道延伸出来的一条分支路。王艳回家大概要走二十五分钟，除了围墙附近的路上有几盏昏暗的路灯，剩余路段皆是一片漆黑，一般她会随身携带一个手电筒照明。

赵金柱说他"保护"过王艳几次。除去被公安科抓住的那次，有两次确实看到了一个人，身材跟他差不多，在路灯附近看不到，一走到没有路灯的路段，那人就突然出现了。

赵金柱是为了"暗中保护王艳"而不开手电，而那个男人不知为何也不开手电，三人相隔不远，在漆黑的路上行走，赵金柱走在最后。偶尔有车路过，赵金柱通过车灯看到前面的男人穿着一套机械厂的工装，斜背一个帆布包，跟自己的打扮几乎一模一样。

"王艳回家的最后一段路有路灯，但赵金柱说走到那段路时，前面的男人又突然不见了。陈志当时认为赵金柱在'掰（骗）'他，哪有突然出现又突然不见的人？还跟赵金柱穿一样的衣服？公安科其他人也不信，认定赵金柱在编故事。"朱警官说。

王艳遇害后，陈志起初还很犹豫，要不要跟警察说明这个情况。因为第一次接到王艳举报后，他曾带着陶运来和胡斌二人在王艳下班路上"蹲守"过一段时间，从未发现赵金柱口中的那个男人。况且赵金柱说这话时，公安科所有人都认为他在撒谎——"群众的眼睛是雪亮的。"

假如赵金柱说的是真话，那这个男人就真的很可疑。但问题是，如果真是这样，岂不是公安科一开始就冤枉赵金柱了？胡斌建议陈志再找赵金柱聊聊。陈志也有这个想法，只是那时赵金柱已在监狱服刑，陈志与他非亲非故，不可能见到他。

"作为机械厂公安科科长，陈志为何没有在警方调查时告知这一情况，他当时是怎么想的？"听到这里，我打断了朱警官。

"我后来问过陈志，"朱警官解释说，"他当时心里还是很犹豫。那天与胡斌吃完饭后，陈志又找陶运来商量。与胡斌相反，陶运来坚称赵金柱那晚就是'贼喊捉贼',赵金柱耍流氓这事已是板上钉钉,现在把'当初他用来蒙混过关的话'讲给警察,不就是扰乱警方工作吗?"

更何况陈志自己也有私心:虽然赵金柱是因为"流氓罪"被抓进监狱的,但万一最初尾随王艳一事真不是赵金柱干的,那他和机械厂公安科恐怕也逃不过要承担责任。

犹豫再三,陈志当时便隐瞒了这个信息。

"那为什么又给你讲?"

"因为他开始怀疑到一个人身上了。"朱警官说。

6

陈志怀疑的不是别人,正是自己曾经的下属、保卫处消防科科长陶运来。之所以怀疑他,是因为几件事:

大概是1999年10月的一天,机械厂的黄师傅在传达室用煤气炉烧了一壶水,中途出门解手不慎把自己反锁在屋外。传达室装了防盗门,窗户上焊了拇指粗的铁栏杆。黄师傅急得抓耳挠腮,只得去隔壁公安科办公室求助。

那天陈志不在,是陶运来负责值班。后来黄师傅说,陶运来只用了一根铁丝便捅开了传达室的防盗门。可当陈志问起时,陶运来坚持说他只是把手伸进纱网一掏便把锁打开了。

这不是什么大事,陈志没放在心上。直到有一次黄师傅又把钥匙锁在屋里，来找陶运来求助。那天陶运来刚好不在，陈志费了九牛二虎之力也没把锁打开，最后只能说，要不就锯窗棂吧。

黄师傅不愿意，这样干他会被厂里罚款，他一个劲儿地要陈志把陶运来找来帮忙。陈志没搭理他，窗棂还是锯了，黄师傅果真被罚了款。为此，黄师傅有一个月不愿搭理陈志。

陈志找了个机会向黄师傅主动示好，又请他在厂附近的小酒馆喝了顿酒。谈到开锁，黄师傅夸陶运来很有本事，"就是把那根铁丝弯了几弯，伸进锁头里挠了挠，然后'咔吧'一声，锁就开了……"

陈志说不可能，陶运来跟自己共事快十年，真有这本事自己能不知道？退一步说，真有这本事，他还用在厂里干治保？这是陈志的一句玩笑话，但黄师傅说，陶运来的叔叔是城里"兴旺开锁"的老板，技术没的说，都是亲戚，陶运来难道就不会跟他叔学点什么？

这句话差不多说服了陈志，但电光石火间，陈志却想到了另外两样东西。那就是"3·21"专案中铁厂武装部靶场和杂物房那两把没有被破坏的锁头。

当年，那两把完好的锁头确实引起了警方的注意。除了彻查有钥匙的员工及男性家属，案发之初，警方也怀疑过技术开锁，对城里会开锁的人员进行过地毯式普查，其中也包括"兴旺开锁"的老板，但同样一无所获。

"陈志怀疑陶运来还有两重原因,一是陶运来的身形和赵金柱的确差不多,在光线不好的地方穿上工装,从背后看很难分清;二是陶运来当年也追求过王艳,但王艳没同意。这事陈志知道,还劝陶运来'找媳妇目标实际些'。"朱警官说。

2002年胡斌调走,临走前陈志和陶运来请他吃饭,又谈及此事。趁饭后陶运来去买单的工夫,胡斌悄悄跟陈志说,当年案发时,陶运来曾多次嘱咐他不要向外人提自己之前也追求过王艳的事,担心节外生枝。当时陈志酒后脑袋发蒙,加上本就知道,便没把胡斌的话放在心上。

等第二天酒醒后,陈志越想越觉得不对劲,打电话问胡斌,为啥要告诉他这件事。胡斌却在一旁打着哈哈,说自己没别的意思,酒喝多了,随口一说。

当年,警方对所有追求过王艳的机械厂男性职工都进行过普查,但没有查到陶运来的头上。案子挂起来之后,陈志也关注过一些人,但同样没有关注到陶运来。对于这一切,陈志说是他的原因——从一开始,他就根本没考虑过自己身边的人会有嫌疑,况且公安科配合警方查案时,陶运来也一直在忙前忙后。

很快,陈志又想起一个细节。

早在1996年5月王艳第一次举报被人尾随时,陈志就曾查过本厂各车间的夜班排班表;1997年1月17日王艳失踪时,他也给警方提供过夜班排班表;后来自己在厂里调查时,也整理过与王艳同上夜班的人员名单。虽然这些名单上的人除了当年的赵金柱外，都被排除了嫌疑，但那时陈志突然意识到，自己可能犯了一个严重的错误——他在整理全厂职工夜班时间表时，唯独忘了自己所在的公安科。

陈志马上去找了当年公安科的值班记录，翻到一半才突然想起，陶运来当年是住在公安科值班室的。

此前，陶运来一直住叔叔家。1994年陶运来堂哥结婚，他向厂里申请单身宿舍，但厂里宿舍不够。后来在陈志协调下公安科腾出一间办公用房，一来解决陶运来的住宿问题，二来相当于给公安科增加一个夜间值班"常备力量"，双方皆大欢喜。

陈志越想越觉得陶运来可疑，可一时也找不到任何可以证明陶运来与王艳被害一案有关的直接证据。

"那他为什么不趁早把这些怀疑告诉公安机关？他和陶运来是同事，有些话问不出口，但警察不存在这些麻烦呀？"我问。

朱警官叹了口气，说就是因为陈志觉得警察做事单刀直入，陶运来又是他的同事，他不方便在没有证据的情况下通知警察。的确，陈志后来也承认，他这辈子做错过两件事，一是赵金柱的案子办得太急，二是陶运来的案子想得太多。

"那2004年，陈志又为啥把这件事讲给你？是因为他找到了什么直接证据吗？"

朱警官点了点头。

7

2004年，赵金柱出狱了，但精神上明显出了问题。陈志去看他，想跟他聊当年的事。可赵金柱讲不了几句就"激动"起来，对陈志喊打喊杀，完全没法正常交流，后来一度发展到只要看到陈志，就会发脾气打人。

陈志觉得赵金柱可能还在记恨自己，希望朱警官能够跟赵金柱谈谈，把之前的事情弄明白。而且，作为此前参与侦办专案的骨干刑警，破掉这起"在侦案件"是朱警官的职责，给本单位遇害职工昭雪也是他作为保卫处处长的责任。

更重要的是，陶运来要辞职了——当时，陶运来因学历问题没有资格转制为行政公安，加上前一年他刚结婚，女方父母在外地做买卖，他便准备辞职去投奔岳父岳母——陶运来找陈志提辞职，陈志没有理由拦着，但又担心陶运来走后王艳的案子彻底断了线索，只能来找朱警官商量对策。

那天，朱警官没有给陈志提供"对策"，他建议陈志直接向市公安局刑侦支队汇报。陈志很犹豫，说一旦刑侦支队介入，免不了要找陶运来了解情况，万一自己搞错了，不好做人。陈志希望先跟朱警官合作，等有了结果再上报不迟。

在陈志的再三劝说下，朱警官无奈同意了。回去想了一夜，朱警官感觉确实有必要查一下陶运来。案子搁置八年了，"挂着也是挂着，不如死马当成活马试一下"。第二天，两人就想出了一个对策。

2004年国庆过后，朱警官来到机械厂保卫处办公室，找陈志聊一些业务上的事情。中午，陈志提议请朱警官吃饭，让陶运来作陪。陶运来推说自己手头有事，但陈志让他一定得去，说朱警官还要交代一些消防方面的事。

酒过三巡，陈志把话题引到了"3·21"专案上，随口问朱警官，那起案子有没有新进展。朱警官故作惊讶地说："陈处长消息真灵通，案子确实有了些变化，省厅上了新的DNA检测设备，重新检验了当年从王艳身体、衣物及现场发现的其他物品，说是有了新发现，准备重启调查。"

朱警官又压低声音，跟陈志和陶运来说，年后市公安局会组织一轮新的DNA筛查，铁厂和机械厂都在其中。让二人提前有个准备，把需要筛查的人员名单汇总一下，而且此事一定要保密。

朱警官说了谎。当时省厅更新了法医检测设备，市局也确实申请重新检测当年王艳一案留下的物证，但因为种种原因，最终仍旧一无所获。说话的过程中，朱警官一直用余光观察陶运来，但他似乎没有什么特殊反应。

散席之后，陈志感到既庆幸又失落。庆幸的是陶运来反应正常，之前幸亏没有大张旗鼓调查他；失落的是如果陶运来没有嫌疑，自己费尽心思找的那些所谓"线索"，都成了子虚乌有的事。

陈志把自己的想法告诉了朱警官，但朱警官却让他别着急，慢慢来。

果不其然，2005年2月初，陶运来突然失踪了。年关将近，平时单位事情不多，陈志便每天在办公室坐坐，然后出门找地方置办年货。放假前一天，厂里照例组织召开安全动员大会，陶运来作为负责消防工作的科长需要上会发言，可办公室干事却怎么也联系不上他。

干事找到陈志，他才突然意识到自己也有两三天没见过陶运来了。找到陶运来妻子一问才得知，两天前陶运来跟妻子说厂里有急事派他去甘肃出差，不能在家过年，之后便匆匆离开了。

陶妻还在电话里埋怨厂领导不近人情，大过年派职工去外地出差。陈志心里"咯噔"一下——作为保卫处职工，陶运来没有任何需要出差的业务。他挂了电话，赶紧找朱警官。

8

"陶运来这事儿也出乎我的意料。之前陈志观察了他三个月，都没发现任何异常，可年前突然出走，我也不知道是怎么回事。"朱警官说。

两人很快碰了头。陈志想了半天，说元旦过后他让陶运来整理过一份保卫处人员名单，包括从1996年开始在保卫处前身公安科工作的人员。陶运来问陈志做什么用，陈志说，就是上次饭桌上朱警官讲的年后DNA普查的事。陶运来当时只笑着问了一句，"这次连'自己人'都不放过？"陈志说这是公安局的要求，保卫处人也不多，照办就是了。

不久之后，陈志拿到了名单，没什么问题。交名单那天，陶运来还问陈志，胡斌两年前调走了，用不用把他算上。这本来就是"做戏"，陈志随口说了句"走了的就不用统计了"。这事就算过去了。

让朱警官和陈志弄不明白的是，如果陶运来真有问题，那收到消息的第一时间就该逃走，如果没问题，就该心平气和地留下。时隔一个月突然出走，这算是哪门子事情？

反复确定陶运来已经失联后，朱警官将此事向上级做了汇报。

市局刑侦支队研判案情后产生了分歧，一方面现有证据无法证明陶运来与1997年"3·21"专案有关，即便抓住陶运来，警方也没有把握核实案情；但另一方面，如果事实真如陈志先前所说，那么陶运来具有重大作案嫌疑，警方不能置之不理。最终，市局决定先把陶运来的去向找出来。

协查通报发出的同时，朱警官和陈志前往陶运来的住处，找他妻子了解情况。

对于丈夫的突然外出，陶妻也一脸茫然。朱警官问她最后一次跟陶运来取得联系的时间，陶妻称陶运来离家当晚两人曾打过电话，但陶运来说信号不好，讲了两句便挂了，之后再没打通过。

陶运来此次出走只带了一些衣物，经过仔细盘问，陶妻还是想起了一些细节。她说近一个月来丈夫似乎丢了什么东西，常常有意无意在家翻找。但自己想帮忙找时，丈夫又说："没事，没找东西。"

陶妻的说法引起了朱警官的注意。反复研判后，他怀疑陶运来很有可能是在找王艳遇害时丢失的那条金项链。向上级汇报后，朱警官带人对陶运来家进行了全方位搜查，果真在床下衣物箱内一件多年未穿过的毛衣内侧找到了那条金项链。

"陶运来妻子表示自己从未见过这条项链，但经过受害者家属辨认和技术检测，与王艳姐姐戴的那条的确是同款……"朱警官说。

2005年6月，陶运来在内蒙古赤峰被抓获归案。审讯过程中，那条金项链起到了至关重要的作用。面对证据，陶运来交代了1997年年初奸杀王艳的全部作案经过。

早在1996年年初，陶运来便计划"报复"王艳。原因很简单，他追求王艳，王艳不但拒绝，还"伤害了我的自尊"。

1995年，陶运来23岁，工作稳定后很想结婚。按照当时机械厂规定，职工只有结婚了才有资格在家属区分得住房。那时陶运来住在公安科值班室，早就厌倦了睡到一半被叫起来加班的生活。

在王艳之前，陶运来还追求过两名机械厂女工，但都没有结果。究其原因，主要还是因为陶运来来自外地农村，当年厂里的女职工都想找个本地婆家，最好还是双职工家庭，这样父母双方都有退休金，还能帮着照看孩子。陶运来离这些条件太远了。

追求王艳时，陶运来没抱太大希望，只是抱着"广撒网"的目的向王艳发起了爱情攻势。1995年年底，他把一些老家的土特产和一封情书托人交给了王艳。

然而，陶运来并没等到王艳的回复。所托之人还说，王艳当时就把他送的礼物和情书一并扔了，还加了句："连陶运来这号人都敢想我的好事，他也不撒泡尿看看自己。"陶运来嘴上不说什么，但心里恨得要命。

起初，陶运来也没打算把王艳怎么样，只是想找个机会捉弄她一下，比如在下班路上尾随她，趁她不备搞些恶作剧吓她一番之类的。因担心时隔太近会被王艳猜到，陶运来的"恶作剧"一直等到1996年5月才开始。

陶运来喜欢躲在没有路灯的地方，看王艳出现后便不远不近地跟在后面，保持着看得见却看不清的距离，等王艳快到家时再躲起来，好让她兀自紧张一番。

尾随了几次，王艳确实被吓到了。事情闹到公安科，陶运来也有些紧张。但很快就发现，王艳一口咬定了赵金柱，这让陶运来兴奋极了。

陶运来一直跟赵金柱不对付，两人曾因琐事打过架。这次误打误撞扯上了赵金柱,真是求之不得。之后,他在赵金柱宿舍发现了日记,也是毫不犹豫地就把内容泄露了出去。

事情的发展让陶运来很满意,他像看戏一样目睹了王艳的彷徨紧张和赵金柱因"流氓罪"被判刑七年的全过程,心里只觉得两人都是"活该"。

"既然'仇'都报了,他为何还要奸杀王艳?"我问朱警官。

"他说也是因为那本日记的缘故。"朱警官说。

9

赵金柱入狱后,一切看似已经尘埃落定,但有个念头却在陶运来的心里生根发芽。

"陶运来交代说,赵金柱真是个人才,写的日记比摊上卖的黄色小说还好看……"那晚,在赵金柱宿舍读完那本"意淫"日记后,陶运来心情久久不能平复,尤其赵金柱杜撰自己与王艳云雨的细节,反复抓挠着他的心。

1997年1月16日,陶运来值夜班(职工夜班时间为15:00-23:00,公安科夜班时间为23:00-6:00)。那天傍晚,他在邻县和朋友喝过酒,又被拉进一家录像厅看了黄色录像。在回单位值班的路上,迎面碰上了提前下夜班的王艳,陶运来再也克制不住自己,尾随并强奸了王艳。

完事之后,陶运来感到十分恐惧,他在公安科工作,很清楚全国范围内的"严打"行动还未结束。之前赵金柱只是撕扯了王艳的上衣,并说了一句"我要当众强奸你",便被判了七年,自己这种行径弄不好是要挨枪子的。

陶运来开始恳求王艳原谅,并不断重复自己是因为"爱而不得"才出此下策。但王艳可能还未从恐惧和羞耻中回过神来,一句话也不说,愣愣地看着陶运来。两人僵持了十几分钟,陶运来心乱如麻,决定先把王艳"藏起来"。

王艳从未经历过这种事,像个木偶一样被陶运来摆布。陶运来挟持她去了武装部靶场,麻利地捅开了门锁,转了一圈找到杂物房,把她推了进去。

两人又僵持了一个多小时,王艳依旧一言不发,陶运来逐渐焦躁了起来。大概到凌晨2时,王艳似乎缓过劲来,开始挣扎呼救,毫不理会陶运来求她原谅的说辞。终于,陶运来觉得如果放走王艳,等待自己的必将是牢狱之灾甚至是挨枪子的结局,于是他心一横,再次强奸了王艳,并将其掐死。

干完一切,陶运来准备离开,他担心王艳没死透,醒来跑掉,便找了根绳子将王艳的双手绑在一把断了腿的联邦椅上。临走前,他瞥见王艳脖子上戴的金项链,觉得应该值些钱,便一把扯下来揣进了兜里。

陶运来回到值班室时已是1月17日凌晨4点,在床上躺了两个小时,同事就来接班了。

1月17日上午，王艳的父母因女儿一夜未归来厂里找人，陶运来还负责接待他们。后来辖区派出所和厂公安科组织人手寻找王艳去向，几次路过铁厂武装部靶场，其中有一次众人甚至走了进去，但也只是在场地上看了一圈便走了。

陶运来惴惴不安地度过了一个半月，一直没有听到王艳被人发现的消息。他很想再去杂物房看看情况，但既不敢看王艳的死状，又担心被人发现，便打消了这个念头。

1997年3月21日，王艳尸体被发现后，陶运来又紧张了一段时间，尤其是警方开始调查职工时，陶运来一度想逃跑。但后来听陈志说那间杂物房塌了，王艳被发现时死亡时间太长，警方没能找到有效线索，又再次放下心来——作为公安科的一员，他可以第一时间获得警方的侦查消息。

至于那根金项链，最初陶运来准备风声过后找地方卖掉，后来听闻警方开始查项链的事情，十分后怕，索性藏了起来。不想搬离公安科值班室时手忙脚乱，忘了放在哪里。

时间一晃，多年过去，王艳的案子似乎已经被人遗忘，连警察也不再来调查了。等2002年机械厂公安科改制，很多专案组的老面孔都离开了，王艳父母也去了省城，他认为自己当年作下的案子就此尘封，彻底放下心来，连那根金项链也不再挂念了。

因此当朱警官说起"重启调查"时，陶运来如同五雷轰顶。他不知道这次会不会把自己揪出来，但转念一想，之前的调查进行了几轮，都是厂公安科配合警察在做，自己作为参与者，不会有什么风险。

但 2005 年年初,听到陈志说保卫处也要纳入调查后,陶运来彻底慌了。冥冥之中,陶运来越发觉得,这次排查就是奔着自己来的。他再一次想到了那根金项链,那恐怕是唯一能证明自己跟"3·21"专案有关的证据,于是又开始四处寻找,但始终没有找到。

2005 年春节临近,陶运来记得陈志说过,节后新一轮 DNA 筛查就会开始,他最终选择了逃跑。

尾声

2005 年年底,陶运来因犯强奸罪、故意杀人罪被判处死刑,剥夺政治权利终身。而陈志和朱警官也因在案件侦破过程中的突出贡献,分别被机械厂和市公安局给予表彰奖励。

2010 年,60 岁的陈志从机械厂保卫处处长的位置上退休,彻底告别了自己三十多年的企业治保工作。退休时朱警官请他喝酒,又聊起 2002 年改制时陈志执意留在机械厂保卫处的事情。

朱警官说陈志的侦查意识难得,没来公安机关有些可惜。陈志喝了不少酒,虽然满脸挂着骄傲的神情,嘴上却还是说,自己当年其实就是因为工资高、待遇好才留下的,说是为了查案子,"那只是其中一个主观原因而已"。

当年的"3·21"专案已经随着陶运来的伏法彻底落下帷幕,

但赵金柱和陈志之间的故事还在继续。赵金柱依旧见不得陈志，每次发病后，还是会去陈志家楼下叫骂，捡石头砸玻璃。我和同事出警去控制，陈志依旧会嘱咐我们"手底下轻一点，别伤到他"。

2016年年初，朱警官到龄退休，所里给他摆了"退休宴"，陈志也去了。宴毕我开车送朱警官回家，路上说起陈志和赵金柱之间的事，朱警官又感慨地对我说，干警察是个良心活，其实陈志蛮适合干咱这行的，一直留在保卫处，确实有些浪费了。

报告阿 sir，杀人犯想做刑侦特情

1

2012 年 5 月，我还是河西社区的一名社区民警。一天午后，街道办事处的老张领着一名年轻人来派出所找我。

"这是小忠，5 月初刑满释放，需要办理入户登记和重点人口登记。"

我打量了一下小忠，他浓眉大眼，长相颇为周正，一眼看去，很难把他和罪犯联系在一起。

"个人基本情况说一下。"

"报告警官，我叫马×忠，现年 31 岁，本市人，1997 年因故意杀人被判无期徒刑，一直在沙洋服刑，今年 5 月减刑出狱，现来找警官报到。"小忠立正站好，一字一句地报告。

我准备处理老张递来的材料，发现小忠还笔直地站着，便打发他去对面的照相馆拍几张登记照。

小忠离开后，我打趣："张科长，你一驾临我就知道没啥好事儿，我这个社区本来就忙，你还给我添麻烦。"

老张略带委屈地说："这政策上的事儿，哪是我说了算的。小忠入狱前户口就是咱这儿的，不然，你以为我想要啊。"

我苦笑着点点头。"他当年犯的啥事儿你清楚不？"

"听说他把他后爹砍死了，不过话说回来，那姓覃的也是活该，一搞粉子（海洛因）嗨起来就像疯了一样，打砸抢是常有的事儿，四邻八舍都怕得要命，更何况小忠母子俩了。"

"你是不知道啊，当年他和他妈经常被姓覃的打得不敢回家，而且姓覃的只要被派出所处理，就认为是小忠和他妈举报的，回家之后他们肯定逃不了一顿暴打。后来小忠实在忍不了了，就把姓覃的给砍死了。"

听老张这么说，我心里泛起了些许同情。"那他这是身不由己，也算为民除害了吧。"

老张"嘿嘿"两声，没回答。

2

小忠入狱的第八年，他母亲在一场交通事故中离世，给他留下了22万元的赔偿款。

出狱后，小忠拿出3万元给母亲重修墓地，打算用剩下的钱开家餐馆。为了方便管控，我要求他把餐馆开在河西社区内，并帮他找到了合适的房源。

为了表示感谢，开业那天，小忠要请我吃饭。刚开始他有些腼腆，酒过三巡后气氛转暖，我借机问起他当年的事。

"我幼年丧父，母亲带着我改嫁，继父是个木匠。他人还不错，除了供我上学，还在市里买了套新房子。"

然而，1994年小忠的继父因交友不慎染上毒瘾。他先是吸光了积蓄，又卖了房子，再到后来，整个人变得神志不清，经常暴打小忠和他妈妈。

1997年，小忠的继父吸毒后将妻子捆在椅子上殴打，看到母亲满脸鲜血，奄奄一息，小忠捡起斧头向继父砍去……

"十几年过去了，你还恨他吗？"我问。

"我已经把他宰了，自己也在局子（监狱）里蹲了十五年，是人这辈子最宝贵的十五年。现在想开了，也就没有什么恨可言了。"小忠点了一根烟，面色沉重。"我恨的是那些引他吸毒，卖他毒品的人。我们全家都被他们毁了！"

"警官，你猜我小时候的理想是什么？"没等我接话，小忠开始自言自语，"说来你可能不信，我小时候的理想是当警察。"

他笑得有些伤感。"出事那年我刚上高二，想考警院，可现在我却成了警察管控的重点人员。"小忠抬起头，眼圈发红。

3

种类繁多的检查给了我们交流的机会，休息的时候，我也常到他店里坐坐。慢慢地，小忠对我的称呼由"警官"变成了"阿sir"。

一次，小忠讲起了他在监狱里的往事，我脑海里突然浮现出一个人，就问他："陈狗子你认识不？"

"哪个陈狗子？"

"后湖的，一米六多，五十来岁，2006年因为强奸罪在沙洋蹲了五年。"

陈狗子和一起毒品案件有关，此前一直被禁毒支队的特情跟着，但在收网之际，他却突然消失了。领导要求我们发动一切资源找他。

小忠点头。"以前陈狗子和我关在同一个'号子'里，我还是他的'领导'呢。"

"现在和他有联系吗？"我赶紧追问。

"他早我大半年出狱，犯'花案'（性侵害案件）进去的，没人看得起他，一出来也就断了联系。"

"你要找他？"小忠试探着，"那我帮你问问？阿sir，具体啥事儿能透露一下不？"

"贩毒。"我盯着小忠，"这事儿注意保密。"

三天后，我正在所里办公，突然收到小忠的短信，只有八个字：狗在刘湾三组一号。

电话打过去，对方拒接。我赶紧向领导汇报，二十分钟后，我们荷枪实弹冲进刘湾三组一号，小忠正陪着陈狗子聊得热火朝天。为了保护小忠，民警也作势把他按倒在地。

4

毒品案告破的那天，我邀小忠来我家喝酒。席间，我问他是如何找到陈狗子的，小忠冲我狡黠一笑："阿sir啊，你应该知道的，像我这种有前科的人，姥姥不亲舅舅不爱，只有两种人愿意和我们打交道。"

"警察和坏人呗。"我哈哈一笑，"不过你也得注意，如果狱友出来不走正道，你还是要和他们划清界限。"

"放心，我心里有数，局子里的环境比现在复杂多了，我不也顺顺当当过来了嘛。"

席毕，我去厨房收拾碗筷，出来刚好撞见小忠穿着我的警服在自拍。这违反了相关规定，我厉声让他把照片删掉。

小忠失落地删照片，我不知该如何宽慰他，只好打哈哈："以后你想穿警服过把瘾，可以随时来家里，但进门前要先把手机上交哈。"

小忠抿嘴一笑。

他临走时，我拿出公安局批的特情经费和破案奖金。"2000

块钱不多,你开饭店也没啥生意,拿去补贴一下生活。"

小忠坚决不要,我以为他是客气,小忠却掩上房门说:"阿sir,其实发现陈狗子的时候,我只需要在远处给你打个电话就行,根本没必要冒险进他屋里。你知道我为啥要进去吗?"

"为啥?"

"我就想亲眼看着这帮贩毒的王八蛋被警察抓走!"

5

陈狗子被绳之以法后,小忠对提供犯罪线索这件事就越发上心了。

在搜集信息这方面,他的确有"得天独厚"的优势——身份是"两劳"释放人员,辖区里的不法人员对他少有防备;开了一家小饭馆,常有本地的狱友来蹭吃蹭喝,聊天中总能漏出点小道消息。

小忠把一些他感觉有分量的消息整理好交给我,我有需要的时候,就按照他给的线索去抓人,基本不会扑空。但我也担心小忠的安全,就劝他少和那些人打交道。

小忠总说不要紧,他爱看《无间道》,经常对我说:"我就是陈永仁。"

"别,陈永仁最后挂了,你别学他,还是好生活着吧。"

2013年年底,我调往市局刑侦支队任职。临走前,我来到饭店跟小忠告别。聊了一会儿,我准备告辞,小忠却突然拉住我,"阿sir,想求你件事儿。"

"啥事儿?"

"你现在调去刑警队了,你看,我能不能给你当个正式的刑侦特情?"

"你港片看多了吧,内地的特情人员比不了香港的线人,那点特情费还不够你喝几顿酒的呢。想赚钱,好好开你的饭店去。"

"我不要特情费。"小忠急忙解释。

其实,我不是没有考虑过,但最后却否定了这个想法。因为职业特情不是警察,除了人身安全缺乏保障外,他们还会受环境的影响——一旦没有把持住,很容易沦为犯罪分子的同伙。

如今,小忠已经走上了正途,开启了新的人生,我不愿让他再涉险了。

6

2014年10月,我参与了一起部督毒品案件的侦破工作。有情报反映,嫌疑人老猫刚从边境进了一批"货",准备转手。

老猫是个老毒枭,他曾三次被抓,都因证据不足逃脱法网。他为人狡猾,从不把货放在身边,一旦感觉到风险,就会毁货自保。

上级要求我们这次行动要"打准、打狠、打死",除掉这个危害江汉平原十几年的"毒瘤"。但老猫行踪诡秘,为人多疑,一般的特情员跟不上他,所以他的藏毒点仍旧未知。

这起案子让我焦头烂额。那天,小忠约我晚上一起喝酒,我本想推辞,可他说自己谈了女朋友,打算结婚。"想给你介绍一下,帮我把把关。"

小忠的未婚妻是个湖南姑娘,离过婚,带着一个三岁的孩子。晚饭时我跟小忠开玩笑:"祝贺啊,你这一步到位,老婆孩子全有了。"

因为心里挂着案子,喝酒的时候我一直走神,小忠见状,对未婚妻说:"你去客厅看会儿电视,我和阿sir有点事儿要说。"

"你有啥事儿?"姑娘走后,我问小忠。

"你有啥事儿?"

"我没事儿啊。"

"别装了,吃顿饭都魂不守舍,我女朋友的名字跟你说了三次,你都记不住。"小忠把脑袋伸过来,神秘地说,"是为了老猫吧。"

我心中猛地一震,立即警觉地盯着小忠,但随即意识到这样做无疑是肯定了他的猜测,急忙收回目光,装作无所谓的样子。可是已经来不及了。

这次行动关系重大,上级要求绝对保密,一旦泄露,我们的侦查工作就要功亏一篑。我当时恨不得抽自己几个耳光。

我们两个都不说话了,客厅那边传来了电视剧的声音。

"他把毒品藏在白×乡。"小忠率先打破了沉默。

白×乡尚在我们的侦查范围之内，我抬起头看着小忠，心中一团乱麻。

"相信我，阿sir，我要做陈永仁。"小忠坚定地说。

眼看瞒不住，我心一横。"把你知道的都告诉我吧，但如果消息出了这间屋，咱俩就一起玩儿完。"小忠说，消息是一个名叫阳阳的混子前天在店里喝醉了走漏给他的。2013年年底，毒枭老猫欠了阳阳的大哥阿东二十几万元赌债，躲了起来。一周前，阿东在沙市找到了老猫，逼他还钱。老猫被打得实在受不了，就说出自己刚进了一批货，出手后会立刻还钱。可阿东担心老猫忽悠他，就逼老猫带他们去看货。

刚开始老猫不肯，最后实在是怕被人打死，就带他们去了白×乡汉江边的一处浅滩。

"好家伙，那老猫从地下挖出来整整一麻袋'果子'（毒品麻古）！"醉醺醺的阳阳跟小忠感叹。

小忠劝我赶紧抓人。我摇摇头。"一来，你没有亲眼看到那些毒品埋在哪里，稍不留意惊了老猫，这起案子就办不下去了；二来，我们这次不但要扫货，还要'搞人'，必须在老猫出货的现场抓他。"

"好的，我知道怎么做了。"小忠淡淡地说。

我心里咯噔一下，连忙劝他到此为止，不要掺和进来。"你能提供线索已经很不错了，一旦查实，我肯定给你报功。但老猫这次是冲着'要么发财、要么发丧'来的,你快结婚了,好日子等着你呢,何必跟亡命之徒以命相搏。"

小忠笑了笑:"我就想和他玩玩命,看究竟谁的命硬。"

我依旧不同意,但小忠说不管我同不同意,他都要掺和。"要是你不答应,我就去找其他民警。"

就这样,小忠卷入了一场本不属于他的战争。

7

我立即向领导汇报。因为小忠曾在陈狗子一案中有贡献,所以领导暂时没有追究我的责任,而是指示我:"要看好、用好、保护好特情员小忠。"

第二天,小忠便去投奔阳阳的大哥阿东,声称要跟着东哥发财。因为小忠背着杀父的狠名声,阿东收下了他。

一段时间后,小忠主动要求去帮阿东追债。"想做点业绩,好提升在兄弟们当中的地位。"正好马仔们盯烦了老猫,阿东便答应了。

就这样,小忠来到了老猫身边,与他同吃同住,监视他的一举一动。

老猫的行踪源源不断地从小忠那边传来。从老猫和什么人见面,去哪里嫖了娼,到他生了什么病、吃了什么药……事无巨细,小忠都用短信汇报。一份发给阿东,一份发给我。

有时老猫质问小忠给谁发信息，小忠就把手机扔过去，黑脸骂："你个老东西，老子给东哥发短信汇报你的表现。东哥说再不还钱，就把你扔到汉江里喂鱼！"

"你们整天跟着我，我怎么还钱？"

"我管你怎么还钱，反正春节前还不了钱，你就死到汉江里去吧！"

2015年春节，是老猫的最后还钱期限。1月中旬，他终于决定冒险出货。几个月来，阿东步步紧逼让老猫乱了方寸，他不再像以前那样谨小慎微，而是选择了拿钱速度最快、风险最大的交易方式——现场钱货两清。

小忠把他们交易的时间和地点发给我。收到短信的当晚，整个专案组都处于巨大的兴奋之中，省厅的一位领导甚至当场表示："破案之后，我要以个人名义给小忠发一万元奖金。"

阿东派小忠全程监督老猫交易，防止他携款逃跑。而狡猾的老猫把交易时间定在白天，因为埋毒地点处在汉江浅滩，周围没什么遮蔽物，公安机关无法设伏。

好在有小忠提供的信息，专案组决定使用无人机跟拍交易过程，还从武汉调来了两台改装过的"大疆精灵"。技术部门也提前赶往交易地点安装了密录设备。

万事俱备，只等第二天老猫和买家现身。

8

我们抓捕老猫的过程十分顺利。当老猫被按倒在地的时候,他还一个劲地叫嚣:"警察打人了!你们凭什么抓我?你们这是滥用职权,我要去告你们!"

我们现场展示了无人机拍摄的高清交易画面,画面显示,老猫似乎想让小忠去挖毒品,但被小忠踢了一脚,老猫只好亲自把麻袋从地里挖了出来。

"袋子里装的是什么?!"我问老猫。

"我不知道,这能证明什么?我身上什么都没有,不信你们来搜,搜啊!"

与此同时,另一组民警在距离我们几百米远的汉江大桥停车场设伏,抓捕对象是前来提货的甘肃毒贩。原计划是在毒贩携带毒品进入停车场后将其制服。

我们焦急地等待对讲机里的消息,却突然听到远处传来一声清脆的爆炸声,接着是第二声、第三声。开阔的汉江滩涂没有遮蔽物,声音直接震着我们的耳膜。

"不好,那边响枪了。快去增援!"带队领导一声令下,除了四人留下看守老猫,其他人全向枪声传来的方向奔去。

我跑在最前面,冲锋枪坠得我后脖颈生疼。枪声已经沉寂,只听见对讲机中同事在喊:"有人受伤。"我心中很不安,因为小忠跟着甘肃毒贩去收款,一旦我们行动曝光,他面临的危险最大。

当我们赶到大桥停车场时，甘肃毒贩已被制服，公路边有一摊血，弹壳散落在地上。

我扫了一眼人群，没发现小忠，急忙大呼他的名字，却没人回应我。现场的同事说："他中枪了，已经被送往医院。"

同事说，本来一切顺利，设伏民警在停车场内张开大网，只等毒贩走进去。然而就在毒贩要踏进停车场大门的时候，一个女人突然出现了，她对着收费亭里化装成工作人员的民警大喊："你是干什么的！你怎么在我的收费亭里？"

这一声大喊在安静的停车场如同惊雷，警觉的毒贩立即意识到收费亭有问题。他收住了脚步，而那个女人还在不依不饶地质问收费亭里的民警。

指挥长看事态有变，命令提前行动。收费亭里的民警离毒贩最近，他立刻冲了出来，但那名毒贩突然从怀中掏出了手枪，千钧一发之际，毒贩身旁的小忠猛地扑上去抢枪……

争抢中，毒贩开了两枪。第一枪打在小忠的腹部，第二枪打在小忠的胸部，民警赶来开了第三枪，击中了毒贩的肩膀，随即将其制服。

"那个女收费员本来说今天请假不来了，保密起见，我们就没跟她交代。结果中午她突然来岗亭里拿东西，外围同事来不及阻拦，她已经骑着电动车冲到了收费亭前面。还好没伤到她，小忠是好样的。"同事说着说着就哽咽了。

我立刻赶往市医院，一路上不停地祷告："小忠，你千万别做陈永仁。"

然而,一切都晚了,手术室的医生出来说:"我们尽力了,一枪打在肝上,另一枪正中心脏……"

护士们在收拾抢救器械,小忠就静静地躺在床上。我哭着喊他的名字,他不答应,护士把我拉开,我愤怒挣脱,要去找毒贩和那个没眼力见儿的泼妇算账。

同事把我摁在椅子上。"做我们这行的,要随时准备着。"

我气急败坏地吼道:"小忠不是警察,他没有这个义务!"

9

小忠的追悼会上,湖南姑娘来了,社区干部来了,派出所和专案组的民警来了,小忠的一些狱友也来了。

在告别大厅里,我和同事们一同举起右手,向小忠敬礼。那一刻,他不再是一名"两劳"释放人员,不再是派出所重点人口,是我们的战友、兄弟。

湖南姑娘为小忠守灵一个月,她临走前把小忠的10万元存款交给我。"我和小忠还没来得及登记结婚,不能继承他的遗产。"

我说:"你收着吧,小忠除你之外,没有别的亲人。用这笔钱好好抚养孩子。"

由于证据充足,三个月后,老猫和甘肃籍毒贩被送去了该去的地方。阿东一伙也被依法惩处。为害江汉平原十几年的毒瘤被连根拔起。

2015年5月，在各方推动下，我市拟将小忠饭店建设成为"回归人员再就业基地"。小忠的事迹也要被记录下来。

整理遗物时，我在他的电脑里发现了一个隐藏文件夹，里面只有一张名为"马sir"的图片。我好奇地打开，发现是一张自拍。

照片上的小忠，身着警服，露出淡淡的微笑。他的声音在我耳边回响："相信我，阿sir，我是陈永仁。"

儿子不能走我的老路

1

2013年7月的一个下午,派出所接到报警电话,一位自称王磊的年轻人称,自己正在被两车人追杀。民警出警后找了半天,并没发现"追杀"他的两车人,反倒觉得王磊的精神状态有些不正常。

经验丰富的同事立即将王磊带回派出所尿检,果然,甲基安非他命试板呈阳性反应。经审讯,王磊承认自己中午刚刚吸食了麻果。

按程序规定,王磊被判拘留十天。在移送拘留所之前,同事拿着《治安处罚家属告知单》问王磊,要不要通知家属,王磊说不要。

从警综平台的人口信息记录来看,王磊不过二十出头,按照法律规定已属成年人，本不需强制通知亲属。但本着"治病救人"的目的，我觉得他年纪轻轻、又是第一次被抓，也许还有得救，决定还是通知一下他父母。

按照王磊手机通讯录里"爸爸"的号码打过去，没多久，王磊的父亲就火急火燎地赶到了派出所。一见此人，民警们都大跌眼镜——他是我们的"老熟人"，也是一名记录在案的吸毒人员，王占林。

这个王占林，单是我一个人就抓过他不下五回，他还曾被送去强制戒毒一次，在场的老民警里有好几位都是从年轻时就开始跟他打交道了。

一见是王占林，一位民警略带轻蔑地说："你这啊，就是'白粉爸爸麻果儿'，不是一家人不进一家门儿啊！"

王占林并没有生气，只装作没听到那位民警的话，一个劲儿问我王磊目前是什么情况。

毕竟这次是以嫌疑人亲属的身份把他叫来派出所的，我耐着性子把王磊涉毒的事情大致讲给了他。听完我的讲述，王占林提出要见一下儿子。我把他带进讯问室，王磊抬头一看父亲来了，就冲我大声嚷嚷："不是说了不通知家属吗！"

王占林冲上去就给了儿子狠狠一记耳光，还要再扇第二下时，我急忙把他拉住，告诉他讯问室不是父亲教育儿子的地方。

王占林看起来气得不轻，浑身抖着，用手指着王磊的鼻子骂："你个不要脸的东西，老子辛辛苦苦把你养大送你上学，你他娘的别的不学，学吸麻果！"

之后，王占林又说了好多教训的话，听着倒有些耳熟，仔细一想，竟是以前他被抓时，我们派出所民警教育他的话。

王磊则一副死猪不怕开水烫的表情，嘴里喃喃地说着："你个'老毒么子'还好意思说我？"听闻此言，王占林虽被我强拽着，还是奋力挣扎着想上前继续收拾儿子，我急忙把他带出了讯问室。

我请同事尽快让王占林在家属告知单上签字，然后抓紧时间把王磊送去了拘留所。

等我们在拘留所办完王磊入监的手续准备离开时，竟又在拘留所门口遇到了王占林。我们本以为他是追儿子追到了拘留所，但仔细一打量，却发现他手上竟也戴着手铐。

我正在诧异，送王占林来的同事告诉我，处理完王磊的事情后，他们顺便对王占林也做了一次例行尿检，结果他的检测结果也呈阳性。一审才知，王占林几天前也吸了毒。

我看了王占林一眼，不知该说什么好，他的脸上也有些尴尬，没主动开口，随即便被同行民警带进了拘留所。

在返回派出所的路上，同事有些戏谑地说："不知这对父子在拘留所里见面，会是个什么场景。"

2

王占林，时年 51 岁，"两劳"释放人员，无业。

他算得上是本地较早一批染上毒品的人员。1989 年，27 岁的王占林因涉嫌故意伤害被判入狱七年，1996 年刑满出狱后不久，就在前狱友的怂恿下染上了毒瘾，先是注射海洛因，后来吸食冰毒、麻果、K 粉，其间还涉嫌一些盗窃、诈骗案件，他在公安机关的违法档案，摞起来比我都高。

不久之前，我还从辖区一家网吧厕所里把"溜完冰"的王占林拎回过派出所一次，可他竟然在讯问室里跟我熬了整整二十个小时都不去做尿检，最后我实在没办法，把他拖到医院强行抽了血才算完事。

"他家也算'后继有人'了，真没想到，那玩意儿竟然还遗传！"同事也无可奈何地说。

一周后的一天，我突然接到了一个陌生电话，接通后对方开口就说，自己是王占林，有点事情想和我见面聊聊。

我有些吃惊——王占林属于那种"不太老实"的吸毒人员，这些年，他受公安机关打击的次数太多，对抗警察的经验很是丰富，每次他的案子都会搞得民警们心力交瘁。片区里的吸毒人员中，王占林是出了名的难抓，经常几个月不见踪影。一直以来，都是我们主动找王占林，抓他时，没有一次不和我们玩猫鼠游戏的，没想到这次他竟主动给我打电话说要见面，不知葫芦里卖的什么药。

我说："你直接来派出所找我就行。"

王占林不同意，说一来派出所肯定就"走不了"了，他强调，这次他确实有重要的事情找我，而且"不能再被拘留了"。

我向领导做了汇报，领导也很意外，考虑了一番，同意我去跟王占林见面，但为了安全起见，还安排了另外两名同事着便装在外围照应，情况不对马上增援。

又一次让所有人没想到的是，王占林约我见面的地方，竟然是辖区内的一家大排档，而且，他竟要请我吃饭。

见了面，王占林一脸抱歉地说，自己没什么钱，没法请我吃别的，请我千万不要嫌弃。

他这么一搞，我更是丈二和尚摸不着头脑，便说："你有事说事，坐会儿可以，请吃饭就免了。"

王占林点了一桌子菜，还让店家拿了两瓶"歪脖郎"酒，大排档的酒菜虽然便宜，但这一桌子怎么也得两百多块，我不知道他究竟要干什么，只抽了两支烟，喝了半杯酒，几乎没动筷子。

在我的不断追问下，王占林扭扭捏捏，终于说出了此次请我吃饭的目的："警官，你别误会，我就是想请你帮一下王磊，他不是个坏孩子，现在还有得救。"

没想到，一个多年和警察"斗智斗勇"的"老毒么子"，竟是为了这件事找我。我不知道他想让我如何"帮"他儿子，眼下王磊十天的拘留期未满，难道让我去拘留所把王磊提前放了？

王占林说当然不是，他是想让我给王磊办"强戒"。

按照程序，王磊是初犯，刑满后应该实行社区戒毒，再次吸毒被抓才会被送去"强戒"，此前被送去很多次"强戒"的王占林，不会不知道这个程序。我问他为什么要送儿子去，他说，社区戒毒没效果，"一定要让儿子'强戒'"。

吸毒的父亲请警察吃饭，要求送吸毒的儿子去"强戒"，我不仅头一次遇到，甚至听都没听说过。

既然是这种事情，我也没必要再考虑什么安全问题，于是就把外围照应的两个同事也叫进了大排档，大家一同坐下来，商量看有没有可行性。

第二天，我们按照王占林的要求，向上级提出了对王磊进行"强戒"的申请，但并没有得到批准，王磊最终还是被判定为执行社区戒毒。

王占林知道结果后十分生气，说这样会害了王磊的。可我也没什么办法，只能告诉王占林，真要关心儿子的话，自己先把毒戒了吧，然后对儿子盯得紧一点。

3

此后，王占林确实开始格外注意儿子的行踪了，好多次给我打电话，说王磊又跟哪些疑似涉毒的人员一同出去了，我出警核实过几次，也抓回来好几个人，好在并没发现王磊有再次吸毒的嫌疑。

但对于自己戒毒，王占林只说确实试过很多次，"真戒不掉"。

"再戒不掉，到最后就是个死啊！"我叹了口气。

"说句不该说的，警官，那东西我搞了十几年，能戒早戒了。到如今，我戒不掉，也不想戒了，你看，我现在甲肝乙肝丙肝'三位一体'，还有梅毒糖尿病，心脏也不好，说不定哪天就死了，还戒它干吗？"王占林也叹了口气。

"都是吸毒之后得的？"我接着问。

王占林苦笑着点点头："那还有假？当年玩海洛因，七八个人共用一个针管，染不上病才怪！"

"你从本心里试过戒掉吗？"我问。"一日吸毒终生戒毒"这句口号不是说着玩儿的，自己本心不想戒，外界力量再强也没有用。

王占林说，他在没得那么多病之前，曾有好多次下决心一定要戒毒。当时他父亲还活着，王占林就让父亲把他绑在家中卧室的暖气管道上，无论之后发生什么事都不能把他放开。那次，王占林被父亲绑了九天十夜，其间毒瘾发作了很多次，都被他扛过去了。后来当父亲开门把他放出来的时候，他整个人都虚脱了，站都站不起来。

"后来还是失败了？"

"是的，当时戒了两个月，以为自己真的戒了，有次朋友聚会，喝了不少酒，一个以前的毒友说，'没有瘾才是真戒了'，又让我吸了一次，我跟他打赌自己肯定没有瘾了，就仗着酒劲吸了一口，就那一口，唉……"

后来，那个引诱他复吸的毒友死于海洛因注射过量，王占林说，等他们去到那人的家里时，看见他的尸体像麻花一样扭曲在出租屋的地板上，身上沾满了排泄物，恶心得王占林几天没吃下饭去。

但毒品，他终究还是没能戒掉。"我就后悔，当年我第一次搞毒被抓，公安局要送我去'强戒'，我吞了鞋钉没去成。如果那次我去了，很可能那时就真的戒了！现在，唉……"

王占林的话没说完，我知道，他想说，现在即便他想去"强戒"，戒毒所也不要他了——他一身的病，戒毒所也担心他哪天毒瘾犯了横死在里面，所以后来一直拒收，让他先去治病。

聊到最后，王占林依旧对没能送儿子去"强戒"的事耿耿于怀。我劝他别想太多，平时看好儿子，不去"强戒"也一样能戒掉。

王占林苦笑一声："难啊！"

4

谁都不希望看到的事情，还是发生了：2013年年底，王磊再次因吸毒被抓。

那天警方突查辖区一家KTV时，把在包厢里抱着自制吸壶吸食麻果的王磊抓了个正着。和他一同被抓的，还有之前被王占林举报过的几个毒友。

王磊虽对自己吸食毒品的违法行为供认不讳，可对于毒品的来源却缄口不言。我们对此都感到可恨又可悲——"道友"圈里有个不成文的规矩，谁供出毒源，以后所有毒贩都不会再卖给他毒品。换句话说，一个吸毒的人若死活不供出毒源，也就意味着他根本没想真正戒毒。

得到消息的王占林暴跳如雷，他说他一直没放松对儿子的监控，可没想到王磊还是又吸上了。我说这次王磊够得上去"强戒"了，到时你作为家属签个字吧。

王占林漠然地点点头，脸色很难看。

王磊因吸毒被公安机关处理之后，王占林曾不止一次地对我说，王磊不是个坏孩子，现在只不过"年轻走了些弯路"，"现在救的话，是能救过来的"。

"你别看我是这个样子，但磊子随他妈，和我不一样……"王占林告诉我，王磊的母亲是大学生，有文化，王磊从小学习成绩就好，中学时还代表学校参加过奥数比赛。"服刑之后，老婆就和我离了婚，磊子最初是判给他妈的，等我出狱的时候，他妈已经改嫁了，继父不待见他，我就把他接到身边来了……"

王磊初中读的还是重点学校，那时王占林也不像现在这么潦倒，在儿子身上也舍得花钱。王占林从没在生活上亏待过王磊，别人家孩子有的东西，他都会尽量满足儿子。

"这几年，我毒瘾越来越大，身体也逐渐不行了，才忽略了管教……"王占林叹气。

王磊读了一年大学就退学不读了，因为长得一表人才，他很快就在本地一家娱乐场所找到工作，可能是耳濡目染了别人的吸毒行为，所以跟着学会了。

"我是你们口中的'老毒么子'，我自己是没救了，但我也知道，刚开始吸毒还能戒，越往后越难。你们警察有办法，所以求你帮他一下……"王占林的话题又绕了回来。

我暗自叹息：是啊，我们有办法，但我们当年在你身上用尽了办法，不也没能让你戒毒吗？

最终，这次王磊因吸食毒品严重成瘾，被判"强戒"两年。

2015年5月，王磊因戒毒成功，且在监所内表现良好，提前结束"强戒"回了家。

我抽空专门去见了王磊一面，告诫他：既然戒了，就不要再沾了，赶紧找个工作，过正常人的日子。

王磊不住地点头，说自己找了份送快递的工作，每天都有事做，绝对不再碰毒品了。

"以前的那些狐朋狗友也别再联系了，不然他们还会拉你下水。"

王磊继续点头道："不联系不联系，电话号码都删了。"

此后，我的确常在路边看到骑着电动车驮着快递包裹的王磊，虽然工作辛苦，但他还是比吸毒被抓时胖了不少，皮肤也晒得黑黢黢的，看起来很健康。

王占林依旧在吸毒，我像以前一样，不断从日租房、网吧厕所、公共卫生间甚至垃圾站的犄角旮旯里把他揪出来送去拘留。但对于让他戒毒的事，我和我的同事们都不抱希望了。我和王占林之间也没再谈过关于戒毒的问题。他吸毒我抓人，是死是活，是他自己的事情。

至少在2015年10月之前，一直是这个样子。

5

2015年10月，王磊第三次因吸毒被抓。当初我一语成谶，他真的又被以前的毒友拉下了水。

"不是说了不再联系吗？怎么又和他们裹到一起了？"我语气平淡。按照此前多少人的经验，两次被抓、一次"强戒"依旧戒不了毒的，这人的结局基本也就定型了。

"咱这儿就这么大，抬头不见低头见的，都是朋友，人家找上门来，我也不好一概不见，结果聊着聊着，就又裹在一起了……"王磊低着头说。

我懒得再跟他说什么，只是按照程序要求，一步一步处理他的事情。

"我们以为他戒了,也没想着找他吸毒,就是一块儿玩的时候自己瘾上来了想搞一口,磊子说自己也试一下看是不是真没瘾了,结果……"王磊的毒友这样说。

这几乎就是王占林给我讲述的他当年戒毒失败故事的翻版,我不予置评,把原话转述给了王占林听。

"都他妈的放屁!"王占林说,他吸了十几年毒,见过的"道友"比见过的正常人还多,"磊子是他们这群人中唯一有工作、有收入的人,把磊子拉下水,这帮人才能搞到毒资!"

"那帮人为了能搞点钱'买货',什么事儿都干得出来!我当初就是被那帮朋友害的,没想到一代传一代,现在又来害我儿子!"王占林几乎气得跳脚。

"警官,再帮他一次吧,求你了!"

我反问他:"怎么帮?'强戒'也送过了,没有用啊。"

王占林沉默了。半晌,他抬起头,问我,卖给王磊毒品的人抓住没有?

我说,你儿子这帮人谁都不说,原因是什么,你自己心里想必也清楚。

王占林再度沉默,我把他撂在原地,转身继续去处理他儿子一干人等的事情了。

两天后的一个夜里,王占林又给我打电话,还是那句话,请我再帮王磊一次。我有些不耐烦，问他怎么帮？他好像下了很大决心，沉默了片刻对我说："卖毒品的人，我来查。"

听他这么说，我几乎从备勤室的床上弹了起来——王占林是本地"道友"圈里的"鼻祖"，他认识的毒贩可不止十个八个，如果他肯转头给警方做事，本地的毒圈几乎可以被连根拔起。以前我们不是没动过这方面的心思，但王占林从不配合，不是闭口不言，就是乱指一气，我们用尽了办法也不成功，只好再寻他人。

"但我有个要求，警官。"

"只要不违反法律，你有什么要求尽管提，要钱？要政策？我尽一切努力去帮你争取。"

"钱？政策？这些对我来说还有什么用？我什么都不要，完事之后，让王磊离开本地，再帮他找份工作。"

这个要求不过分，我答应了他。

6

2015年10月17日凌晨，我和同事在办公室里等来了王占林。三个小时里，他向我们完整提供了他所知道的整个地区数条毒品供应线，从源头到"零售商"一应俱全，一些吸贩毒人员隐秘藏身之处，也被他悉数曝出。

我们立即上报市局经侦禁毒支队，支队在研判和试探之后，确定其中绝大多数情报真实可靠，随即召集警力成立专班进行处置,同时联系周边县市兄弟单位配合。专班七个小组分头行动,至 10 月 25 日凌晨时分,除需要继续经营的线索外,其他线索全部落地,大量涉毒人员被抓获归案。

王占林在案件的侦办过程中也立下了大功,他不但提供了线索,还打电话找那些他曾打过交道的吸贩毒人员打探消息,有时甚至直接带我们前往现场抓捕。

开始时我很高兴,以为他为警方做事尽心尽力,合作的态度极好,但越往后越觉得不对劲:一些明显需要他回避甚至隐瞒身份的时候,他都坚持要露面。民警出于保护举报人安全的考虑,要求他不要暴露身份,他却只是笑着说:"你们以前不是一直问我谁在搞毒吗,怎么现在又让我低调?"

有其他"特情"找到我问:"王占林疯了吗?"

我问怎么了,他们说,王占林不但对外宣称是他举报了那些涉毒人员,还大肆宣扬自己是王磊的父亲,以后谁让王磊沾毒,他就跟谁玩命。"以后别说卖给王磊毒品,那帮'道友'从监狱出来,不报复他父子俩才怪!"

我越想越不对,拉着王占林劝他:"你也注意自己的安全啊,毒品案件警方有系统的规划,你这样在外大张旗鼓宣扬自己给警察当'特情',不是平白无故给自己惹麻烦吗?"

"惹麻烦?只要他们不拉着王磊吸毒,我就没麻烦!"王占林面色坚决,"我去打听了,没人承认卖给王磊毒品,但那帮人的嘴里怎么会有实话?既然没人承认,那就大家一起吧!"

我隐约明白了王占林不避嫌、不隐瞒的目的，也许他就是想通过这种不要命的方式，彻底割裂王磊与本地"道友"们的关系。

由于已经有过一次"强戒"记录，再度复吸的王磊第二次被送去"强戒"，时间仍然是两年。

王磊被送走之后，王占林也不见了踪影。我打电话找他，他说"事搞大了"，要去外地避一下。我不知他说的是真是假，但像他这种"老毒么子"，根本离不开本地的毒友圈，跑去外地没地方买毒品，比杀了他还难受。

我劝他尽量不要离开我的辖区，那样我还有办法为他提供必要的保护，但王占林拒绝了。只是提醒我说，别忘了当初他同意帮我办毒品案件的时候，我答应过他的事情。

我说忘不了，王磊这次"强戒"一出来，我马上兑现承诺。

7

可我没想到，在 2016 年 3 月，王占林死了。

带班出警的副所长把王占林尸体的照片发给我时，我吃了一惊：他蜷缩在 318 国道边的一个废弃房屋里，身边只有一块肮脏的草席，衣服上沾满了排泄物，面部表情扭曲痛苦。

我第一时间就想到了报复杀人，但副所长告诉我，法医鉴定报告已经出来，王占林死于注射毒品过量。

"我们已经抓到了给他提供毒品的人，是个外地的，他说王占林买了不少，说自己得罪了本地毒贩，平时买不到货，估计王占林长期没毒吸，好不容易拿到货，一次性全用了……"副所长告诉我。

"唉，他最终没能逃过死于毒品的命运……"我叹了口气。

"他就是不死于注射毒品过量，也没多久活头了，尸检的时候法医在他肝脏上发现了一个很大的肿瘤，像他这种甲乙丙肝'三位一体'的人，肝癌是难免的……"副所长说。

王占林的葬礼悄无声息。当时王磊还在接受"强戒"，不可能出来筹办；他的前妻早已改嫁他人，更不可能出面；他在本地虽有几个亲戚，但早就已经不再走动。我想着自己还欠他一个承诺，于是帮他料理了后事。

2017年年底，王磊第二次结束"强戒"回家后，我把王占林的骨灰交给了他，并把王占林之前的所作所为全都讲给了王磊听。

王磊听完很久没有说话，我问他之后如何打算，他说有朋友联系他，说本地有个工作机会，他想试试。

我一听他说"朋友"二字就头疼。我说："你爸死之前，让你从戒毒所出来马上离开本地，和你的那些'朋友'彻底决裂，你听不听？"

"不走行不行？"王磊问我。

"你看着办吧,你爸之前已经把周围所有涉毒人员得罪了个遍,你要不怕人身报复,或者还想复吸,你就留在这儿。"

王磊想了想,说:"那就走吧。"

"是男人说话算话,走了就走了,这辈子不要再回来。如果以后再让我在本地见到你,别怪到时我下手黑。"

王磊点点头,说:"行,永远不再碰毒品,永远不再回来。"

听他这么说,我拿起电话,打给在外省开酒店的亲戚,请他帮忙给王磊提供了一份工作。

尾 声

送王磊上火车之前,他问我为什么信他父亲。他说王占林这一生大半辈子都是在监狱里度过的,不蹲监狱的时候,就四处盗窃吸毒,是个"彻头彻尾的渣子"。

他还说,自己之前染上毒品,很大程度上就是跟王占林有关。如果不是他这个当爹的"上梁不正",他也不会"下梁歪"。

我说,你别这样说你父亲,没错,王占林是个"渣子",但他也是好父亲,至少在我眼中是。

声明

为保护文中当事人和当事单位的隐私，本书中所有人物及单位均为化名，请勿对号入座。